巧讀
西遊記

（明）吳承恩◆原著 高欣◆改寫
余秋雨 推薦

經典著作優秀改寫，全白話無障礙讀本，
內含精美手繪插圖，人物、典故、成語、知識點隨文注釋，
是一本適合青少年閱讀的國學入門書。

我们也许逃不过这样的荒诞：阅读极其泛滥又极其荒凉，文化极其壅塞又极其贫乏。

这里倒有一条安静的自救小路：趁年轻，放松心情读一点经过选择的经典。

余秋雨

目錄

經典

梅子涵

成年人文化多，知道得多，上下五千年，心裡著急，恨不得把一切有價值的書都搬來給小小的孩子看。

成年人關懷多，責任多，總想著未來幾千年的事，恨不得小小的孩子們都能閱讀著幾千年的經典，讓未來因為他們的經典記憶風平浪靜、盛世不斷，給人類一個經久的大指望。

我們要說，這簡直是一個經典的好心腸、好意願，唯有稱頌。

可是一部《資治通鑑》，如何能讓青少年閱讀？即使是《紅樓夢》，那裡面也是有多少敘述和細節，是不能讓孩子有興致的，孩子總是孩子，他們不能深，只能淺，恰是他們的可愛；他們不能沉湎厚度，而只可薄薄地一口氣讀完，也恰是他們蹦蹦跳跳的生命的優點，絕不是缺點！

這樣，那好心腸、好意願便又生出了好靈感、好方式，把很長的故事變短，很繁複的敘述變簡單，很滔滔的教誨變乾脆，很不明白的哲學變明白，於是一本很厚很重的書就變薄變輕了。是的，它們已經不是原來的那一本那一部，不是原來的偉岸和高大，但是它們讓孩子們靠近了，捧得起來了，沒讀幾句已經願意讀完了。於是，一種原本是成年後正襟危坐讀的書，還在小時候沒有學會把玩耍的手洗得乾乾淨淨的時候，已經讀將起來，知道了大概，知道了有這樣的經典和高山，留在他們的記憶裡當個「存目」，等他們長大了以後再去正襟危坐地讀，探到深度，走到高度，弄出一個變本加厲的新亮度來，當成教授和專家。而如果，長大了，實在忙得不可開交，養家糊口，建設世界，沒有機會和情境再閱讀，那麼那小時候的閱讀和記憶也已經為他的生命塗過了顏色，再簡單的經典味道總還是經典的味道，你說，一個人在童年時讀過經典改寫本，還會是一種羞恥嗎？還會沒有經典的痕跡留給了一生嗎？

所以經典縮寫本改寫本的誕生，的確也是一個經典。

它也許不是在中國發明，但是中國人也想到這樣做，是對一種經典做法的經典繼承。經典著作的優秀改寫，在世界文化先進、關懷兒童閱讀的國家，是一個不停止的現代做法，是一個很成熟的出版方式，今天的世界說起這件事，已經絕不只是舉英國蘭姆姐弟的莎士比亞戲劇的例子了，而是非常多，極為豐盛。

所以，我們也可以很信任地讓我們的孩子們來欣賞中國的這一套「新經典」，給他們一個簡易走近經典的機會；而出版者，也不要一勞永逸，可以邊出版邊修訂，等到第五版第十版時簡直沒有缺點，於是這個品種和你的出版，也成長得沒有缺點。那時，這一切也就真的

導讀

《西遊記》成書於明朝中葉，作者是吳承恩。

吳承恩（一五〇六－一五八二），淮安府山陽縣（今江蘇省淮安市淮安區）人，自幼聰穎，博覽群書，少年時代即聞名於鄉里。不過，在科舉考試的道路上，吳承恩並不順利，直到四十歲左右才補得「歲貢生」❶，並出任浙江長興縣丞。兩年之後，因受他人排擠和誣陷，吳承恩辭掉官職，流寓南京一帶，靠賣文為生，晚景淒涼。

吳承恩自幼嗜愛野史和志怪文章，對中國古代的神話故事和民間傳說有著濃厚的興趣。長年的閱讀積累，以及對黑暗現實的深刻體會，為他創作《西遊記》奠定了紮實的基礎。

❶【歲貢生】明清時期，每隔一定的年份，朝廷都會從各府、州、縣的秀才中挑選成績優異者，調入京師的國子監讀書。這種人才選拔機制被稱作歲貢。

《西遊記》以唐玄奘西天取經的真實歷史為藍本，參考了《大唐西域記》《大唐慈恩寺三藏法師傳》等資料，歷時七年創作而成。小說以唐僧師徒西天取經為主線，生動描述了取經過程中的一系列故事，構思新穎，想像奇特，引人入勝，誇張、比喻、諷刺等創作技巧大量運用，使得小說極富感染力。

作為中國古典四大名著之一，《西遊記》充滿著浪漫主義的想像，塑造了叛逆不羈、有情有義的「美猴王」孫悟空其不朽形象，無論在思想境界還是藝術成就上，都達到了前所未有的水準。除此之外，可愛、世俗的豬八戒，忠厚、本分的沙和尚以及善良卻懦弱無能的唐僧形象，也深入每一個中國人的心中。作者通過嚴謹的構思和豐富的想像力，成功構建了一個龐大而完整的神話世界，並通過其中或荒誕或魔幻的故事情節，間接地映射和諷刺了當時的社會現實。

《西遊記》以白話文為主，語言生動活潑而具有節奏性，自成書伊始，深受讀者喜愛，並被翻譯成多國語言，在世界範圍內廣為流傳。《大英百科全書》寫道：「十六世紀中國作家吳承恩的作品《西遊記》，即眾所周知被譯為《猴》的這部書，是中國一部最珍貴的神奇小說。」書中的孫悟空、豬八戒、唐三藏、沙和尚、觀音菩薩、如來佛祖等藝術形象，成為一代又一代讀者心中無法抹去的經典。

第一回　美猴王橫空出世

盤古[1]開天闢地之後，世界被分成了四大部洲，分別叫做東勝神洲、西牛賀洲、南贍部洲和北俱盧洲。東勝神洲有個傲來國，在傲來國的海上，有一座花果山。花果山是山脈之祖，巍峨地聳立在大海上，怪石密布，氣勢奪人。山上遍布奇花異草，珍禽走獸，綠意盎然，四季常青，是一個不可多得的寶地。

在花果山的山頂，矗立著一塊三丈六尺五寸高、三丈四尺寬的仙石，上面有九竅八孔，周圍沒有高大的樹木，只有一些靈芝和蘭花生在石頭下面。自從盤古開天闢地以來，這塊石頭就立在山頂，飽經風吹日曬、日月變遷，時間一長漸漸有了靈性。

一天，石頭突然裂開，從裡面蹦出一個圓球狀的石卵，從山上滾下來，遇風後變成了一

❶【盤古】中國神話傳說中開天闢地的神。傳說天地誕生之初是混沌一片，盤古左手持鑿，右手持斧，從中間劈開，從而有了天地之分。

一天，石頭突然裂開，從裡面蹦出一個圓球狀的石卵，從山上滾下來，遇風後變成了一隻石猴。

隻石猴。雖然是石猴，卻五官俱全，四肢齊備，不一會兒就學會了行走，身手矯健。而且，他的眼睛還發出耀眼金光，直沖雲霄。

金光一直射到了天庭裡，玉皇大帝❷坐在靈霄寶殿❸，不知發生了什麼事，於是命令千里眼和順風耳趕到南天門❹，觀察人間的情況。

千里眼、順風耳奉旨查看完畢，返回靈霄寶殿，對玉皇大帝說：「稟告玉帝，這金光是東勝神洲傲來國花果山上一個石猴發出來的。陛下放心，只要它喝了人間的水，吃了人間的食物，就不會再發出金光了。」聽完兩個人的話，玉帝回答說：「這石猴是汲取了天地的精華降生的，不足為奇，不用管他。」

石猴出世後，很快學會了行走跳躍。他終日生活在花果山裡，餓了就摘山裡的果子，渴了就喝山裡的泉水，與狼為伴，與虎豹結群，與鹿為友，與猴為親，晚上睡在石崖下面，白天就在山中玩耍，遊覽山峰，鑽探洞穴，無憂無慮地生活了許多年。

---

❷【玉皇大帝】眾神之王，又稱玉帝，中國文化裡地位最高的神祇，主宰一切神、仙、聖和人間、幽冥之事，俗稱天公、老天爺等。

❸【靈霄寶殿】傳說是南天門後面的第一座寶殿，是玉皇大帝面見朝臣的地方。

❹【南天門】神話傳說裡，天宮的門戶之一，道教傳說裡由馬、趙、溫、關四位元帥把守。

一天，天氣酷熱難當，石猴和一群猴子們一起，躲在松蔭下面嬉戲避暑，只見有的猴子在樹間跳來跳去，攀爬嬉鬧，採花覓果；有的玩弄石子和沙子，刨沙坑、堆沙雕；有的追蜻蜓、撲螞蚱，扯藤條編帽子；還有的坐在那裡捉蝨子、捋毛髮，一派熱鬧景象。玩了一會兒，幾隻猴子提議去山澗裡洗澡。於是，一群猴子前呼後擁，有說有笑地來到了一個山泉旁。

猴子們洗完澡，見泉水不斷地從山頂上冒出來，十分好奇，紛紛說：「這些泉水也不知道是從哪兒冒出來的，我們現在反正也沒事，不如就順著泉水找上去，看看這泉水的源頭究竟在哪裡。」

於是，猴子們結伴而行，連跑帶爬，一起去山上尋找水源。最後，它們來到了一條瀑布前。只見瀑布飛流直下，水花四濺，聲如雷震，白色的水花掛在眼前，就像一條珠簾。猴子們張望了一番，興奮地拍著手說：「這水真好！原來這瀑布的水直通山腳，匯入大海了。」這時，一隻猴子站出來說：「瀑布是找到了，但不知這水究竟是從哪兒冒出來的，誰要是有本事鑽到這裡面，找到水的源頭，並且不傷身子，安全地走出來，我們就拜他為王。」話音剛落，石猴從猴群裡跳出來說：「我去裡面瞧瞧。」

石猴縱身一躍鑽進瀑布，游過水簾，才發現瀑布後面並沒有水，卻有一座寬敞的鐵板橋。石猴爬上橋，東瞧瞧西看看，在橋中間看到一個石碑，上面寫著一行字：花果山福地，水簾洞洞天。再往裡走，發現橋對面有個山洞，進去一看，裡面既寬敞又涼爽，而且竟然還有石頭做的桌子、椅子、床、鍋灶、酒碗，角落裡生長著竹子、梅花，香氣撲鼻。

看到洞中的景色，石猴非常高興，覺得這實在是個好地方，於是急忙跳出水簾洞，對猴子們說：「太好了！太好了！」猴子們把石猴團團圍住，問瀑布後面有什麼東西，水深不深。石猴回答說：「裡面沒水，是一座鐵橋，橋後面是個山洞，裡面什麼東西都有。」眾猴不解，好奇地問裡面究竟有什麼，石猴說：「這條瀑布就像一道門，把裡面的景色擋住了。石橋上有塊石碑，寫著『花果山福地，水簾洞洞天』。石橋後面有花有樹，是一個石洞，石洞裡有石床、石凳、石碗、石盆、石窩、石灶，寬敞陰涼。我看裡面住上千百個弟兄都不擠，大家都搬進去住吧，省得在外面挨熱。」

猴子們聽了石猴的話，個個高興得合不攏嘴，立即說：「那你現在就帶我們進去吧！」於是，石猴大喊一聲：「都跟我來！」說完便鑽進了水簾裡。剩下的猴子，膽大的也跟著跳了進去，膽小的抓耳撓腮，磨磨蹭蹭地也跟了進去。穿過水簾，猴子們發現後面果然別有洞天，於是便爭搶著抬石凳、搬石床，忙得不可開交，生怕自己看到的好東西被別人搶走了。

石猴見狀，隨即說：「各位啊，剛才在洞外面大家說得好好的，只要有一個人進到洞裡並毫髮無損地鑽出來，就拜他為王。現在我進去又出來，將你們帶到了這樣一個陰涼舒適的住處，你們怎麼還不拜我為大王呢？」

聽完石猴的話，眾猴紛紛跪在石猴跟前，拜他為「千歲大王」。石猴喜不自禁，順勢坐上石洞中間的石座，真的成了這群猴子的大王。從此，石猴將「石」字隱去，自稱美猴王。

之後的日子裡，美猴王就帶著一群猿猴❺、獼猴❻、馬猴等猴子住在水簾洞裡，白天出去採摘野果、遊玩嬉戲，晚上便在洞裡休息。如此往復多年，日子過得逍遙自在，不是神仙，勝似神仙。

---

❺【猿猴】地球上最古老的靈長類動物，以昆蟲、果實等爲食，善於跳躍和攀援，視覺靈敏，在世界多地均有分布。

❻【獼猴】獼猴是亞洲地區非常多見的一種猴子，在中國的西南、華中、華北等地區均有分布。它們體長四五十公分，頭部呈棕色，腹部呈淡灰黃色，喜歡居住在石頭峭壁、河邊密林等地，群居，善於攀爬跳躍，生理上與人類接近，具有很高的科研價值。

第二回 拜師菩提老祖

不知不覺間，美猴王已經和徒兒們在水簾洞裡居住了好幾百年。一天，在和猴子們嬉戲的時候，美猴王突然憂上心頭，不覺間竟然流下淚來。見到他這副模樣，眾猴慌張地問道：「大王怎麼這麼傷心？」

美猴王說：「我現在雖然歡喜至極，但對未來卻充滿擔憂啊。」眾猴不解，便問他說：「這有什麼好擔心的？我們現在身處福地，無拘無束，食物取之不竭，不是很幸福嗎？」

美猴王接著說：「我們雖然不受人管，但將來年老力衰，終有一天會被冥王勾去性命。那時候，我們雖然不枉在人世走一趟，但終究無法繼續享福了。」聽到這裡，眾猴悲從中來，全都哭了起來。

這時，從猴群裡跳出一隻通背猿猴說：「大王深謀遠慮，真是有心啊。現在天地之間，不受冥王管轄的，有神、佛、仙三道，他們能躲過生死輪迴，可以和天地山川同壽。」

聽了這話，美猴王高興地說：「好，那我明天就出發，一定要找到這三種人中的一個，

學個長生不老之道，省得冥王索我性命。」一眾猴聽了，準備了豐盛的瓜果，給猴王送行。

第二天，猴王吃過瓜果，喝下猴子們送行的酒，便坐上枯松編成的木筏，順著大海，朝南贍部洲方向划去。在海上漂泊多日後，猴王終於登上了岸，並見到一群在海邊捕魚的人。他走到那群人跟前，做了個鬼臉，嚇得那群漁夫四散而逃。猴王趁機抓住一個人，剝了他的衣裳，穿在自己身上，然後朝著附近的集市走去。

在集市上，猴王努力地模仿人類的舉止，同時尋訪仙人。但在南贍部洲待了八九年的時間，猴王始終沒有見到仙人的影子。於是，猴王再次出海，來到了西牛賀洲地界。

在這裡，猴王發現了一座秀麗寧謐的高山，正凝視間，突然聽到山裡傳來一陣歌聲。猴王喜出望外，循著歌聲找去，找到了一個樵夫❶。

猴王來到樵夫跟前，大聲說：「老神仙，弟子有禮了。」隨即向樵夫行禮。樵夫見狀，慌忙回答說：「罪過罪過，我一介貧夫，怎麼敢稱神仙呢？」猴王繼續問：「您不是神仙，怎麼會唱一些『非仙即道』的歌呢？」樵夫於是回答說：「實不相瞞，我唱的這些都是一位神仙教給我的。神仙見我終日勞苦，煩心事很多，就把這些歌謠教給我，讓我在煩躁的時候唱給自己聽，找回心裡的平靜和安寧，沒想到被你聽見了。」

猴王於是急切地問樵夫：「希望您能夠告訴我神仙的住處，我想去拜訪他。」

樵夫回答說：「他住得離這兒並不遠。這附近有一座山叫靈台方寸山，上面有一座斜月三星洞，裡面有一個叫菩提祖師的神仙，就是你要找的人。你順著這條路往南走個七八里地就到了。」

猴王告別樵夫，按照他說的路走出去七八里，果然來到了一座洞府跟前。只見這座洞府映照在霞光裡，兩旁長滿松柏，寂靜無人，偶爾有鶴鳴從裡面傳出。猴王來到門前，見豎著一個巨大的石碑，上面寫著十個大字：靈台方寸山，斜月三星洞。猴王料到這不是一個普通的地方，不敢去叫門，反而跳到門旁的一棵松樹上，摘下一些松子來吃。

過了一會兒，一個相貌清秀的童子打開府門走出來，對著空無一人的石階喊了一聲：「是什麼人在門外胡鬧？」

猴王見狀，從樹上跳下來說：「我是個學仙的弟子，特來拜師學藝。」童子說：「師父叫我來開門，說外面來了一個求師的，想必就是你吧，請跟我來。」猴王便跟著童子來到了洞府裡面。

見到菩提老祖，美猴王跪在他跟前說：「師父，弟子有禮了。」菩提老祖說：「先別急著拜師，把你的來歷告訴我再拜師也不遲。」於是，猴王便將自己的來歷告訴了菩提老祖。

---

❶【樵夫】指砍柴、劈柴的人，他們通常以砍柴為生，出沒於山野森林，將砍到的柴賣到集市上去，賺錢養家糊口。

菩提老祖又問他有沒有父母和姓名，猴王說沒有。菩提老祖想了想，賜給他「孫悟空」一名。猴王非常喜歡這個名字，高興地說：「好好好，以後我就叫孫悟空了。」

拜師後，孫悟空每天和弟子們待在一起，打掃庭院，養花修樹，挑水撿柴，學經論道，不知不覺過去了七年時間。

一天，菩提老祖對孫悟空說：「『道』字門中有三百六十旁門，只要悉心學習都可以學成正果，不知道你想學哪一門呢？」悟空回答說：「我全都聽從師父的。」於是，菩提老祖說：「那我就教你『術』字門下的一些道理吧，學會了它們，你就可以占卜❷吉凶，預測未來。」孫悟空想了想說：「學了這些能夠長生不老嗎？」菩提老祖說：「不能。」孫悟空便說：「不學不學。」

菩提老祖又說：「那我就教你『流』字門中的一些道理吧，學了這些，你便可以專心念佛學經，悟懂世上道理。」孫悟空又問：「那學了這些可以長生不老嗎？」菩提老祖回答說：「不能。」於是孫悟空又說：「這樣也不能長久，不學不學。」

如此反覆幾次，菩提老祖生氣地用戒尺在孫悟空的頭上打了三下，說：「你這也不學，那也不學，到底想學什麼？」隨後將雙手背在身後，關上中門，拂袖而去。

眾弟子見孫悟空惹怒師父，都來責罵他，但孫悟空卻暗自竊喜，因為他讀懂了菩提老祖的心意：菩提老祖在他頭上敲三下，實際上是讓他三更❸時留心；而倒背著手走入中門，是提醒孫悟空從後門進入，以便他到時候秘密地傳授孫悟空長生不老的道理。

當晚子時左右，孫悟空悄悄穿好衣服，來到菩提老祖住處的後門，發現門是虛掩的，隨即竊喜道：「這一定是師父故意給我留的。」

孫悟空從後門進去，來到師父的床前，見師父正在睡覺，便安靜地跪在床前，等師父醒來。不一會兒，菩提老祖開始喃喃自語，孫悟空見師父醒了，於是說：「師父，弟子在這裡等候很長時間了。」菩提老祖說：「你這個猢猻，半夜三更的不睡覺，跑到這裡來幹什麼？」孫悟空將師父白天時給自己的暗示說了一遍。菩提老祖見孫悟空識破他的暗語，覺得悟空確實很有悟性，便將長生不老的秘訣傳授給了他。孫悟空磕頭致謝，並將秘訣熟記在心裡。

不知不覺間，三年又過去了。一次，菩提老祖找到孫悟空，提醒他注意躲避雷災、火災、風災三災。孫悟空向師父求教避災的方法，但菩提老祖覺得悟空長得尖嘴猴腮，不像個普通人，而各種災害都是針對普通人的，因此不用學習避災的方法。孫悟空不甘心，非要菩

---

❷【占卜】古時候盛行的一種迷信手法，即利用龜殼、竹籤、紙牌等東西，推斷未來可能發生的事情，預測吉凶禍福。

❸【三更】「更」是古代計時名詞。古人把前半夜十一點到次日一點這一段時間稱爲子時，子時即爲三更。現在常常用「半夜三更」形容夜深。

提老祖傳給他更多的本領，菩提老祖無奈，將七十二變的本領教給了他。

一天晚上，菩提老祖在三星洞前和弟子說話。他對一旁的孫悟空說：「悟空，你的騰空本領學得怎麼樣了？」悟空回答說：「在師父的教導下，已經能飛起來了。」說完，飛身一躍，翻了個筋斗，勉強跳了五六丈高，來回飛了三四里。看完悟空的演示，菩提老祖笑著說：「你這還不能說是騰雲駕霧，頂多算得上爬雲彩。」

孫悟空便向師父求教日行萬里的秘訣，菩提老祖便將筋斗雲傳授給他，孫悟空用了一晚上的時間就學會了騰雲駕霧。

孫悟空便向師父求教日行萬里的秘訣。菩提老祖說：「看你有心學習，我就傳你一個筋斗雲吧。學會了這個功夫，一個筋斗可以飛十萬八千里路。」聽完師父的話，孫悟空可高興壞了，立即向師父討來了筋斗雲的秘訣，用了一晚上的時間學會了筋斗雲。

這樣又過去了幾年。一天，徒弟們見孫悟空一身本領，就讓他變成一棵松樹給大家看。於是，悟空念了一句咒語，真的變成了一棵松樹。眾人見到這番情景，全都鼓起掌來。掌聲驚動了庭院，菩提老祖聞聲趕過來，詢問這是怎麼一回事。徒弟們見師父一臉嚴肅，就將孫悟空變戲法的事情告訴了他。

菩提老祖對孫悟空說：「悟空，你怎麼能在眾人前賣弄本領呢？別人如果想要跟你學，你該怎麼辦？如果怕他，你只能將本領傳授給他，但不傳給別人，恐怕又會因此招惹別人，你這不是自己找麻煩嗎？我就不責怪你了，你走吧。」

孫悟空驚慌失措地問道：「師父，你讓我去哪裡呢？」菩提老祖說：「你從哪裡來的，就回哪裡去吧。」孫悟空這才想起花果山來，但他繼續說：「我在這裡待了二十多年了，師父對我恩重如山，我怎麼能就這麼離開呢？」菩提老祖於是說：「我對你有什麼恩情？你走吧，只要別在外面惹禍就好。還有，千萬不要告訴別人我是你師父，否則不要怪我無情！」

孫悟空只好點頭，答應了師父，灑淚離開靈台方寸山，踏著筋斗雲，不到一個時辰就趕回了花果山水簾洞。

第三回　喜得如意金箍棒

孫悟空趕回水簾洞，將整天沒事幹的猴子們集合起來，天天耍刀弄槍，練習武藝。可是猴子們的兵器全是用木頭、竹子做成的，沒有什麼殺傷力。

一天，孫悟空對身邊的猴子們說：「我們整天在這裡練武，用的都是一些竹竿和木頭，萬一哪天真的有敵人來，我們也招架不住啊，我看我們應該尋找一些鋒利堅硬的武器。」

聽完這話，猴子們都覺得有道理，但又不知該去哪裡尋找合適的兵器。這時，從猴群裡走出個老猴子，說：「大王，要找鋒利的武器並不難。花果山東邊二百里是傲來國界，那裡滿城士兵，想必會有很多兵器。」

孫悟空非常高興地接受了老猴子的建議，乘著筋斗雲往東面飛去，果然發現了一座城池，裡面藏著很多兵器。孫悟空飛到城中央，念了一串咒語，瞬間飛沙走石，烏雲遮天。隨後，孫悟空來到兵器庫，拔下一把毫毛，輕輕一吹，變出一群小猴來。猴子們跑到兵庫裡，連扛帶提，每人都拿了至少一把武器。孫悟空將這些小猴全收到自己的筋斗雲上，朝著水簾

洞飛去。

回到水簾洞，孫悟空將繳來的一大堆武器分到猴子們手裡，刀槍棍棒人人有份，猴子們樂得合不攏嘴，紛紛拿起武器玩耍。一時間，花果山上「叮噹」聲不絕於耳，一派熱鬧景象。

不久之後，附近的虎豹豺狼[1]、猩猩、獅子等各路妖怪也聞訊趕來，紛紛拜孫悟空為山大王。花果山重兵雲集，勢力空前。但孫悟空又開始犯愁了，他對幾個老猴子說：「小猴子們耍耍大刀，玩玩弓箭還好，可我該用一件什麼兵器才好呢？」

一個老猴子想了想說：「大王也是一方神聖了，當然不能用普通的武器。不過，不知道大王能否下水呢？」孫悟空說：「我精通七十二般變化，來去如風，不怕火燒，不怕深水，哪裡有我去不了的地方呢？」老猴於是說：「這樣就好，水簾洞鐵橋下的潭水，可以直通東海龍宮，想必在龍王[2]那裡，你應該能夠找到一件趁手的武器。」

孫悟空當即施了閉水法，跳入鐵橋下的潭水中，朝著東海龍宮游去。沒過一會兒，孫悟空便來到了東海海底。巡海的小怪見到孫悟空，將他攔了下來，問道：「你是從哪裡來的，

---

[1]【豺狼】又名豺狗、紅狼，犬科動物，群居，嗅覺發達，多活動於清晨和黃昏，生性凶殘，主要捕食狍、羊等中型有蹄動物。外形與狗、狼相近，但體型比狼小，四肢較短，尾較長，體毛多爲紅棕色或灰棕色，一般棲息於山地草原、疏林之中。

我好向大王通報。」孫悟空說：「我是花果山美猴王孫悟空，是龍王的鄰居，你們難道不認識我嗎？」

小怪回報龍王說：「大王，外面有個自稱孫悟空的人，想要進宮見一見大王。」龍王雖然不曾見過孫悟空，但對孫悟空的威名也略知一二，於是慌忙起身說：「快快有請上仙。」見到孫悟空，東海龍王奉上茶水，畢恭畢敬地說：「不知道上仙來我這裡有什麼事？」悟空說：「我曾在外修行，練成一個不死之身，現在正訓練手下的徒弟們守護花果山，但苦於找不到一件自己用的兵器，聽說東海龍宮寶物甚多，因此特地來討一件用。」

龍王不好推辭，於是讓鱖魚❸侍衛抬了一把大刀上來。悟空看後說：「俺老孫不會用刀，你還是另給我找一件吧。」於是，龍王又讓鱔魚大力士抬來一根九股叉。悟空見了這件兵器，拿過來耍了幾下，然後說：「輕輕輕，太輕了！再給俺找一件趁手的。」龍王苦笑著說：「上仙，這個叉可有三千六百斤重啊！」悟空不依不饒，龍王沒辦法，讓鯿魚提督和鯉魚總兵抬來一柄畫杆方天戟❹。這個方天戟，足足有七千二百斤重，一般人是耍不了的。孫悟空看到兵器，跑過去接到手裡，揮了幾下，擺了幾個架勢，然後將方天戟一把插在龍王殿裡說：「不行不行，還是太輕。」

龍王這下可沒轍了，慌忙說：「上仙，這柄方天戟已經是我們龍宮裡最沉的兵器了！真的沒有其他的兵器了。」孫悟空笑著說：「看來龍宮裡也沒什麼寶貝呀。」這時，一旁的龍婆和龍女湊到東海龍王身旁，獻計說：「我們海底藏的那塊定海神鐵，這幾天一直紅光閃耀，水氣騰騰，難道就是在等這猴子出現嗎？」龍王說：「那是大禹❺治水時投下來的一塊定海神鐵，能有什麼用呢？」龍婆說：「別管它能用不能用，你只管送給他好了，看他能不能抬得動。」龍王一時也沒有更好的辦法，於是就將定海神鐵這樁事告訴了孫悟空。

孫悟空高興地說：「快快把那神鐵抬出來，讓俺老孫看看。」龍王說：「大聖，我們抬不動啊，你還是親自去看吧。」孫悟空便跟著龍王來到了龍宮深處，龍王指著一根金光四濺的柱子說：「那個就是。」孫悟空跳到跟前，發光的是一根鐵柱子，一斗來粗，兩丈❻多

---

❷【龍王】神話傳說中統領水族的王，掌管興雲降雨。龍是中國古代神話的四靈之一。古人認爲，凡是有水的地方，無論江河湖海，都有龍王駐守，以海洋劃分爲「四海龍王」。在《西遊記》中，龍王分別是：東海敖廣、西海敖欽、南海敖潤、北海敖順，稱爲四海龍王。

❸【鱖魚】又叫桂魚、水豚，身型側扁，色彩斑斕，肉質細嫩，是名貴的淡水魚。

❹【方天戟】古代的一種長兵器，在鐵製槍尖的兩側各帶有一個月牙形狀的鋒利刀刃。善於劈、砍、刺，功能類似於長矛。

❺【禹】古時候的治水功臣。傳說在遠古時期，地球上洪水頻發，每年都會沖毀很多房屋，淹死很多無辜的百姓。大禹連續治水十三年，終於消除了水患，爲百姓帶來了幸福。相傳大禹治水時用到了三件寶物，分別是治河圖、開山斧和避水劍。

長。悟空想抬起它來，但鐵柱太粗，沒法下手，便說：「要是能變得短一些、細一些就好了。」沒想到悟空剛剛說完，鐵柱子竟然真的變短變細了。悟空又說：「再細些再短些。」於是那鐵柱子又變短變細了一些。如此幾次，最後那柱子變得不長不短、不粗不細，恰好能夠握在手中。孫悟空將鐵柱子握在手裡，仔細一看才知道是一段烏鐵，鐵棍的兩頭各有一個金箍，上面寫著一行字：如意金箍棒，重一萬三千五百斤。孫悟空暗喜道：「這寶貝不錯，適合俺老孫用。」

孫悟空高興地拿著這件寶貝，到水晶宮裡揮舞了一番，嚇得一幫魚鱉[7]蝦蟹膽戰心驚，抱頭鼠竄。孫悟空隨即說：「多謝龍王的一番美意，只是我現在得到了一件趁手兵器，卻沒有合適的衣服相稱，敢問龍王能送我一身嗎？」龍王說：「這個真的沒有。」孫悟空於是說：「你要不給我湊一身衣服，我就在這裡試試這如意金箍棒的威力！」龍王這下慌了神，連忙改口說：「上仙千萬不要動手，等我問問我的弟弟，他們應該能夠找一身衣服送給你。」悟空說：「你的弟弟現在在哪裡？」龍王說：「我的弟弟分別是南海龍王、北海龍王和西海龍王，我只要敲一敲龍宮裡的金鐘，三個弟弟就會趕過來。」悟空說：「那還不快去敲！」

龍王立即下令烏龜去敲鐘，沒過多久，三個龍王便聞聲趕來。見到哥哥，南海龍王說：「大哥有什麼急事？」東海龍王回答說：「賢弟有所不知啊，今天有個花果山上的猴子來我宮裡借兵器，鋼叉、方天戟用著都嫌輕，最後把我的定海神針拿去了。現在他正在水晶宮裡鬧騰，要我給他找一身盔甲，不然就賴著不走。你們有什麼衣服、盔甲，借我一身，好打發他走啊。」

聽完這話，南海龍王氣上心來，說：「我們兄弟四人，加上龍宮裡的兵將，難道還打不過一隻猴子嗎？」東海龍王慌忙回答說：「千萬別這麼說，他的那根如意金箍棒，挨一下你就頭破血流，擦一下你就筋骨盡傷，惹不起啊！」西海龍王說：「大哥說的是，我們索性就湊一身衣服，打發他走吧。」

於是，四個龍王湊了一身黃金甲、一頂紫金冠和一雙金絲鞋，送給孫悟空。孫悟空高興地穿戴起來，滿意地說：「很好很好，打攪各位了！」說完便扛著金箍棒，朝海面飛去。

花果山的猴子們正站在鐵板橋上等大王回來，忽然看到水潭裡碧波翻滾。不一會兒，孫悟空便從水裡躍出來，渾身上下金光燦燦，沒沾一滴水。猴子們見狀，紛紛跪在地上說：

---

❻【丈】中國古代的長度測量單位，一丈約等於現在的三．三公尺。

❼【鱉】俗稱甲魚、王八，變溫動物，水陸兩棲，形狀像龜，背上有軟皮，沒有紋理，游動迅速，性情比較凶猛，主要以小魚、蝌蚪、螺、蚌爲食，喜歡棲息於水質清潔的江河、湖泊、池塘等水域。鱉肉味鮮美、營養價值豐富，是餐桌上的一款美味佳肴，可入藥。

「大王華彩照人，威風八面。」隨後，孫悟空得意地回到水簾洞裡，將如意金箍棒豎在猴子們跟前。猴子們見到這個寶貝，都爭著過來觀看，但沒有一個人能拿得動它。

孫悟空見狀，笑著說：「這寶貝有一萬三千斤重，是東海裡的鎮海寶物，但龍王卻只拿它當一塊沒用的黑鐵看，可笑可笑。你們站到一邊去，看我怎麼把它變小。」於是，猴子們退到一旁，孫悟空將金箍棒托在手中，喊道：「小！小！小！」結果，金箍棒真的變小了，一直變成一根繡花針那麼大。然後，孫悟空便將金箍棒塞到耳朵裡藏了起來。猴子們見金箍棒不見了，立即嚷著要他再變出來。於是，孫悟空又把金箍棒從耳朵裡掏出來，喊了一句：「大！大！大！」那金箍棒隨即就變大了。

猴子們這下高興了，非要孫悟空耍一耍金箍棒。於是，孫悟空帶著猴子們來到水簾洞外，喊了一聲：「長！」那金箍棒一下便長到萬丈長。孫悟空手握巨棒，在空中來回翻攪，攪得天地顫動，滿山的妖怪大王暈頭轉向，膽戰心驚。耍了一陣子之後，孫悟空才滿意地收起寶貝，將它重新藏到了耳朵裡。四處的虎豹豺狼慌忙趕到水簾洞，慶賀孫悟空喜得寶物。

四個龍王湊了一身黃金甲、一頂紫金冠和一雙金絲鞋，送給孫悟空。孫悟空高興地穿戴起來，扛著金箍棒朝海面飛去。

第四回　悟空大鬧冥王殿

得到如意金箍棒之後，孫悟空非常滿意，在水簾洞裡廣設宴席，和小猴們終日飲酒。酒喝夠了，又叫小猴們到洞前演練武藝，並挑出四個老猴子封為健將，兩個赤尻馬猴被封作馬元帥和流元帥，兩個通背猿猴被封為崩將軍和芭將軍。從此，花果山裡的瑣事全部由四健將處理，孫悟空則整日騰雲駕霧，遨遊仙山，廣交朋友，朝出晚歸，日子過得不亦樂乎。

一天，孫悟空在水簾洞大設酒席，將自己結交的牛魔王、獅駝王、獼猴王、蛟魔王、鵬魔王、狨[1]王等兄弟全叫了過來，殺牛宰羊，祭拜天地，痛快地飲酒、跳舞，不知不覺間，已經喝得爛醉如泥。酒席結束後，孫悟空送兄弟們離開水簾洞，隨後暈暈乎乎地倚在鐵板橋的一棵松樹下面，睡起大覺來。四健將守在美猴王跟前，不敢作聲。

睡夢之中，孫悟空見兩個人拿著一張寫著「孫悟空」的紙來到自己跟前，沒等他解釋，就用繩子把他套了起來，然後拖著他的魂魄，一路踉踉蹌蹌地朝一座城池趕去。孫悟空逐漸地醒過酒來，見兩個人已經將自己帶到了一扇城門邊。孫悟空定睛一看，發現城牆上有一塊

鐵牌子，上面寫著三個大字：幽冥❷界。

這時，孫悟空才明白過來，原來這兩個人是想將自己押往冥王殿。孫悟空問道：「這裡是冥王住的地方，你們把我抓到這裡幹什麼？」兩人回答道：「你今天陽壽已終，我們兩個是奉命勾你的性命去陰間的。」孫悟空有些生氣了，說：「俺老孫現在既不在三界❸裡，也不在五行❹中，已經不服從任何人管轄了，你們怎麼這麼糊塗，抓我幹什麼？」兩個勾魂鬼不知道孫悟空的厲害，沒有理睬悟空，執意要拉著他往冥王殿去。孫悟空哪裡容得下兩個勾魂鬼放肆，從耳朵裡掏出金箍棒，變成碗口一般粗，輕輕兩下就要了兩個倒楣蛋的性命。

隨後，孫悟空拿著金箍棒，一路打進冥王殿，嚇得一幫牛鬼蛇神❺東躲西藏，失魂落魄。一個小鬼稟告十代冥王說：「大王，不好了，外面有一個毛臉雷公打進來了！」冥王們一聽慌

---

❶【狨】一種金絲猴，體型接近獼猴，但比獼猴稍長，又稱沐猴。

❷【幽冥】神話傳說中的三界之一，即陰曹地府，是掌管萬物生命的地方，俗稱「陰間」。

❸【三界】宗教術語。道家指天、地、人三界。佛教則指眾生所居之欲界、色界、無色界。

❹【五行】指金、木、水、火、土五種自然元素。古人認爲大自然由這五種要素構成，隨著這五個要素的變化，大自然和人的命運也會隨之變化。

❺【牛鬼蛇神】牛頭的鬼，蛇身的神。本是佛教用語，後用來形容形形色色的壞人。

了神，立即穿戴整齊出去瞧個究竟。見到孫悟空凶神惡煞的樣子，冥王們立即沒了脾氣，慌忙說：「上仙息怒，請報上姓名來。」孫悟空說：「你們既然不認識我，怎麼還叫人去勾我的性命？」冥王們回答說：「不敢不敢，想必是兩個小鬼搞錯了。」孫悟空說：「我是花果山水簾洞的美猴王孫悟空，你們是什麼人，敢派人抓我？」冥王們回答說：「我們是陰間的十代冥王。」悟空隨即說：「快快報上姓名來，免得惹俺老孫生氣，要了你們性命。」十代冥王慌忙說：「我們分別是秦廣王、初江王、宋帝王、仵官王、閻羅王、平等王、泰山王、都市王、卞城王、轉輪王。」悟空說：「既然你們都是有名有姓的神仙，怎麼還這麼不知好歹？俺老孫修仙得道，與天齊壽，超脫三界以外，跳出五行之中，你們憑什麼捉我？」十代冥王說：「上仙不要生氣，天下同名同姓的人有很多，一定是勾魂鬼搞混了姓名，錯把你勾來了。」孫悟空生氣地說：「胡說胡說！取人性命這種事情，勾魂鬼能搞混嗎，快把你們的生死簿(6)找出來，我要看個究竟。」說完提著金箍棒，坐到了森羅殿的寶座上。

冥王們不敢怠慢，立即讓判官去拿生死簿。判官從司房取來生死簿，只見共有五六簿文書，分為十類。判官一本挨著一本地查看，但裸蟲、毛蟲、羽蟲、昆蟲、鱗介屬的生死簿裡，全都沒有悟空的名字。判官查了半天，最後才翻開了猴屬的生死簿。原來，孫悟空雖然長了一副人的模樣，但畢竟是個猴子，因此不能算作人類；看著像是走獸，但又不受麒麟(7)管轄；能飛翔，但又不受鳳凰管轄。因此，昆蟲、飛禽、走獸等動物的生死簿都沒有孫悟空的名字，他被單獨列在一本生死簿裡。孫悟空等了半天，不耐煩地搶過判官手裡的生死簿，查找自己的名字。直到看到第一千三百五十個名字時，才找到了「孫悟空」三個字，後面寫著自己是天地孕育的一個石猴，陽壽三百四十二歲，享盡陽壽而死。孫悟空於是說：「我也不管自己能活多少歲了，直接把我的名字勾掉吧，快給我找根筆來。」

判官聽完，慌忙找來一支毛筆，蘸上墨汁，畢恭畢敬地交給孫悟空。孫悟空接過毛筆，把生死簿按在閻王殿的臺案上，將自己和猴屬其他有記錄的猴子名字全部用墨汁塗黑抹掉，隨即將生死簿往臺案上一扔，笑著說：「清帳了！清帳了！以後俺老孫再也不受你們管了。」說完抄起金箍棒，一路飛出了冥王殿。十代冥王站在悟空旁邊，雖然滿肚子火，但又不敢招惹他，因此自始至終都不敢上前阻攔，無奈地目送孫悟空離去。

悟空飛出冥王殿，逕直往水簾洞飛去，不想中途絆了一跤，醒來才知道剛才去冥王殿竟是夢中發生的事情。悟空伸了個懶腰，只聽旁邊的四健將和眾多小猴圍在自己身邊，問道：

---

❻【生死簿】天地人三書之一，由陰曹地府崔判官負責撰寫和照管。專門記錄三界生物的善惡，以定賞罰，明功過，上面記著每一個生物的陽壽。

❼【麒麟】中國古籍中記載的一種神獸，和鳳、龜、龍共稱爲「四靈」，民間有「麒麟送子」之說。相傳，麒麟長著龍頭、鹿角、獅眼、虎背、熊腰、蛇鱗、牛尾、馬蹄，性情溫順，有靈性，但發起怒來卻十分凶惡。麒麟被視爲吉祥、長壽的象徵，有招財納福、鎮宅避邪的作用。

孫悟空把生死簿按在閻王殿的臺案上，將自己和其他猴子的名字全部用墨汁塗黑抹掉，隨即將生死薄一扔，飛出了冥王殿。

「大王喝了多少酒啊，睡了整整一天，這才醒過來？」悟空回答說：「這一覺睡得可不舒服，我在夢裡碰見兩個人，要索我性命，非要帶我去冥王殿。我跟著他們趕到冥王殿，跟十代冥王理論了一番，十代冥王爭不過我，乖乖地讓我看生死簿，最後我把自己還有大家生死簿上的名字全都勾掉了，以後我們就不受冥王的管轄了，全都長生不死，想活多少歲就活多少歲。」猴子們聽完悟空的話，全都跪在孫悟空面前磕頭拜謝。從此以後，花果山住滿了長生不老的猴子，因為十代冥王的生死簿裡沒有他們的名字，所以從來沒有勾魂鬼來索要他們的性命。

美猴王將事情告訴身邊的眾猴，四健將高興地將這個消息，轉告給了花果山其他山洞裡的各個妖怪大王。妖王們聽說悟空和其他猴子長生不老的消息，紛紛前來賀喜。過了幾天，悟空結拜的六個兄弟也聞訊趕來，悟空再次在花果山擺設盛宴，和六個兄弟豪飲一番，歡樂逍遙。

第五回　天宮裡當個弼馬溫

自打被搶走了定海神針，東海龍王就對孫悟空記恨在心。想來想去，東海龍王決定去天庭告孫悟空一狀。

一天，玉皇大帝剛剛趕到靈霄寶殿，便收到奏摺說通明殿外面有東海龍王求見。玉帝命人將表文傳了上來，只見上面寫道：近日花果山水簾洞的妖猴孫悟空，硬闖龍宮，強索兵器，作威作福。他不僅偷走龍宮的定海神針，還在我們面前賣弄武藝，十分囂張無理，懇請玉帝派出天兵天將，收拿妖怪，以使四海重歸太平。

看完龍王的信，玉帝下令擒拿孫悟空。而就在這時，冥王也上書一封，直言孫悟空大鬧冥王殿，私毀生死簿，致使猴屬動物不受生死束縛，亂了輪迴。這更堅定了玉帝剷除孫悟空的決心。

正當玉帝商議讓哪路神將收服妖猴時，一旁的太白金星❶站出來說：「啟奏玉帝，這石猴是天地歲月孕育的靈物，現在已經修仙成道，有降龍伏虎的本領。依我看，陛下不如下一

道聖旨，將他召到天上來，賜給他一個官職，以此來約束管制他。如果他聽話，再慢慢地提升他的官職；如果他不聽話，就下令將他擒拿起來。這樣，我們既不用勞師動眾，又可以合情合理地收服妖猴，不是很好嗎？」

玉帝覺得太白金星說得有理，答應了他的提議，隨即下令讓太白金星去招安孫悟空。太白金星出了南天門，駕著祥雲來到水簾洞外，對洞外的小猴說：「我是上天派來的使臣，攜帶聖旨來邀請你們大王去天界。」孫悟空得知此事非常高興，心想：「這兩天我正想要去天上走走，沒想到現在竟有使者來請。」於是，悟空爽快地答應了太白金星，並對身邊的四健將說：「好好地訓練猴子猴孫，我先去天庭探探路，熟悉熟悉，到時候好帶你們上去居住。」說完，孫悟空就跟著太白金星朝天上飛去。

悟空一個筋斗雲能翻十萬八千里，沒過一會兒便把太白金星遠遠地甩在了後面。來到南天門，孫悟空正要收起筋斗雲進去，卻被一群天兵擋住了去路。悟空生氣地說：「這太白金

❶【太白金星】即金星，又名「長庚星」、「啓明星」。在中國的神話傳説裡，太白金星是道教的一名神仙，地位僅次於太上老君、元始天尊、靈寶天尊（即「道教三清」），是玉皇大帝的特使，專門負責傳達天界的各種命令。相傳太白金星童顏鶴髮，慈眉善目，和藹可親，是一位深受讀者喜愛的神話人物。

星竟然騙俺老孫，這天兵天將擋住了我的去路，我還怎麼去天庭呢？」正罵著，太白金星氣喘吁吁地趕了上來，一邊向孫悟空賠禮，一邊向天兵天將解釋事情的始末，孫悟空才得以進入南天門。

猴王跟在太白金星後面，一下就被眼前的景象驚呆了。天庭果然是仙境，金碧輝煌，珠光寶氣，宮殿林立，仙女成群，各種珍貴花草應有盡有，看得人眼花撩亂，目不暇接。

孫悟空邊走邊端詳，不知不覺間已經跟著太白金星來到了靈霄寶殿。見到玉帝，孫悟空也不拜見，只是站在太白金星的旁邊，看他向玉帝稟報。玉帝問道：「哪個是花果山的妖仙？」孫悟空反應倒很快，立即回答說：「老孫便是。」一旁的神仙見狀，生氣地說：「你這個猴子，見了玉帝也不拜見，還敢跟玉帝頂嘴，按理應當處死！」不想，玉帝卻給孫悟空打起了圓場❷，說：「這猴子剛剛變成人，不懂得世上的規矩，不要和他一般見識。」

隨後，玉帝將負責任命文官和武官的神仙叫到跟前，問有什麼合適的官職能讓孫悟空來做。武曲星❸對玉帝說：「玉帝，現在天宮裡各宮各殿都不缺人，唯獨御馬監❹缺一個管事的人。」玉帝傳旨說：「那就封他做個弼馬溫❺吧。」

孫悟空得知自己要做官，非常高興，便隨一名神仙去御馬監上任。弼馬溫這個職位，主要負責照看餵養天庭裡的馬匹，天宮裡的馬匹不是普通的馬，個個高大俊朗，可日行千里。孫悟空當了弼馬溫，先是清點了一下馬的數量，足足有一千匹。隨後，他安排手下的人，天天餵馬、飲馬，還給馬匹清洗身子，半個多月時間很快就過去了。

負責御馬監的監官看到孫悟空把馬匹養得又肥又壯，非常高興。一天，幾個監官和孫悟空對坐飲酒。喝得正高興，孫悟空忽然放下酒杯問：「我這個『弼馬溫』，到底是個幾品官職？」監官回答說：「沒品。」孫悟空接著問：「沒品就是說我這個官職非常大了？」幾個監官於是笑著說：「不大不大，你這個官職是不入流的。」孫悟空問：「什麼叫做『不入流』？」監官回答說：「就是指最小的。你這個官，也就負責餵養一下馬匹，餵得好頂多也就獲得幾句誇讚，但如果餵不好卻要被拿去問罪。」

聽到這裡，孫悟空氣憤地說：「竟敢這樣藐視俺老孫，我在花果山稱王稱霸，到了這裡卻要做養馬這種卑微的事情，哪有這麼待人的？不做了，不做了！」說完一把將身旁的桌子

---

❷【打圓場】在交際中用幽默或特定的話語來緩和緊張氣氛或解圍的做法。

❸【武曲星】北斗七星中的第六顆。在中國的神話傳說裡，武曲星代表剛毅果決，盡職盡責，但性情孤僻，不善交際。

❹【御馬監】明代專門負責掌管軍營馬匹的機關，此處借指掌管天宮馬匹的機構。

❺【弼馬溫】古時人們常在馬廄中養幾隻猴子，因猴子的好動天性會使馬保持活躍，以此趨避馬瘟。「弼馬溫」則爲「避馬瘟」的諧音。

孫悟空自從當了弼馬溫，他安排手下的人天天餵馬、飲馬，還給馬清洗身子，把馬養得又肥又壯。

掀翻，從耳朵裡掏出如意金箍棒，一路打出御馬監，朝著南天門飛去。南天門的守兵見孫悟空來勢洶洶，也不敢阻攔，任由他飛回花果山去了。

回到花果山後，孫悟空大喝一聲：「小的們，俺老孫回來了！」聽到大王的聲音，眾猴們全都迎了出來，將悟空抬上水簾洞寶座，瓜果美酒全都奉了上來。一個小猴問：「大王上天十餘年，想必享盡榮華富貴了吧？」孫悟空十分不解地問道：「我這一次才去了半個多月的時間，怎麼會是十多年呢？」猴子們回答說：「大王有所不知，天上一日，地上一年啊！大王在天宮裡做什麼官呀？」悟空搖搖手說：「這個說出來丟人啊！那玉帝老兒見我長得這般模樣，竟然封了我一個叫『弼馬溫』的職位，是一個養馬的活兒，根本不入流。我開始幹的時候只是覺得好玩，後來才知道那工作這麼卑賤。於是，老孫砸了酒席，丟了官帽，回水簾洞來了。」眾猴歡呼道：「好！好！大王在水簾洞做大王逍遙自在，何必去天上做一個餵馬的官兒？」孫悟空隨即喊道：「小的們，快快把美酒給我端上來，我要痛快地喝上幾杯。」悟空舉杯痛飲，水簾洞裡歡呼聲響成一片。

第六回　自封齊天大聖

孫悟空和徒弟們正在水簾洞裡喝酒，一小猴從外面跑進來說：「大王，外面有兩個獨角鬼王想要拜見大王。」孫悟空想了想，命人放他們進來。

見到孫悟空，兩個鬼王跪在他跟前說：「很早就聽說大王招賢❶，我們一直沒有機會見到您。今天聽說您剛從天宮回來，我們特意帶來一件赭黃色❷的袍子送給大王，以示祝賀。如果您不嫌棄我們，我們願意為您做牛做馬。」聽完這話，孫悟空非常高興，立即將鬼王送的赭黃袍穿在身上，並封兩個獨角鬼王為前部總督先鋒。

鬼王謝過孫悟空，隨即問道：「大王在天上待了一段日子，不知做的是什麼官職？」悟空回答說：「哪有什麼官職，玉帝輕視我，只賜了我一個餵馬的官兒。」鬼王於是說：「大王神通廣大，怎麼能夠養馬呢，依我看，大王就算當個『齊天大聖』也不為過呀。」聽完這話，孫悟空高興地說：「好！現在就給我寫一面『齊天大聖』的旗子，掛在外面。從今以後，不准再叫我大王，都叫我齊天大聖。」一旁眾猴連連稱是。

孫悟空離開天庭後，御馬監監官將他棄官逃跑的事，稟告了玉帝。玉帝聽說此事，封托塔李天王❸為降魔大元帥，哪吒❹三太子為三壇海會大神，讓他們率領天兵天將，前往花果山捉拿孫悟空。

托塔李天王帶著天兵出了南天門，黑鴉鴉地朝著花果山奔去。來到水簾洞外，托塔李天王讓巨靈神❺先去挑戰。巨靈神手持宣花斧，來到水簾洞口，見到一群狼精、豹子精手拿槍劍，不停地揮來揮去，吆喝聲不絕於耳。

巨靈神大喝一聲：「你們這幫孽畜，快去把弼馬溫給我叫出來，讓他乖乖地投降。否則惹怒了老子，我一斧子砍下去，你們非殘即傷！」聽完這話，幾個小怪慌忙跑到水簾洞裡，

---

❶【招賢】招攬人才。

❷【赭黃色】即土黃色。古代帝王的龍袍一般爲赭黃色的。

❸【托塔李天王】中國神話小說裡的人物，名李靖，常年修道成仙，因爲右手常常托著一個玲瓏寶塔而得名。育有三個兒子，分別是金吒、木吒和哪吒。

❹【哪吒】托塔李天王的小兒子，本是李靖夫人殷氏懷孕三年零六個月生下的一個肉球，後被李靖一劍劈開，隨即降臨人世，手套乾坤圈，腰繫混天綾，後拜師太乙眞人，取名哪吒。

❺【巨靈神】傳說中的十萬天將之一。手持一柄宣花板斧，力大無窮，能扛動大山，武藝高強，是托塔李天王的愛將。

對孫悟空說：「大王不好了，出事了！門外有個天上來的大將，嘴裡喊著你的官職，說要你早早出去投降，否則就砍死我們。」孫悟空聽完，立即喊道：「把我的戰袍找出來！」

悟空穿上黃金甲，戴上紫金冠，蹬上步雲鞋，手持如意金箍棒，領著一幫手下出了水簾洞。巨靈神見到孫悟空，破口大罵：「你這個潑猴，可認得我？」孫悟空回答說：「你是哪路毛神，老孫從沒見過你，快點把名字報上來！」巨靈神趾高氣揚❻地說：「我是托塔李天王的部下先鋒巨靈天將，今天奉玉帝的旨意來捉拿你。你要是聰明，就乖乖地卸了一身行頭，跟我往天上走一趟，否則休怪我將你和這滿山的小妖打成爛泥。」

孫悟空見巨靈神這麼無禮，痛斥道：「你這個破毛神，不要說大話，我本該一棒子打死你，但又怕這樣一來沒人回去報信。你給我聽著，你先看看我旁邊的旗號，要是玉帝肯按照旗子上的官職封我，我就不再跟他糾纏；不然的話，我頃刻之間就打到靈霄寶殿上去，讓那玉帝老兒連龍椅也坐不穩！」

巨靈神順著孫悟空指的地方看去，果然見到有一面旗子迎風飄揚，上面寫著四個大字「齊天大聖」。巨靈神冷笑著說：「你這個潑猴真是不懂人事，竟然敢自稱『齊天大聖』，先吃我一斧子再說！」說完就拿起斧子砍了下來。孫悟空眼疾手快，抄起金箍棒就迎了上去。

兩個人在空中大戰一番，悟空漸漸沒了耐性，掄起金箍棒朝著巨靈神的腦袋劈過去，巨靈神慌忙舉起宣花斧招架。那斧子哪裡比得過金箍棒，哐噹一聲，斷成兩節，巨靈神落荒而逃。孫悟空也不追趕，在後面笑著說：「廢物，快回去報信。」

巨靈神出師不利，托塔李天王氣上心來，要將巨靈神拖出去斬首。這時，站在一旁的哪吒走出來說：「父王不要生氣，不要急著殺巨靈神，讓我下去會一會那猴子，就知道他到底厲害不厲害了。」李天王點頭同意。

哪吒隻身來到水簾洞前，對孫悟空說：「妖猴，我是托塔李天王的三太子哪吒，今天奉命來捉拿你。」孫悟空見哪吒長得眉清目秀，於是說：「你有什麼本事，怎麼敢說這種話！我站在這裡不動，隨便讓你砍幾劍吧。」聽完這話，哪吒大喊一聲：「變！」隨即化身三頭六臂，手裡拿著斬妖劍、砍妖刀、縛妖索、降妖杵❼、繡球以及風火輪❽六件武器，揮舞著朝孫悟空打來。孫悟空見狀，驚歎道：「想不到這小子也會法術，休要無禮，看我怎樣對付你。」孫悟空也喊了一聲：「變！」隨即也化成三頭六臂之身，將金箍棒一轉，化成六根，一隻手握著一根，和哪吒較量起來。

---

❻【趾高氣揚】形容一個人驕傲自滿，得意忘形時的樣子。

❼【杵】古時候人們用來舂米或捶衣的木棒。

❽【風火輪】哪吒的代表武器，傳說是兩隻火鳳凰變的，兩腳一蹬，能飛十萬八千里，腳踏時有風雷之聲，轉動迅速，被火焰包圍。

兩人在空中大戰三十回合，如意金箍棒前擋後掩，哪吒的武器也是變化萬千，兩人直打得天昏地暗，難解難分。打得正酣時，孫悟空眼疾手快，揪下一根毫毛喊了聲「變」，頃刻之間，又變出一個孫悟空來。哪吒疲於招架，沒有分出真假，被孫悟空的真身跑到背後一棒打傷左胳膊，敗陣逃跑。

哪吒回到李天王身邊，對父王說：「弼馬溫果然有一身本事，我也被他打敗了。」托塔李天王又氣又怕，但想到今天太子負傷，再和孫悟空打下去恐怕也沒有勝算，於是便下令眾天兵天將返回天庭。

回到靈霄寶殿，托塔李天王對玉帝說：「臣等奉旨收復孫悟空，但想不到那猴子神通廣大，我們打不過他，希望玉帝增兵捉拿他。」玉帝問：「一個猴子，能有什麼本事？」一聽完這話，哪吒站出來說：「陛下，那妖猴有一根如意金箍棒，威力了得，我和巨靈神都打不過他。他在水簾洞外立了一面『齊天大聖』的旗子，說如果按照旗子上寫的給他官職，他就投靠天庭，否則就打到靈霄寶殿來。」

玉帝一聽這話，生氣地說：「這猴頭如此狂妄，我就再派人收拾他！」這時，一旁的太白金星再次站出來說：「這猴子也就說說而已，沒大沒小。想要收服他，恐怕沒有那麼簡單，而且勞師動眾也不划算。不如就成全了他的要求，賜給他一個有官無祿[9]的職位，讓他當『齊天大聖』好了。」玉帝不解地問：「怎麼個『有官無祿』？」太白金星回答說：「只給他一個『齊天大聖』的名號，除此之外不給他俸祿，也不給他事幹，收了他的野心，讓他不再作亂，天地之間就太平了。」聽了這話，玉帝說：「好，就按照你說的辦。」於是，太白金星又帶著詔書⑩，前往花果山招安孫悟空。

水簾洞的小怪們見天上下來個人，以為又是來打仗的，因此都舉起手中的刀槍棍棒，要上前打金星老兒。太白金星慌忙喊道：「我是天庭派來的使臣，有聖旨要傳給你們大王，不要打我。」小妖們這才放下手裡的兵器，將太白金星的話傳給了孫悟空。

悟空料想太白金星可能帶來一個好消息，於是立即穿戴整齊，將太白金星迎入水簾洞。見到孫悟空，太白金星說：「玉帝不知大聖神通廣大，派托塔李天王捉拿你，結果吃了敗仗。現在我奉玉帝的命令，授予你『齊天大聖』的名號，希望大聖不計前嫌，接受這個旨意。」

聽說要當「齊天大聖」，孫悟空喜不自禁，立即答應了太上老君的請求，並跟著太上老君朝南天門飛去。見了孫悟空，南天門的天兵天將全都乖乖地站在一旁，恭敬地向孫悟空行禮，孫悟空非常高興。

---

⑨【祿】俸祿，指古代官府按規定賜給各級官吏的薪酬，相當於現在的「工資」。

⑩【詔書】指古代皇帝在登基、大婚、親政等宗室要務以及國家重大災變、革新或隆重慶典時，詔告天下所用的文書。文中借指玉皇大帝詔告凡間的文書。

見到孫悟空，玉皇大帝說：「今天我就封你做『齊天大聖』，這個官品可是天庭裡最大的了，你要是再胡作非為，可就沒有什麼道理了。我已經讓人在蟠桃⑪園的右邊給你造了一座齊天大聖府，以後你就住在那裡吧。」孫悟空連連道謝，隨後跟著五斗星君⑫來到齊天大聖府，將玉皇大帝賜給他的御酒搬出來，分給大家喝，非常快活。

孫悟空隨即也化成三頭六臂之身，將金箍棒一轉，化成六根，一隻手握著一根，和哪吒較量起來。

---

⑪【蟠桃】學名水蜜桃，薔薇科植物，形狀扁圓，非常有特點，汁多味美，果肉細嫩，富含多種礦物質，是珍貴的水果之一，營養價值高。

⑫【五斗星君】道教傳說裡的五個神仙，分別是北斗星君、南斗星君、東斗星君、西斗星君和中斗星君。

第七回　攪亂蟠桃會

自從成為齊天大聖，孫悟空無事可做，整天在天宮裡轉來轉去，和一些神仙交友結義。時間一長，有人便向玉帝告狀，說孫悟空無所事事，整天和神仙們拉幫結派，日後恐怕會滋生事端，不如給他找個事情做，免得他惹是生非。玉帝覺得這話有理，於是詔見孫悟空，對他說：「我看你身閒無事，不如去看管蟠桃園吧，怎麼樣？」孫悟空欣然謝恩，迫不及待地朝蟠桃園趕去。

到了蟠桃園，孫悟空把園裡的土地神❶叫出來，問道：「這院子裡有多少棵桃樹？」土地神不敢怠慢，如數家珍地說：「大聖，這院子裡有三千六百棵桃樹，前面一千二百棵，花小桃也小，三千年一熟，人要是吃了能變神仙，身體健碩；中間那一千二百棵，六千年熟一次，人

❶【土地神】神話人物，又名土地爺、土地公，負責掌管一方土地，是中國所有神仙裡官職最小的，被民間視爲「財神」和「福神」。

吃了可以長生不老；再後面那一千二百棵更是了不得，九千年一熟，人要是吃了，能與天地同壽，永生不死。」孫悟空聽得美滋滋的，心想一定要趁哪天沒人摘一個桃子嘗嘗鮮。

一天，孫悟空見院子裡的桃子已經熟了一大半，垂涎欲滴，於是把手下人都打發到院外，自己一躍上樹，將那些又大又紅的桃子摘了一捧下來，痛快地吃了一頓，直到肚子鼓起來，打起飽嗝才作罷。隨後幾天，孫悟空又偷了好幾次桃，基本上把院子裡的大桃都吃光了。

過了幾天，王母娘娘❷估計蟠桃園裡的桃子快熟了，就在瑤池❸大設宴席，準備請各路神仙來參加蟠桃大會，品嘗剛剛摘下來的桃子。七仙女❹奉王母娘娘的命令，去蟠桃園摘桃子。

七仙女來到蟠桃園門口，對土地神和守園的小仙說：「我們奉王母娘娘的旨意，來這裡摘蟠桃，請放我們進去。」土地神隨即說：「幾位神仙姐姐稍等片刻，現在這蟠桃園歸齊天大聖管轄，容我先稟告他一聲，再放你們進去。」說完，土地神就去蟠桃園裡找孫悟空，卻怎麼也找不著。原來，孫悟空在園子裡玩了一會兒，吃了幾個仙桃，渾身犯睏，變成一個手指一般的小人兒，躲到桃樹葉子下面睡覺去了。

七仙女見土地神找不到孫悟空，便說：「我們奉命而來，你找不到大聖，我們總不能空手回去吧。」一旁的一個小仙說：「大聖在園子裡待得無聊，想必出去玩了，你們先去裡面摘桃吧，我到時候跟他說一聲就好了。」

七仙女便提著花籃，去院子裡摘桃。結果，她們在園子裡繞來繞去，半天也沒找到幾個熟透的桃子，只好摘了一些又青又小的桃子充數。不知不覺之間，仙女們來到一棵桃樹下面。青衣仙女一抬頭，發現樹上竟然有一個又大又紅的桃子，這可讓仙女們高興壞了。不想，紅衣仙女正要伸手去摘，這桃子卻搖身一變，變成了孫悟空的模樣。

孫悟空掏出如意金箍棒呵斥道：「大膽妖怪，竟敢到我園子裡來偷桃！」七仙女見狀，慌忙回答說：「大聖，我們奉王母的命令來摘桃，為『蟠桃盛會』做準備，請您息怒。」這話勾起了孫悟空的好奇心，悟空隨後又問：「那這『蟠桃盛會』請我參加嗎？」仙女搖搖頭說：「沒有聽說。」孫悟空於是說：「那好，就讓俺老孫親自去探探情況吧。」說完，孫悟空口念咒語，說了一句：「住！」七個仙女便被定住了，像木雕一樣站在樹下，一動也不能

---

❷【王母娘娘】又名金母、瑤池聖母、西王母，傳說中的女神，負責掌管災疫和刑罰，住在崑崙仙島。《西遊記》裡以玉皇大帝妻子的身分出現。

❸【瑤池】傳說是崑崙山上的一個天池，王母娘娘洗浴的地方，池邊有一片蟠桃園，吃了裡面的果子，人可以長生不老。

❹【七仙女】玉皇大帝的七個女兒，分別是紅衣仙女、青衣仙女、藍衣仙女、橙衣仙女、紫衣仙女、黃衣仙女、綠衣仙女。另說玉皇大帝育有十個女兒，除去觀世音菩薩、大勢至菩薩、文殊菩薩，剩下的白娘聖母、青娘聖母、西王聖母、仙女聖母、珠王聖母、碧霞元君和九天玄女統稱爲「七仙女」。

動。隨後，孫悟空召來一朵祥雲，一溜煙朝著瑤池飛去。

飛到半路，悟空見赤腳大仙[5]從遠處趕過來，看樣子要去瑤池赴會。孫悟空想了一想，計上心來，將赤腳大仙攔住，問道：「大仙要去往哪裡？」赤腳大仙回答說：「我受王母娘娘的邀請，去瑤池參加蟠桃盛會。」孫悟空於是說：「大仙有所不知，今年參加蟠桃盛會的諸位神仙，都要先到通明殿去參加典禮，隨後再去瑤池參加宴會。」赤腳大仙向來耿直憨厚，沒聽出孫悟空的假話，竟真的朝通明殿飛去了。

等所有人都睡著了，孫悟空走到宴席旁，斟滿了美酒，將美味珍饈都搬到眼前，痛吃痛飲一番，沒過多久就喝得醉意醺醺，走起路來東倒西歪的。

悟空隨後搖身一變，化成赤腳大仙的模樣，得意地朝瑤池趕去。不一會兒，就來到了瑤池。放眼望去，瑤池煙霧繚繞，瓊樓玉宇，裝飾華美，美味珍饈[6]應有盡有，讓人目不暇接。孫悟空沿著長廊走過去，見一幫人正忙得不亦樂乎，有的抬酒，有的擺水果，滿眼的美酒佳肴，看得他口水直流。孫悟空腦筋一轉，從身上拔下幾根毫毛，喊了一聲：「變！」毫毛瞬間就變成幾隻瞌睡蟲，悟空將它們往眾人身上一撒，那些童子、酒倌隨即躺在地上睡起了大覺。

等所有人都睡著了，孫悟空走到宴席旁，斟滿了美酒，將美味珍饈都搬到跟前，痛吃痛飲一番，沒過多久就喝得醉意醺醺，走起路來東倒西歪的。感覺喝得差不多了，悟空心想：「一會兒大仙們趕過來，恐怕要責怪我，我不如早點趕回府中休息。」他想到這兒，便搖搖晃晃地朝齊天大聖府趕去。

誰想，孫悟空酒喝得太多了，分不清方向，暈暈乎乎地竟然跑到太上老君❼的府上去了。來到丹房，悟空見丹爐旁邊擺了五個葫蘆，葫蘆裡盛著剛剛練出來的金丹。悟空心想：「這金丹可是寶貝啊，今天讓我碰見了，先吃幾粒嘗嘗鮮。」於是將葫蘆裡的金丹都倒了出

---

❺【赤腳大仙】傳說中的道教神仙，因從來不穿鞋得名。他性情溫和，法力高強，專門剷除世間妖孽，一雙大腳所向無敵。

❻【珍饈】泛指美味的食物。

❼【太上老君】即老子，道教創始人，後被神化爲「太上老君」，是「道教三清」之一，即「太清道德天尊」。《西遊記》裡，太上老君住在兜率宮，常騎一頭青牛，袖裡有一個金剛鐲，法力無邊。

來，一股腦全吞進了肚子裡。

這仙丹是何等寶物，孫悟空吃完金丹，一下子醉意全無。清新過來後，悟空心想：「我亂了蟠桃會，偷了金丹，玉帝老兒肯定又要找我麻煩，我也不回齊天大聖府了，不如直接回花果山吧。」於是使了個隱身法，逕直朝花果山飛去。

回到花果山，孫悟空將自己在天宮的經歷，給猴兒說了一遍，猴子們一邊歡呼，一邊將水果和椰酒端到孫悟空跟前。悟空喝了幾口椰酒，說：「不好喝，不好喝！我在瑤池喝的那些玉液瓊漿才叫美味，而且喝完還能長生不老。這樣吧，我現在就去天上給你們偷幾瓶回來，讓你們也嘗嘗鮮。」說完，召出筋斗雲，直奔瑤池飛去。

到了瑤池，孫悟空見那些搬酒燒火的，還在那裡呼呼大睡，於是懷裡抱了兩罈酒，又在腋下夾了兩罈，朝花果山飛去。回到花果山，孫悟空讓小猴們把幾罈酒都打開，一人分了一碗，一起痛快地喝了一場。

第八回　十萬天兵捉大聖

七仙女被孫悟空施了定身術，七天之後才得以解脫。脫身之後，七仙女各自提著花籃，回奏王母說：「娘娘，我們去蟠桃園摘桃時，被守園的孫悟空定住了，所以來晚了。」王母問道：「那你們摘了多少蟠桃？」七仙女回答說：「只摘了兩籃小桃，三籃中桃，大桃一個也沒見，估計全給孫悟空吃了。那孫悟空十分無禮，對我們毫不客氣，無緣無故地就對我們施了法術。」

聽完七仙女的話，王母十分生氣，將事情轉告了玉帝。此時，瑤池的仙官們也趕過來向玉帝稟告：「陛下，不知什麼人攪亂了蟠桃盛會，偷去了美酒，珍饈美食也被吃光了。」玉帝不禁心生疑惑。過了一會兒，四大天王報奏說：「玉帝，太上老君求見。」玉帝隨即和王母一起去殿外迎接老君。太上老君給玉帝和王母娘娘施完禮，說：「老道煉了一些九轉金丹，本來想要在蟠桃盛會上拿出來給大家享用，結果不知道被什麼人給偷吃了，特來稟告陛下。」玉帝十分驚訝。

過了一會兒，赤腳大仙也趕到靈霄寶殿，對玉帝說：「陛下，我受王母邀請，前來參加蟠桃盛會，半路碰上齊天大聖，他告訴我今年要先去通明殿參加典禮，結果我趕到那裡什麼也沒見到，於是趕來詢問情況。」聽到這裡，玉帝才明白過來，生氣地說：「這猴子假傳聖旨，哄騙眾仙，快快派人給我捉住他！」於是，托塔李天王、四大天王、哪吒太子、二十八宿❶、九曜星官等眾仙，奉命攜帶十萬天兵天將趕往花果山，捉拿孫悟空。

眾仙離開天宮，騰雲駕霧，不一會兒就趕到了花果山，將水簾洞圍了個水洩不通。托塔李天王讓天兵們擺好陣勢，隨即命令九曜星官第一個出戰。九曜星官各自帶著武器趕到水簾洞外，一字排開，見一群小猴正在洞邊玩耍，厲聲叫道：「那群小妖，你們的大王在哪裡？我們是上天派來的神仙，奉命捉拿你們造反作亂的孫悟空，快點叫他出來投降，免得白白丟了性命。」小猴們聽完，立即跑到洞裡通告說：「大王，不好了，洞外面有九個凶神，說要收降大聖。」

悟空正在和花果山七十二洞妖王分飲仙酒，聽完小猴的話，笑著說：「沒事兒，不用管他們，我們只管喝酒。」過了一會兒，又有幾個小猴跑進洞來，說：「大王，那九個凶神把水簾洞的洞門打壞了，馬上就要打進來了！」悟空生氣地說：「這些毛神，老孫不跟他們一般見識，他們倒沒完了。今天就讓他們見識一下金箍棒的威力！」說完命令獨角鬼王率領七十二洞的妖王出去迎戰。

獨角鬼王率先迎戰九曜星官，但他們根本不是九曜星官的對手，被對方打了個落花流水，很快就敗下陣來。孫悟空見狀，將金箍棒變到碗口來粗，大叫一聲：「開路！」殺出水簾洞，和九曜星官打了起來。九曜星官雖然法力高強，但終究不是孫悟空的對手，不一會兒就抵擋不住。九曜星官不服氣，高聲罵道：「你這個不知死活的弼馬溫，偷仙桃、飲御酒，攪亂蟠桃大會，偷吃老君的仙丹，你怎麼不認罪呢？」悟空說：「是有這事兒，不過這與你們有什麼關係？」九曜星官說：「我們奉玉帝的旨意，下界捉拿你，免得你禍害眾生，擾亂天地。你還是乖乖投降吧，否則我們早晚掀了你的花果山，砸爛你的水簾洞。」悟空聽完，怒火中燒，罵道：「好你們幾個毛神，吃俺老孫一棒。」九曜星官見狀，慌忙逃走。

九曜星官狼狽地逃回李天王身邊，說：「那猴子十分厲害，我們打不過他。」李天王見出師不利，隨即下令四大天王和二十八星宿一同出戰。悟空見天神們來勢洶洶，毫不示弱，將獨角鬼王、七十二洞妖王還有水簾洞裡的所有小猴子全都叫出來，準備迎戰。結果，天神們和孫悟空一場惡鬥，一直打到太陽下山也沒有分出勝負。悟空見天色已晚，急中生智，拔下一撮毫毛，輕輕一吹，瞬間變出千百個齊天大聖來，打得天王和星宿們疲於招架，不一會

❶【二十八宿】中國古代的天文學家將天空中的星，按照一定規律分成二十八組，稱做「二十八宿」。書中借指二十八個神仙。

孫悟空將金箍棒變到碗口來粗，大叫一聲，殺出水簾洞，和九曜星官打了起來。不一會兒，九曜星官就抵擋不住，慌忙逃走。

兒就敗陣而逃。

四大天王和星宿吃了敗仗，怕回去被托塔李天王責怪，隨即各自抓了一些戰利品回去報功，這裡面有狼精、豹子精、狐狸精、獅子精，唯獨沒有逮到一隻猴子。

那邊正打得厲害，這邊南海觀世音菩薩❷帶著大徒弟惠岸行者❸，前往瑤池參加蟠桃大會。見到玉帝，菩薩問道：「今年的蟠桃盛會準備得怎麼樣了？」玉帝回答說：「每年蟠桃盛會，我都會命人精心準備。誰知盛會將至，突然冒出一個搗亂的猴子，將蟠桃會毀得一塌糊塗，我看今年是開不成了。」菩薩隨即問道：「那妖猴什麼來歷？」玉帝回答說：「妖猴本是花果山上的一顆石卵，因吸收了天地靈氣變成一隻猴子，後來學會七十二般變化，頗有一些本領。」聽了玉帝的話，菩薩對身邊的惠岸行者說：「你現在就前往花果山探探情況，如果必要的話，就幫助天兵天將們收服了那猴子。」惠岸行者於是拿著武器，駕著祥雲朝花果山飛去。

---

❷【觀世音菩薩】又名觀音菩薩、觀自在菩薩，和地藏王菩薩、普賢菩薩、文殊菩薩合稱「四大菩薩」，象徵著慈悲。觀世音菩薩端莊慈祥，手持淨瓶楊柳，神通廣大，關注人間疾苦，在佛教信徒的心目中具有非常高的地位。

❸【惠岸行者】觀音菩薩的弟子，法名惠岸。實際就是托塔李天王的二兒子木吒。

惠岸行者趕到花果山的時候，天已經放亮。一個小兵向李天王報告說：「那大聖帶著一群猴子在山上叫囂，要我們下去迎戰。」李天王正與四大天王商議出兵，惠岸行者趕來說：「父王，我受菩薩的吩咐下來打探消息，現在這大聖在山上叫罵，就讓孩兒去會一會他吧。」李天王一看是自己的兒子木吒，說道：「孩兒，你已經跟著菩薩修煉了幾年時間，應該學會了一些法術，但這次出戰一定要小心，那猴子不好對付。」

木吒點點頭，隨後掄起鐵棍，一躍來到花果山前，大聲喊道：「哪個是齊天大聖，快快出來迎戰！」孫悟空見又是一個年紀不大的男孩兒，不慌不忙地回答說：「我就是，你是什麼人，這麼大的口氣。」木吒說：「我是托塔李天王的二太子木吒，今天是專門來捉拿你的。」悟空說：「你敢說這種大話，先吃俺老孫一棒！」說完就揮起金箍棒朝木吒打去。木吒倒也不害怕，拿出鐵棒上前抵擋，兩個人在半山腰打了起來。

兩人打得不可開交，一會兒工夫已經大戰了五六十個回合。木吒漸漸地感到手酸臂痛，招架不住孫悟空的攻勢，虛晃了一棍，趁機逃走。孫悟空也不追趕，繼續守在水簾洞外，等著天兵來襲。

木吒氣喘吁吁地回到陣中，對父王說：「好一個大聖，真是神通廣大，孩兒打不過他。」李天王見木吒也不是孫悟空的對手，一時沒了辦法，於是派遣大力鬼王和木吒一起返回天庭，向玉帝報告情況。

第九回　二郎神變戲法

話說木吒等人向玉帝說明了情況，玉帝回應說：「這孫悟空究竟有什麼能耐，十萬天兵天將都拿他沒辦法，這次李天王又派人來搬救兵，我該派什麼人去幫助他呢？」正疑惑的時候，南海觀世音說：「陛下，你的外甥二郎神❶現在居住在灌州灌江口，曾經殺死六隻惡怪，神通廣大，不妨下一道聖旨讓他去捉拿孫悟空，想必能夠成功。」

玉帝想了想，似乎也沒有更好的辦法了，於是命令大力鬼王攜帶聖旨，前往灌江口尋找二郎神。收到聖旨，二郎神當即回答說：「鬼王請回，我這就前往花果山收服了那個妖猴。」說完，召喚了身邊的四太尉❷、兩將軍，牽上哮天犬，駕著蒼鷹，朝花果山飛去。

❶【二郎神】道教神仙，本名楊戩，玉皇大帝的外甥，神通廣大，手持一柄三尖兩刃刀，身邊跟著一隻哮天犬，又稱二郎顯聖眞君、昭惠顯聖仁佑王等。

❷【太尉】秦漢時期掌管軍事的最高官員，秦朝三公之一，後逐漸成爲一個有名無銜的虛職。

二郎神趕到花果山下，小猴慌忙向孫悟空報告情況。悟空聽說外面又來了一幫人，整理了一下身上的黃金甲，穿上步雲鞋，正了正紫金冠，拿起金箍棒，奔出洞外。

孫悟空見二郎神眉清目秀，笑著說：「你是哪裡的小兵，敢跟我挑戰？」二郎神喊道：「你這猴子真是有眼無珠，我是玉帝的外甥二郎神，今天奉命來捉拿你這個弼馬溫，你不要不知死活！」孫悟空隨即說：「我聽說當年，玉帝的妹妹私自下凡到人間，和一個楊姓凡人生了一個男孩兒，想必就是你吧。我與你無冤無仇，打你一棒怕要了你性命，你還是乖乖地回去，讓四大天王下來陪我玩玩吧。」二郎神哪裡受得了這般辱罵，怒罵道：「你這個潑猴，吃我一刀！」孫悟空眼疾手快，側身一退，便躲了過去。隨後，孫悟空舉起金箍棒，朝二郎神劈去，兩人廝打起來。

二郎神果然不是等閒之輩，孫悟空和他打了三百多個回合也沒有分出勝負。打得正酣，二郎神搖身一變，變成一個萬丈多高的巨人，手拿三尖兩刃的神器，凶神惡煞地朝著孫悟空劈過來。孫悟空見狀，也將身子變成萬丈多高，舉起手中巨大無比的金箍棒，迎面還擊。兩個巨人在天地之間一陣惡鬥，直打得山河震顫，天昏地暗。

隨二郎神前來的四太尉和兩將軍，見兩人打得難分難解，便趁機攻打水簾洞。可憐猴子們哪裡是太尉和將軍的對手，被打得七零八落，丟盔卸甲。孫悟空正和二郎神打得熱鬧，忽然聽見猴子們的慘叫聲，才知道地面上的情況，立即變回原身，向水簾洞飛去。二郎神見孫悟空要逃，就跟著追了過去。

悟空飛到洞口，被四太尉擋住了去路，情急之下，搖身一變，化成了一隻麻雀，飛到旁邊的一棵樹上。二郎神趕到水簾洞洞口，見沒有孫悟空的蹤跡，就問四太尉：「兄弟們，那猴子跑到哪兒去了？」四太尉回答說：「剛才還被我們圍在這裡，眨眼工夫就不見了。」二郎神想了想，料到孫悟空使了法術，於是開了天眼，朝四周一掃，發現孫悟空變成了一隻麻雀，正站在樹上偷笑。

二郎神見狀，搖身一變，化成一隻蒼鷹，張開翅膀朝孫悟空飛去。孫悟空見法術被識破，慌忙變成一隻大鷀❸鳥，直沖雲霄。二郎神見狀，抖了抖身上的羽毛，化成一隻大海鶴，緊緊追著孫悟空飛上天去。孫悟空見二郎神追上來，急中生智，朝山裡的一個水池扎去，變成了一條小魚。二郎神趕到水池邊，不見孫悟空蹤影，自言自語說：「這猴子跳到水裡，一定變成了魚蝦之類的東西，看我怎麼對付他。」說完化成一隻魚鷹，飛到水池上方盤旋，尋找孫悟空的蹤跡。

悟空正在水裡游著，突然看到水面上飛來一隻魚鷹。悟空見這隻魚鷹長得像一隻鷺鷥❹，

---

❸【鷀（ㄘˊ）】指鸕鷀，又名魚鷹、水老鴉，羽毛黑色，善於潛水捕魚。漁民常將其馴化，幫助自己捕魚。

頭頂卻沒有羽毛，像一隻老鸛，腿又不紅，料到這隻魚鷹是二郎神變的。想到這兒，孫悟空打了個水花，朝水底游去。二郎神正在水面上盤旋，突然看到一條魚打起一串水花，他見那魚像鯉魚，尾巴卻不紅，像是鱖魚，又沒有花鱗，立即猜到這是孫悟空變的，於是立即俯衝下去叼那條魚。孫悟空見二郎神又看穿自己的戲法，慌忙變成一條水蛇，朝岸邊游去。

二郎神見孫悟空變成水蛇，便化成一隻灰鶴，伸著長嘴，站在岸邊等孫悟空上岸。孫悟空見勢不妙，縱身躍出水面，變成了一隻花鴇[5]，立在岸邊。二郎神見狀，變回原身，拿出一個彈弓，照著花鴇的頭就是一下。

孫悟空被打了個踉蹌，沿著山坡滾下山崖，順勢變成了一座土地廟：悟空將嘴巴張開，變成門框，牙齒變成門板，眼睛變成窗戶，唯獨尾巴沒有地方安置，只好將它變成一根旗杆，立在廟後面。二郎神趕到山崖下面，不見花鴇的蹤影，只看見一座土地廟孤零零地立在山崖旁邊，十分奇怪。二郎神開了天眼，朝那土地廟一望，笑著說：「這猴子竟這麼哄我，哪有在廟後面立旗杆的，讓我先毀了它的窗戶，再踢碎它的木門。」孫悟空見戲法又被識破，慌忙變回原形，一個筋斗翻到雲裡不見了。

二郎神急忙追去，卻找不到孫悟空的蹤影，正不知怎麼辦時，托塔李天王帶著一枚照妖鏡[6]趕了過來。二郎神將剛才的情況向李天王一說，李天王隨即拿照妖鏡往四下一照，然後說：「快去，快去，那猴子用了個隱身法，朝你那灌江口飛去了。」於是，二郎神慌忙向灌江口飛去。

孫悟空趕到灌江口，變成二郎神的模樣，跑到他的廟裡。一群僕人以為二郎神回來了，慌忙磕頭迎接。孫悟空高興地坐在廟中央，接受香火。二郎神回到自己的廟裡，不管眾人的阻撓，照著孫悟空就砍了過去，孫悟空慌忙變回原身，和二郎神打了起來。這一仗又打得難解難分，兩人一路從灌江口打回了花果山。

孫悟空見勢不妙，縱身躍出水面，變成了一隻花鴇。二郎神見狀，變回原身，拿出一個彈弓，照著花鴇的頭就是一下。

❹【鷺鷥】一種大型鳥類，喙長、頸長、腿也長，長得頗有特點。

❺【鴇（ㄅㄠˇ）】又叫獨豹，是一種水鳥，形體像雁有斑紋，腳沒有後趾。肉粗糙但味美。

❻【照妖鏡】神話小說裡能夠照出妖怪本來面目的鏡子。

玉帝見二郎神去了一天沒有消息，便召集菩薩、王母等人來商議。觀音說：「我看陛下不如隨我們一同去南天門觀望觀望，看看下面究竟是什麼情況。」玉帝於是和王母等人來到南天門。天丁力士們見玉帝駕到，慌忙打開南天門。玉帝往下一瞧，只見天兵天將把花果山重重包圍，李天王手拿照妖鏡，立在空中，哪吒也在站在一旁，隨時準備出戰，而二郎神正和孫悟空打得不可開交。菩薩見狀說：「二郎神已經將那猴子困住，只是捉不住他，讓我下去幫幫忙吧。」一旁的太上老君說：「你準備用什麼寶貝收他？」菩薩說：「我將手中的淨瓶楊柳拋下去，即使打不死他，想必也能讓他昏厥過去。」太上老君忙說：「你那淨瓶是白瓷的，摔下去肯定要碎掉。老君有一枚金剛鐲，集天地靈氣，水火不侵，堅固無比，讓我用它來打那猴子吧。」

老君掏出金剛鐲，朝花果山掄過去。孫悟空和二郎神交戰正酣，毫無防備，被金剛鐲打中腦袋，頓覺昏昏沉沉，渾身無力。二郎神見狀，立即命人找來繩子，將孫悟空捆綁起來，並用鐵鉤鉤住他的琵琶骨[7]，防止孫悟空再用法術。一眾人興高采烈地將孫悟空押往天宮。

---

[7]【琵琶骨】也稱肩胛骨，外形近似三角形，通常位於第二肋骨和第七肋骨之間，是肩關節的重要組成部分之一，對手部運動有著關鍵的協調作用。據史書記載，穿琵琶骨是古代官府對付江洋大盜的常用刑法，可以讓這個人武功盡廢，有力使不出，作用類似於小說中描述的挑手筋和斷腳筋等殘酷刑罰。

第十回　大鬧天宮

話說二郎神和四大天王等人，將孫悟空押到通明殿，稟告玉帝說：「陛下，我們已經將妖猴抓住，聽候您發落。」玉帝隨即傳旨，讓大力鬼王將孫悟空立即處死。大力鬼王不敢怠慢，將孫悟空押到斬妖臺上綁了起來。

天兵天將刀砍斧剁，槍挑劍刺，但悟空毫髮未傷，那些兵器卻已經缺頭少刃，殘破不堪。一旁的南斗星❶見兵器傷不了孫悟空，命令各路火神放火燒他，但縱使把斬妖臺都燒紅了，孫悟空還是安然無恙。沒辦法，南斗星又找來雷神❷，照著孫悟空就是一番雷劈雷打，但硬是連孫悟空的一根毫毛也沒有劈下來。

❶【南斗星】射手座裡六顆明亮的主星，分別是天府星、天梁星、天機星、天同星、天相星和七殺星，書中借指六位神仙。

❷【雷神】中國神話中的神靈。精通五雷之法，善於呼風喚雨，據說長了一副人頭龍身的模樣。

眾神這下慌了神，向玉帝稟告說：「這猴子不知從哪裡學的護身方法，刀槍不入、雷火不傷，我們可怎麼辦呀？」玉帝正犯愁，太上老君上奏說：「那妖猴吃了蟠桃，喝了御酒，還偷吃了我的仙丹，早已煉成金剛不壞之身。依我看，陛下不如將他交給我處置，我把他鎖在八卦爐裡，用文武火燒他，把他身體裡的靈氣和仙丹都煉出來，他自然就化成灰燼了。」聽完太上老君的話，玉帝欣喜萬分，立即將孫悟空交給老君，還賜給老君金花、御酒等物，以示感謝。

太上老君將孫悟空押到自己的兜率宮，命人將他推進八卦爐，然後讓童子生火，用扇子不停地扇風，以保證八卦爐裡的溫度和火勢。悟空在爐子裡渾身冒汗，眼睛被爐火燻得睜不開，只好不停地揉。時間一長，這雙眼睛變得既不怕熱又不怕光，自身卻能發出萬丈光芒，讓人無法正視。

時間飛逝，不知不覺間，孫悟空已經在爐子裡待了七七四十九天。太上老君掐指算著日子，料定猴頭已經被煉成仙丹，於是命人熄火開爐，瞧瞧裡面的情況。童子剛把爐門打開，就看見裡面射出兩道金光。隨後，便看到一個人影從爐子裡閃了出來。一旁的太上老君定睛一看，發現這身影不是別人，正是孫悟空。老君見勢不妙，上前想一把揪住孫悟空，但孫悟空縱身一躍，摔了老君一個倒栽蔥。

飛出兜率宮，孫悟空從耳朵裡掏出如意金箍棒，一路朝靈霄寶殿殺去。這一次，九曜星官和四大天王等人拿孫悟空一點辦法也沒有，勉強在天宮裡和孫悟空鬥了幾個回合，就被孫悟空撂到一旁。悟空勢不可當，手握著金箍棒，殺到了靈霄殿外。

孫悟空正要往靈霄寶殿裡闖，佑聖真君的佐使靈官攔住他，喊道：「潑猴想往哪裡去，有我在，你休想猖狂！」孫悟空不由分說，舉棒就打，靈官掏出金鞭，和大聖廝打起來。兩人正打著，佑聖真君聞聲趕到，隨即召來三十六名雷將，將孫悟空團團圍住。

一時間，刀槍劍戟全都向著孫悟空刺過來。悟空見狀，搖身一變，化成三頭六臂，將金箍棒變成三根，呼呼地轉起來，把那些兵器全部擋在身外。佑聖真君他們雖然人多，但終究抓不住孫悟空。

玉帝聽到外面的打鬥聲，知道是孫悟空來了，便派遊奕靈官❸和翊聖真君❹去找如來佛祖求助。兩人奉旨來到西方靈山的雷音寶寺❺求見佛祖，如來問道：「玉帝有什麼事情，煩請你們二位找我？」兩人將孫悟空偷蟠桃、吃仙丹、大鬧蟠桃盛會和天宮的事情向佛祖講了

---

❸【遊奕靈官】玉皇大帝身邊的傳令官，負責將玉帝的旨意傳達給三界的眾生，可穿行於陰陽兩界。

❹【翊聖眞君】「翊聖」是輔佐天子的意思，書中借指輔佐玉皇大帝的神仙。

❺【雷音寶寺】指大雷音寺，據說是指印度的那爛陀寺。書中指如來佛祖居住的地方，是唐僧西天取經的目的地。

九曜星官和四大天王等人勉強和孫悟空鬥了幾個回合，就被摞到一旁。孫悟空手握金箍棒，勢不可當。

一遍。如來聽完，對身邊的八位菩薩說：「你們在這兒鎮守雷音寺，我去降服那個妖猴。」說完，喚上身邊的阿儺[6]、迦葉[7]兩位尊者，朝靈霄寶殿飛去。

不一會兒，如來就趕到靈霄寶殿外，見孫悟空和三十六雷將打得正酣，於是傳旨說：「雷將們不要再打了，叫那大聖出來，讓我看看他有什麼法力。」雷將們退到一旁，孫悟空這才恢復了真身，走到佛祖跟前說：「你是哪裡來的和尚？」佛祖笑著說：「我是西方極樂世界的釋迦牟尼尊者，聽說你猖狂不已，屢次冒犯天庭，你為何要這樣？」

孫悟空不依不饒地說：「我是花果山水簾洞的孫悟空，得道成仙，變化無窮，今天定要佔了這個靈霄寶殿，坐上玉帝的龍位。」聽完這話，佛祖笑著說：「你這個猴子，怎麼敢和玉帝搶位子。他自幼修行，歷經一千七百五十次劫難，每次劫難都要經歷十二萬九千六百年，你倒是算一算，玉帝花了多少年，才坐上了靈霄寶殿的龍椅？」孫悟空繼續說：「皇帝輪流做，玉帝老兒雖然修行多年，但也不能老賴在龍位上不走。他只要將天宮讓給我，我就不再跟他計較；否則，我定要鬧天宮一個雞犬不寧！」

佛祖見悟空這麼囂張，於是問道：「你除了學會長生不老的本領，還有什麼能力，敢誇

---

❻【阿儺】阿儺陀，佛陀的堂弟，佛陀十大弟子之一。

❼【迦葉】即摩訶迦葉，又名迦葉波、迦攝波，佛陀十大弟子之一，禪宗第一代祖師。

口獨佔天宮？」孫悟空說：「我精通七十二變，一個筋斗雲能飛出去十萬八千里，怎麼就不能獨佔天宮？」佛祖便說：「好，那我就跟你比試一下，你一個筋斗要是能夠翻出我的手掌，就算你贏，我立即讓玉帝收兵，並讓他搬到西方居住，將天宮讓給你；你要是逃不出我的手掌，就算你輸，你乖乖地回人間做你的妖怪，經歷些磨難，再來天庭較量。」

孫悟空心想：「這如來原來是個大笨蛋，我老孫一個筋斗能翻十萬八千里，他的手掌卻連一尺都不到，我難道還跳不出去不成？」想到這裡，孫悟空連忙說：「你說話管用嗎？」如來說：「當然管用。」於是，孫悟空收起金箍棒，跳到如來掌心裡，喊道：「我要逃了！」說完翻了一個筋斗，不見了蹤影。

孫悟空一路風馳電掣，轉眼之間來到了五根巨大的柱子面前。悟空心想：「這應該就是天界盡頭了吧，我就從這兒返回吧。」想完，變出一根毛筆，在中間的那根柱子上寫下八個大字：齊天大聖，到此一遊。寫完後，他又跑到柱子跟前撒了一泡尿，這才滿意地往回飛去。

回到如來身邊，悟空說：「我回來了。怎麼樣，這下你該乖乖地把天宮交給我了吧。」不想，如來厲聲喝道：「你這無理猴頭，根本沒逃出我的掌心，竟然還在我的手上撒尿！」孫悟空不信，說：「我一個筋斗就翻到了天界盡頭，那裡有五根柱子，我還留了記號，不信你跟著我去看看。」佛祖說：「不用去了，你低頭看看我的手指就知道了。」孫悟空朝著如來的手指一望，果然看到了自己留在柱子上的那行字，而且還聞到了一股尿騷味。悟空驚訝地說：「還有這種事情？我明明將字寫在擎天柱子上，現在怎麼卻在你的手指上？不可能，讓我再去看看。」說完就要往外跳。如來見狀，將手掌一翻，一下就將孫悟空推出了西天門。緊接著，如來將自己的五根手指化成金、木、水、火、土五座山，將悟空壓在了山下。

聽說如來將孫悟空制服，玉帝大喜過望，設宴款待如來。四面八方的神仙，也紛紛前來祝賀。

過了一會兒，一個巡視的靈官找到佛祖說：「那猴子已經從五指山下伸出頭來了，我怕他會逃出來。」如來聽完回答說：「沒事。」隨即將一張寫著「唵嘛呢叭咪吽❽」六個字的靈符❾交給阿儺尊者，讓他把靈符貼到五行山山頂。阿儺尊者按照如來的旨意貼好靈符，發現五指山的石縫全都長到了一起，堅不可摧。孫悟空再也挪不動身子，只剩手和頭露在山外面。

如來離開玉帝的宴會，攜兩位尊者返回靈山。半路經過五行山，看到被壓在山下的孫悟空，佛祖頓生慈悲之心，念了一句咒語，將附近的土地神召喚出來說：「以後你就負責照看

---

❽【唵嘛呢叭咪吽】梵文，又稱六字大明咒，是大慈大悲觀世音菩薩咒，象徵慈悲。據說觀世音菩薩就是念此咒語修行成佛的。

❾【靈符】古人迷信的一種紙符。據說用燒、貼、藏、帶、洗、食等方式處理靈符，可以起到袪病免災、祈福生財的作用。常見的靈符有鎮宅符、護身平安符、姻緣符、斬鬼符、安胎符、止痛符等。

第十一回　唐僧踏上取經路

一天，如來佛祖對身邊的眾多弟子說：「現在的四大部洲，善惡不一。東勝神洲的生靈，敬仰天地，太平無事；北俱盧洲的生靈，雖然喜歡殺生，但也是為了充饑飽腹，不會為非作歹；西牛賀洲的生靈，不貪婪也不邪惡，人人善良長壽；唯獨那南贍部洲的生靈，幸災樂禍，喜歡惹是生非，是一片苦難之海。我這裡有三藏真經，可以幫助人們洗心革面。」

聽完如來的話，八位菩薩上前問道：「是哪三藏真經？」如來回答說：「《法》一藏、《論》一藏，還有一藏《經》，共三十五部，一萬五千一百四十四卷。我希望派遣一人，去東土尋找一個善徒，讓他歷經千山萬水，來我們這裡求取真經，以勸化眾生，造福天地。誰願意為此走一趟呢？」

這時，一旁的觀音菩薩走出來說：「我願意去東土找一個取經人。」如來高興地說：「別人去還真不行，就讓你去吧。」觀音菩薩問道：「臨行前你還有什麼吩咐嗎？」如來說：「要多多去人間查看，不要只在雲中穿行。取經一路充滿艱辛，我給你五件寶貝，到時候你把它

們交給取經人。」說完，讓阿儺、迦葉兩位尊者取來一件錦襴袈裟、一根九環錫杖[1]，以及三個金箍。

如來說：「袈裟和錫杖都交給取經人用，只要那人一心取經，袈裟可保他身體無恙，錫杖可以保護他免遭毒害。這三個金箍各有一套咒語，取經人路上遇到神通廣大的妖怪可以收它們為徒，如果徒弟不聽話，就讓他把這金箍套到徒弟們的頭上。這金箍一旦接觸肌膚就會長進肉裡，怎麼摘也摘不下來。到時候，徒弟們要再不聽使喚，就讓那取經人念起咒語，保準讓徒弟頭疼目眩，乖乖聽話。」聽完如來的囑咐，觀音菩薩帶上五件寶物，以及身邊的惠岸行者，一起出發了。

觀音菩薩和惠岸行者出了靈山，一路向東趕去，不久來到了長安大唐國。兩人從半空中飛到地面上，搖身一變，化成兩個和尚，朝城裡走去。

當時天色已晚，兩人找到一間土地廟，趁沒人注意的時候溜到裡面，將土地神召了出來。土地神看出是菩薩，慌忙跪在一旁行禮。觀音菩薩說：「你們千萬不要走漏了風聲，我奉佛祖的旨意，到東土來尋找取經人，天黑了沒有地方休息，就到你這廟裡住一陣子，等找到取經人，我們就離開。」土地神連連稱是。

觀音菩薩在長安城裡住了幾天，一直沒有找到合適的取經人。一天，菩薩聽說唐太宗要在長安城裡選高僧，弘揚佛法，便趕了過去。這一次，菩薩和惠岸行者依舊化成兩個和尚，

次日，太宗將滿朝文武召集起來，設宴為玄奘送行，玄奘連連拜謝。

以賣袈裟和錫杖為由，受到了唐太宗的接見。

唐太宗問袈裟和錫杖的價錢，菩薩回答說：「袈裟五千兩，錫杖兩千兩。」太宗又問：「這兩樣東西有什麼好，賣得這麼貴？」菩薩將兩件寶物的好處形容了一番，唐太宗十分高興，命人將兩件東西呈上來一看，覺得確實是萬中無一的好東西。唐太宗隨後說：「實不相瞞，我這次召集眾僧宣講

❶【錫杖】又叫禪杖、智杖等，是僧人坐禪時警睡的工具，亦可作行路工具或法器。

經法，見到一個德行出眾的僧人，法名玄奘❷。我願意花錢買下你的兩件寶貝，賜給玄奘，如何？」聽完這話，菩薩回答說：「既然是個有德行的僧人，那貧僧願意無償送給他，一分錢也不要。」說完轉身離去。唐太宗想要挽留，但菩薩早已走遠。

第二天，唐太宗將玄奘召進宮裡，將袈裟和錫杖送給他，並讓他穿上試一試。玄奘不好推辭，於是將袈裟披在身上，手持錫杖，站在眾人旁。眾人端詳了一會兒，只見玄奘身上放出耀眼光芒，金光燦燦。人們不禁感歎：「好一個法師，簡直是羅漢附體，菩薩下凡啊。」

光陰似箭，轉眼到了舉行佛法大會的日子。這一天，菩薩和惠岸行者又變成兩個和尚，趕來聽玄奘宣講佛法。玄奘正坐在多寶臺上宣講，菩薩突然走到他跟前，大聲地說：「這位僧人，你只懂得宣講小乘佛法，但會講大乘佛法嗎？」玄奘見狀，坦言自己不會。菩薩隨後說：「你的小乘佛法，超度不了死去的人；但我這大乘佛法，卻能超度亡者，幫助世上有難的人脫險。」

這時，唐太宗趕過來，對菩薩說：「你不就是前兩天送我袈裟和錫杖的和尚嗎？你到這裡聽經，吃些齋飯就罷了，為什麼要擾亂高僧宣講佛法？」菩薩回答說：「我有大乘佛法三藏，可以超度亡者，消除苦難。」唐太宗問：「這佛法要到哪裡去找？」菩薩回答說：「在西天天竺國大雷音寺如來佛祖那裡。」說完飛上高臺，踏著祥雲來到半空，變回菩薩真身。

只見菩薩一身聖潔素衣，手托淨瓶楊柳，惠岸行者手持棍棒，威嚴地站在一旁。眾人見菩薩現身，慌忙跪在地上，不停地磕頭。菩薩逗留了一會兒，隨即駕著祥雲離去。眾人只覺金光漸遠，空中落下一張紙來，上面寫著：「去往西天要走十萬八千里路，但誰要能成功取得真經，定能普度眾生，修成正果❸。」

太宗隨即對身邊的諸位僧人說：「你們誰願意接受旨意，去西天拜佛取經？」玄奘走出來說：「貧僧無才無能，但願意克服重重磨難，將真經取回來，保我大唐江山永固。」唐太宗非常高興，與玄奘結為兄弟。

次日，太宗將滿朝文武召集起來，設宴為玄奘送行。唐太宗說：「御弟，今天是出行的好日子，這是通關文牒❹，你拿好了。我再送你一個紫金鉢❺，方便你取經途中化齋❻用。西天路途遙遠，我為你準備了一匹白馬，希望能夠減輕你趕路的勞苦。」玄奘連連拜謝。唐太

---

❷【玄奘】生於六〇二年，卒於六六四年，與鳩摩羅什、眞諦並稱爲中國佛教三大翻譯家，中國佛教法相唯識宗創始人。原名陳褘，出生於洛陽偃師市。貞觀三年，玄奘從京長安出發，歷盡艱辛抵達天竺，直到貞觀十九年才返回長安。撰有《大唐西域記》，是《西遊記》中唐僧一角的人物原型。

❸【正果】佛教中指有所證悟。「修成正果」指一個人在經歷了重重磨難和考驗之後，最終領悟佛法的深奧內涵。

❹【通關文牒】古代使者通過關戍時攜帶的通行證，每到一國需加蓋該國印璽方可自由出入，功能類似於今天的護照。

宗又問道：「御弟有雅號沒有？」玄奘回答說：「我一個普普通通的出家人，哪裡有什麼雅號？」唐太宗隨即說：「當時菩薩說西天有經三藏，我看你就取號『三藏』吧。」玄奘點頭稱是。唐太宗將一杯酒端到唐僧跟前說：「此去不知何時才能回來，『寧戀本鄉一撚土，莫愛他鄉萬兩金』，這杯酒你一定要喝了它。」唐三藏雖然不會喝酒，但還是將酒接了過來，一飲而盡。隨後，唐三藏辭別唐太宗和滿朝文武，出了唐宮，騎馬朝西方趕去。

❺【缽】古人洗滌或盛放東西用的陶製器具。書中特指唐僧化齋用的碗。

❻【化齋】又稱打齋、打齋飯，指僧人、道人挨家討要飯食的過程。

第十二回　悟空逃出五行山

出了長安城，唐僧一路西行，遇上一戶劉姓人家。當時天色已晚，唐僧便在劉氏家裡借宿。次日，唐僧拜謝告辭，劉家的戶主劉伯欽堅持要送唐僧一程。於是，兩人一起上路，沒過多久就來到了一座大山跟前。

唐僧放眼望去，見這座山高聳入雲、山勢陡峭、荒草叢生，心裡頓時害怕起來。這時，劉伯欽對唐僧說：「長老，我就送你到這裡吧，剩下的路你要自己走了。」唐僧見這裡前不著村、後不著店的，有些慌神，於是說：「煩請您再送我一段路吧。」劉伯欽回答說：「長老有所不知，這座山叫做兩界山，東邊歸我大唐管轄，西邊就是韃靼❶的地盤了。那邊的人凶如虎狼一般，我不敢過去，我們就此告別吧。」唐僧聽劉伯欽一說更不敢單獨趕路了，

❶【韃靼】中國古代北方的游牧民族，是居住在呼倫貝爾地區的蒙古語族部落之一，唐代指蒙古高原東邊的塔塔爾部。又名達旦或者達怛。

拽著劉伯欽的衣袖，堅持要他再送自己一程。

兩人正拉扯著，突然聽到兩界山的山腳下傳來一聲吼叫：「師父，師父來了！」聽到這聲怪叫，唐僧嚇得驚慌失措，劉伯欽說：「這叫聲一定是山下的石猴發出的。」唐僧不解地問道：「什麼石猴？」劉伯欽回答說：「這山原名五行山，下面壓著一個石猴，不怕冷也不怕熱，每天由土地神餵他一些鐵丸子吃，已經足足被壓了五百年了。」聽完這話，唐僧鼓起勇氣，朝兩界山的山腳走去。走了幾里，果然看到一隻尖嘴的猴子被壓在山底的石頭縫裡，除了手和頭露在外面，身子的其他部分全被壓在石

唐僧聽到一聲巨響，回頭一看，那五指山已經被炸得粉碎。唐僧正驚訝時，孫悟空已經跳到他跟前。

頭裡，動彈不了。看到唐僧，這猴子立即伸手叫道：「師父師父，你終於來了，快救我出來，我是保護你去西天取經的人！」

悟空見唐僧一臉疑惑，問道：「你可是從東土大唐去往西天取經的人？」唐僧回答說：「是，那又怎樣？」孫悟空說：「我是五百年前大鬧天宮的孫悟空，被佛祖壓在這五行山下。我受觀音菩薩的旨意，在這裡等待你的出現，我願做你的徒弟，助你西天去取經。」聽完這話，唐僧明白了過來，說：「你既然有心向善，又受了菩薩的教誨，我願意收你為徒。可是你現在被壓在山底下，我既沒斧子又沒鑿子，怎麼才能把你救出來？」孫悟空笑笑說：「師父，這山頂上有一張靈符，你只要上去把它撕掉，我就能逃出來。」

唐僧按照孫悟空說的，連走帶爬來到山頂，果然見到山頂巨石上貼著一張金光閃閃的靈符，上面寫著「唵嘛呢叭咪吽」六個金字，光芒萬丈。唐僧走到靈符跟前，虔誠地拜了幾次，隨後將靈符揭了下來。那靈符一碰唐僧的手，立即飛到空中。隨後，空中傳來一個聲音：「我是奉命監押大聖的靈符，現在已經完成自己的使命，可以回去見如來了。」說完，便消失不見了。

見唐僧揭了靈符，悟空立即喊道：「師父，走遠一些，我要出來了。」唐僧於是往東面走了六七里地，但悟空依舊大喊：「再走遠一些。」唐僧只好又往東面走了一段路。隨後，唐僧聽到一聲巨響，回頭一看，那五指山已經被炸得粉碎。唐僧正驚訝時，孫悟空已經跳到他跟前，跪在地上說：「師父，我出來了！」說完，就上前牽住白馬，催促唐僧上路。

唐僧說：「徒弟，你姓什麼？」悟空說：「姓孫，法名悟空。」唐僧又說：「那我再給你起個渾名，就叫行者吧。」孫悟空想了想：孫行者，不錯，是個好名字。於是滿心歡喜地答應了師父的提議。

師徒兩人整理了行李，朝著西邊趕去。剛剛出了兩界山，突然從路邊跳出一隻猛虎，唐僧臉都嚇白了，差點從馬上摔下來。孫悟空卻不慌不忙，從耳朵裡變出如意金箍棒，笑著說：「師父不要怕，這老虎是給俺老孫送虎皮衣服來了。」說完掄起金箍棒朝猛虎打去。老虎被悟空當頭一棒，當場斃命。悟空將虎皮剝下來，圍在腰間，遮住了下體。唐僧待在一旁，自始至終連大氣也不敢出。

兩人又趕了一陣路，見天色漸晚，於是找到一戶人家投宿。主人聽見有人叫門，急忙趕去開門，不想剛打開門就看見一個毛臉和尚，嚇得腿都軟了。看到主人驚慌的模樣，唐僧連忙解釋說：「老人家不要害怕。這是我徒弟，樣子雖然醜了一些，但絕無害人之心。」老人這才放心地請兩人進門。

師徒二人在老人家住了一晚上，第二天一早就匆匆告辭，繼續趕路。正走著，路邊突然殺出六個人來，個個手持利刃，衝著唐僧和孫悟空喊道：「臭和尚，別想跑，乖乖地把你們的馬匹和行李交出來，否則性命難保！」唐僧被嚇得說不出話來，悟空卻笑著說：「師父放心，這些人哪裡是來搶盤纏的，分明是來給我們送盤纏的。」強盜們見孫悟空如此囂張，訓斥道：「我們是這一帶的強盜王，你要是聰明，就乖乖地把東西交出來，我們可以放你們一條生路；要是敢說半個『不』字，今天就讓你們死在這裡！」孫悟空二話不說，變出金箍棒就朝六個人打去。六個毛賊哪裡是他的對手，轉眼之間就成了孫悟空的棒下之鬼。

唐僧驚魂未定，看到悟空殺死了六個強盜，非常生氣，對孫悟空說：「你怎麼敢這樣闖禍！這六個強盜縱然可惡，但也罪不至死，你怎麼能殺了他們？」悟空說：「師父，我要不打死他們，他們可就把你打死了。」唐僧說：「我死了是一條命，現在你卻殺了六個人，我看你行凶無度，濫殺無辜，去不了西天，也做不了和尚。」孫悟空覺得委屈，於是說：「既然我做不了和尚，去不成西天，那我走就是了。」說完，翻了一個筋斗，轉眼消失不見了。只剩唐僧一個人在那裡自言自語：「這猴子也太不聽話了，說他幾句就跑。算了，也是我不該招他做徒弟，現在想找他也找不到了。」說完，整理了一下行李，獨自向西而去。

第十三回　摘不下來的金箍兒

唐僧獨自趕了一段路，突然見到路邊有一位老婆婆，手裡捧著一件棉衣，衣服上還有一頂花帽。見唐僧孤零零地牽馬過來，那老婆婆開口問道：「你是從哪裡來的長老，怎麼一個人走在這荒山野嶺？」唐僧回答說：「我從東土大唐而來，去往西天求取真經。」

老婆婆隨即問道：「西天離這裡足足有一萬八千里，你一個人牽著一匹馬，連個徒弟都沒有，怎麼去西天呢？」唐僧回答說：「我曾經收了一個徒弟，但是他生性頑劣，我說了他幾句，他就跑了。」老婆婆說：「我這裡有一件棉衣和一頂帽子，你拿去給你的徒弟穿戴吧。」唐僧說：「謝謝您的好意，只是我那徒弟已經往東邊飛去了，我可怎麼找他？」老婆婆回答說：「我就在東邊住，我可以幫忙把他找回來。我教你一段緊箍兒，到時候你將這身衣帽給你的徒弟穿上，他要再不聽話，你就默念此咒，保準他不敢再胡作非為。」

聽完老婆婆的話，唐僧點頭致謝。隨後，老婆婆化成一道金光朝東飛去。唐僧這才明白老婆婆是觀音菩薩變的。唐僧慌忙將那身衣帽收好，並將那幾句「緊箍兒」在心裡默念了幾遍，生怕自己忘掉。

孫悟空離開唐僧，一個筋斗便朝著東海龍宮飛去。得知孫悟空出了五行山，並拜了師父，皈依[1]佛門，龍王十分高興，說：「這真是可喜可賀啊，不過既然你認了師父，為何不陪著師父去西天取經，反而到我龍宮裡來作客呢？」孫悟空說：「那唐僧不分好壞，我為了救他將幾個強盜打死，他反而責怪我幹了錯事，絮絮叨叨。我哪裡受得了這個氣，當時就撇下他跑回東土來了。」

龍王勸孫悟空說：「大聖，你要是不保唐僧西天取經，不聽教誨，到頭來還是一個妖猴，修不成正果。你實在不應該受了一些委屈就丟下唐三藏不管，耽誤了自己的前程。」悟空覺得龍王說得有理，於是告別了龍王，腳踩祥雲找唐僧去了。

悟空走到半路，正碰上尋找他的觀音菩薩。菩薩說：「孫悟空，你不保唐僧西天取經，跑到這裡來幹什麼？」悟空說：「謝謝菩薩的安排，讓唐僧把我救出五行山。我剛剛和師父鬧了點小矛盾，現在馬上就趕回去。」菩薩說：「那你快快找師父去吧，別耽誤了西天取經。」孫悟空點頭稱是。

悟空乘著筋斗雲，不一會兒就找到了唐僧，只見他一個人坐在路邊，一副愁眉苦臉的樣

---

[1]【皈依】佛教徒想要入佛門需要先拜師父，受三皈戒，皈依有皈投和依靠的意思。

子。孫悟空來到唐僧面前說：「師父，坐在這裡幹什麼，咱們快快趕路吧。」看到徒弟回來，唐僧又氣又喜，說：「你到底跑哪兒去了，讓我一個人在這裡等你，哪裡都不敢去。」悟空說：「我去東海龍王那裡喝了一杯茶，然後就回來了。」唐僧說：「你這猴子怎麼不說實話，一個時辰的工夫，你怎麼可能跑到龍王家裡喝茶？」孫悟空笑著說：「師父你不知道，我駕著筋斗雲，一下能翻出去十萬八千里，去龍宮一趟，根本不在話下。」唐僧說：「我只是說了你幾句，就算過分，你也不能說走就走啊。我沒什麼本事，一直在這裡等你，早晚要餓死。」孫悟空說：「師父，你現在餓不餓？我去給你找些食物來。」唐僧見機會來了，於是說：「不用去找了，我那包袱裡有些乾糧，你只需要給我找點水來，吃完我們就上路吧。」

孫悟空按著唐僧的意思打開包袱，果然找到了幾個燒餅。悟空把燒餅交給師父，然後瞥見了包袱裡光彩奪目的棉衣和那頂金帽。孫悟空說：「師父，這身衣帽不如讓我來穿吧。」唐僧故意說：「就怕你穿著不合身。」孫悟空搖搖頭說：「不會，不會。」說完就把身上的舊衣服脫了，穿上新棉衣，戴上新帽子。唐僧見孫悟空將衣帽穿戴好了，立即念起了緊箍咒，想試試菩薩的咒語靈不靈。結果，唐僧剛念了幾句，孫悟空就頭痛不已，唐僧又閉目念了幾句咒語，孫悟空已經疼得滿地打滾，並將那棉衣和帽子全部撕爛了。

撕掉帽子，孫悟空摸到自己的頭上纏了一根金剛圈，死死地勒在頭上，怎麼揪也揪不下

唐僧見孫悟空將衣帽穿戴好了，立即念起了緊箍咒。結果，孫悟空頭痛不已，疼得滿地打滾，將棉衣和帽子全部撕爛了。

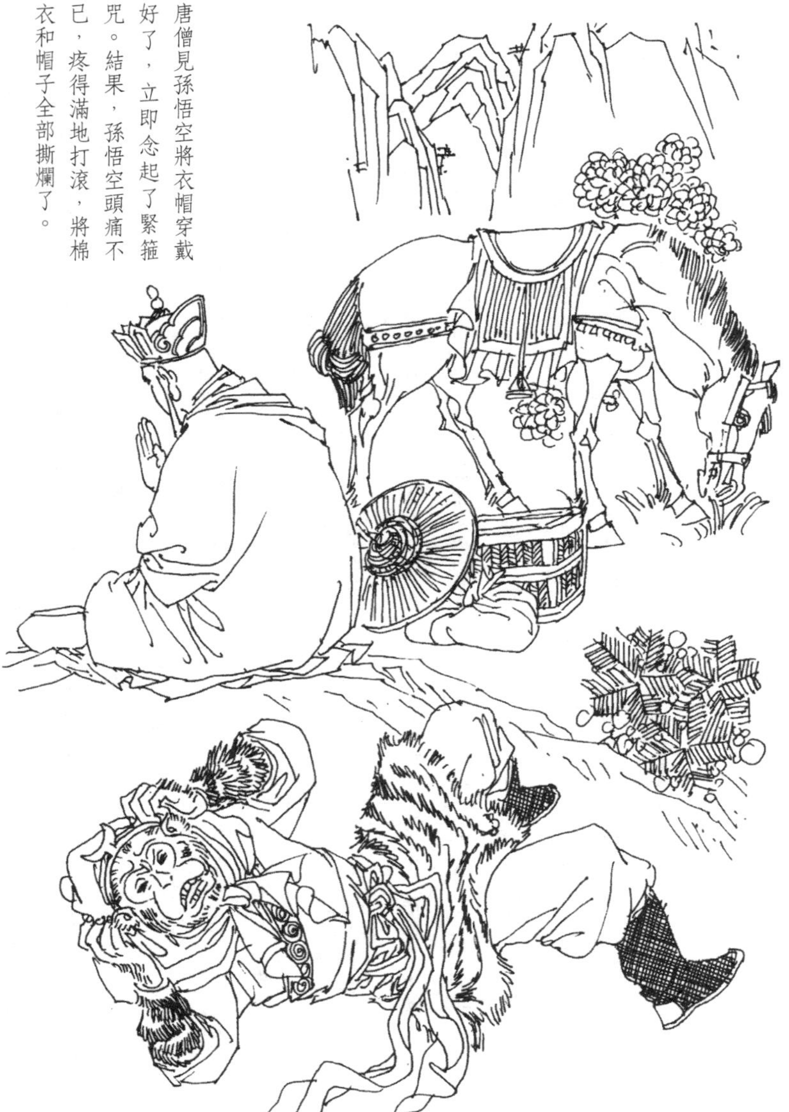

來，就像長在了頭上一樣。悟空從耳朵裡變出金箍棒，想用金箍棒把金剛圈撬下來。

唐僧害怕孫悟空真的把金剛圈撬下來，於是又念起緊箍咒。孫悟空疼得受不了，趴在地上打滾。這時，唐僧才停了下來說：「悟空，以後你聽不聽師父的話？」悟空說：「聽話，一定聽話！」孫悟空口上答應，心裡卻對師父恨得咬牙切齒，他趁師父不備，掄起金箍棒就要往師父頭上砸。唐僧見狀，慌忙念起緊箍咒。聽到這咒語，悟空的頭又開始劇痛起來，疼得他將金箍棒丟在一旁，跪在地上說：「師父，我再也不敢了。不要念了，不要念了！」唐僧這才停了下來。

隨後，孫悟空問道：「師父，這方法是誰教你的，這麼厲害。」唐僧回答說：「是一位老婆婆傳授給我的。」孫悟空想了想，大聲說：「這老婆婆肯定是觀世音變的，讓我去南海跟他較量較量。」唐僧隨即說：「傻猴子，這咒語是觀音教給我的，你去了，他要是念上幾遍，那你不是自討苦吃嗎？」孫悟空這下徹底沒了脾氣，跪拜在唐僧面前說：「師父，這是他讓我保你西天取經想出來的辦法呀。我惹不起他，你也不要再給我念那緊箍咒，從今往後俺老孫願意保你去西天取經，絕不反悔！」唐僧說：「既然這樣，你扶我上馬，我們這就上路吧。」於是孫悟空抖擻精神，將行李收拾妥當了，跟隨師父朝著西方大步走去。

第十四回　小白龍變白馬

唐僧和孫悟空連著趕了幾天的路，不辭辛苦。這時正逢嚴冬臘月，寒風凜冽、天寒地凍。這一天，師徒二人來到一處山澗附近，突然聽到前面傳來巨大的水聲。唐僧有些驚慌地問道：「悟空，這是哪裡傳來的聲響？」悟空回答說：「我記得這裡名叫蛇盤山鷹愁澗，我想這水聲應該就是從那鷹愁澗裡傳出來的。」

兩人正說話的時候，突然從山澗裡鑽出一條白龍，在山澗裡掀起一陣巨浪，一躍就朝著唐僧撲了過來，唐僧嚇得動彈不了。孫悟空見勢不妙，丟下手中的行李，一下子把師父從馬上抱了下來，轉身就跑。白龍追不上孫悟空和唐僧，轉頭把那匹白馬吞進肚子裡，鑽回山澗。

悟空將師父安置到一個安全的地方，隨後拿著金箍棒回到山澗旁邊，尋找行李和白馬。結果，行李是找到了，白馬卻怎麼找也找不到了。孫悟空想了想，縱身一躍飛到半空，用火眼金睛四處一看，千里之內都見不到馬的蹤影。孫悟空帶上行李，飛回唐僧旁邊說：「師父，咱們的白馬一定是讓那條白龍給吃了。」唐僧說：「徒弟不要亂說，難不成那條龍連馬

帶鞍全都吞進了肚子裡？一定是你沒找到。」悟空說：「師父有所不知，徒弟有火眼金睛的本事，千里以內的東西，俺老孫只要動一動法術，什麼都能看得清，那麼大的一匹馬，怎麼可能逃過我的眼睛？」

聽完這番解釋，唐僧才信了孫悟空的話，說：「既然白馬讓那妖怪吃掉了，這可如何是好，還有那麼長的路，難道真的讓我走著去西天不成？」說完，竟然哭了起來。看到師父這副樣子，孫悟空又氣又煩，說：「師父你怎麼這麼不爭氣，哭個什麼勁兒。你在這裡等著，我去找那白龍算帳！」唐僧見悟空要走，慌忙拉住他說：「徒弟，你這一走，把我自個兒扔在這荒山野嶺，萬一我再讓那白龍吃了，到時候人馬都死了，你如何是好？」聽完這話，孫悟空暴跳如雷，喊道：「你真是難伺候！你又想騎馬，又不讓我找那白龍算帳。那好，我們就坐在這裡守著行李，一起老死吧！」

孫悟空正坐在那裡生悶氣，突然傳來一個聲音：「大聖不要煩惱，唐長老也休要再哭。我們是觀音菩薩派來的神仙，特地來幫助你們化解麻煩。」聽完這話，唐僧立即跪拜答謝。孫悟空問道：「你們有幾個人，煩請報上名來，俺老孫好心中有數。」於是，眾神依次回答說：「我們是六丁六甲❶、五方揭諦❷、四值功曹❸、一十八位護駕伽藍❹，在這裡輪流聽候你的吩咐。」孫悟空於是說：「那今天輪到誰來幫我？」眾仙回答說：「是五方揭諦。」孫悟空說：「那好，五方揭諦留在這裡保護我師父，我現在就去山澗裡找那白龍算帳。」說完，揮著金箍棒，撩起虎皮裙子，朝山澗飛去。

來到澗邊，孫悟空大聲喊道：「破泥鰍，快點把馬交出來！」白龍吃了白馬，正臥在水底休息，忽然聽到外面有人罵他，按不住心中的怒火，縱身一躍跳出水面，說：「是什麼人敢在這裡亂叫？」孫悟空見這白龍跑出來應戰，就揮起金箍棒砸了過去，白龍見狀，張牙舞爪地上去接招。兩人在空中鬥了半天，打得狂風四起，滿天水霧。時間一久，白龍體力不支，漸漸地阻擋不住孫悟空的攻勢，一轉身鑽入水中，深潛澗底。

孫悟空見山澗陡峭狹隘，也沒法追趕，於是回去對唐僧說：「師父，那妖怪打不過我，躲到水裡不出來了。」唐僧說：「你前陣子打死老虎的時候，還跟我說你有降龍伏虎的本領，現在怎麼拿一條白龍沒辦法了呢？」悟空一時憋屈，回答說：「好，我這就去把那白龍

---

❶【六丁六甲】六丁神和六甲神的合稱，共十二位神，是道經中眞武大帝身邊的部將。

❷【五方揭諦】佛教五個護法神。揭諦，佛語，「去」、「去經歷」的意思。五方揭諦分別是金光揭諦、銀頭揭諦、波羅揭諦、波羅僧揭諦和摩訶揭諦。

❸【四值功曹】功曹本是人間官吏的名稱，書中指天宮裡四個值班的神仙。

❹【伽藍】伽藍爲僧伽藍摩的簡稱，華譯爲眾園，即僧眾所居住的園庭，亦即寺院的通稱。伽藍神指保護伽藍寺廟的神。

白龍縱身一躍跳出水面，孫悟空揮起金箍棒砸了過去，白龍張牙舞爪地上前接招。兩人在空中鬥了半天，打得狂風四起，滿天水霧。

抓來。」再次來到水邊，悟空將如意金箍棒變成一根巨柱，伸進山澗裡一陣攪動，把裡面的水攪得渾濁不堪，如翻江倒海。白龍在水底被攪得暈頭轉向，只好再次飛出來應戰。這一次，白龍更是無法招架孫悟空，鬥了幾個回合就撐不住，變成一條水蛇鑽進了草叢裡。

悟空找不著蛇，情急之下念動咒語，將土地神喚了出來。土地神聽完悟空的抱怨，回答說：「大聖，這條山澗又深又陡，水面清澈，過往的鳥從水面飛過，常常將水裡的倒影誤認為自己的同伴，因此經常衝進水裡，最終被淹死。因此，這山澗也叫『鷹愁陡澗』。不久前菩薩去東土尋找取經人，在附近救了一條白龍，便將他放生在這鷹愁澗，讓他在這裡等候取經人。你要想收服白龍，只需把觀音叫來。」

悟空帶著土地神來見唐僧，將事情的經過向唐僧說了一遍。這時，金頭揭諦探出身子來說：「大聖，去南海尋找觀世音的事情就交給我吧，小神這就出發。」悟空點頭說：「那就有勞了。」

金頭揭諦駕著祥雲，不一會兒就趕到了南海，向菩薩說明了來意，菩薩回應說：「那白龍是西海龍王的兒子，因犯了天條被處死罪，幸得我的幫助才免於一死，你所說的已在我意料之中，我跟你走一趟吧。」於是，觀世音和金頭揭諦一起，朝鷹愁澗飛去。

兩人趕到鷹愁澗時，孫悟空正站在水邊叫罵。見觀音趕來，悟空立即跳到空中，說：「好你個觀世音，你教那唐僧在我頭上套上金箍，還教給他緊箍咒，害得老孫一聽那咒語就疼得死去活來，你為什麼要害我？」菩薩笑著回答說：「你這猴子劣性難改，不用金箍管教你，還不知道你會闖出些什麼禍來。」孫悟空自覺理虧，於是說：「好，這件事改天再跟你算帳，可你為何把白龍養在這鷹愁澗，還讓它跑出來吃我們的馬，你倒是解釋解釋。」菩薩說：「我是故意安排這白龍在這裡等待你們師徒出現的。西天取經路遙道遠，一般的馬匹是吃不消的，必須有一匹龍馬伺候，唐僧才能到達西天靈山。」孫悟空說：「這白龍躲在山澗裡不出來，你有什麼辦法？」

菩薩叫過金頭揭諦來，說：「你到水邊喊一句『西海龍王三太子快出來，南海觀世音在此』，白龍自然會出來。」金頭揭諦按照觀音的話，到水邊喊了兩聲，小白龍果然從水裡鑽了出來，化成一個人身，拜倒在地，說道：「承蒙菩薩救命之恩，在這裡等了很久，卻不曾見到取經人路過。」聽完這話，菩薩指了指旁邊的孫悟空說：「這就是取經人的大徒弟。」白龍馬說：「可他從沒有和我提起取經的事。」菩薩笑著說：「那猴頭一心保護師父，只想著抓你，哪裡會考慮到取經的事兒。」小白龍不再狡辯。

菩薩來到白龍面前，把他頭上的明珠摘下來，用楊柳沾了些甘露[5]灑在白龍身上，吹了一口仙氣，說了聲「變」。轉眼間，小白龍已經化成了一匹白馬。菩薩對白龍馬說：「你一定要悉心照顧好師父，等到了西天，佛祖自然會還你龍身，助你修成正果。」白龍馬心領神會。

菩薩正要離去，悟空扯住菩薩的衣服說：「我不去了！西天這麼難走，磨難重重，俺老孫都性命難保，還要保護一個普通的和尚，這什麼時候才能到，我不去了。」菩薩見孫悟空耍性子，於是說：「你好不容易從五行山下逃出來，怎麼變得這麼懶惰？你要是怕取經路上磨難太多，那我再教你一個本事。」說完，從淨瓶裡的柳枝上摘下三片柳葉，放在孫悟空的腦後，說了聲「變」，那三片柳葉兒瞬間變成了三根毫毛。菩薩說：「這三根毫毛含有法力，你在取經途中無計可施的時候，可以用這幾根毫毛來救命。」孫悟空這才心滿意足地謝過觀音菩薩，不再叫嚷。

觀音離開後，悟空牽著白龍馬來到唐僧面前，說：「師父，有馬了。」唐僧看了看馬說：「悟空，這馬怎麼跟以前不一樣了，你從哪裡找來的？」悟空說：「師父，實不相瞞，這匹馬是那條白龍變的，幸得菩薩幫助，我才收服了它。」聽完這番話，唐僧又驚又喜，說：「快快帶我去謝過菩薩。」悟空說：「算了吧，菩薩早走了，估計現在已經返回南海了。」唐僧點點頭，在原地朝南拜了幾拜，遂起身上路。孫悟空幫師父收拾了行李，牽著白龍馬，跟著師父往西趕去。

---

❺【甘露】甘甜的露水。佛教中通常用甘露寓指佛法或者涅槃的過程。

第十五回　寶袈裟被偷

唐僧和孫悟空一路西行，一天傍晚時分，兩人趕到了一座山寺旁。唐僧從馬上下來，正要去叫門，突然從裡面走出幾個僧人。唐僧見是同道中人，上前施禮寒暄。幾個僧人也很客氣，問唐僧從哪裡來。唐僧回答說：「我從東土大唐而來，去西天雷音寺求取真經，見天色已晚，想在寺裡借宿一夜。」

幾個僧人忙說：「失禮，失禮，高僧快快請進。」說完就領著唐僧師徒往寺裡走。一個和尚見孫悟空相貌怪異，隨即問唐僧說：「後面牽馬的是什麼東西？」唐僧慌忙說：「小點聲兒，這話要讓他聽見，你恐怕要招惹麻煩。他是我的徒弟，雖然長得醜了點，但神通廣大，本領了得。」和尚聽完唐僧的解釋，慌忙住口。

唐僧跟隨幾個和尚，不一會兒就來到一個大殿前。唐僧抬頭一看，見上面寫著「觀音禪院❶」四個大字。唐僧說：「貧僧幾次得到菩薩的幫助，一直沒有機會報答，現在正好來到一座觀音禪院，就好比見到了觀音菩薩，讓我先拜一拜。」說完，跪在大殿門口，磕了幾個頭。

隨後，唐僧和悟空一起，被請進大殿裡休息。不一會兒，兩個小童攙著一個老僧走了進來。殿裡的僧人隨即對唐僧說：「方丈❷來了。」唐僧慌忙上前施禮說：「方丈，小僧有禮了。」方丈恭身還禮，讓唐僧坐下，說：「聽小僧們說寺裡來了一位東土大唐的高僧，我特地來拜見一下。」唐僧忙說：「不敢當，不敢當。」方丈問道：「東土大唐離這裡有多遠？」唐僧說：「從長安到唐朝邊境有五千里，過了兩界山趕兩個月的路，到這兒也有五六千里路。」

方丈聽後感歎說：「看來你已經趕了一萬多里路了，我在這寺裡住了一輩子，山門都不曾出過，真是坐井觀天啊。」唐僧問道：「敢問方丈高壽？」方丈說：「我都活了二百七十歲了。」孫悟空不禁笑著說：「這也就勉強做我的一萬代孫子啊。」聽了這話，唐僧慌忙教訓孫悟空說：「不識抬舉，別亂說話！」方丈對孫悟空的話倒也沒放在心上。

說話間，一個小侍童端著一個羊脂玉❸的盤子，提著一把鑲金茶壺，來給唐僧斟茶。唐僧見了，不禁感歎說：「真是好東西啊。」方丈笑著說：「這不算什麼，高僧從東土大唐來，想必帶著真正的寶貝，不妨拿出來讓老僧看一看。」唐僧說：「我一個出家人，哪裡有

---

❶【禪院】佛寺的一種，特指由佛教禪師修建，僅供禪師們參禪悟道修行的寺院。
❷【方丈】原是道教稱謂，後將佛寺裡的住持，即佛寺裡的最高領導者，稱爲方丈。

什麼寶貝。」這時，一旁的孫悟空插嘴說：「師父，你的包袱裡不是有一件袈裟麼，拿出來讓他們看看吧。」

聽了孫悟空的話，一旁的眾僧不禁大笑起來。悟空不解，問其原因，一個和尚回答說：「要說袈裟，像我這等僧人，也有個二三十件，至於我們方丈，少說也得有七八百件。」說完還真的讓小和尚去庫房裡取。

不一會兒，一群小和尚抬了十幾箱袈裟過來，全都在院子裡掛起來。一時間，滿寺都是袈裟，隨風搖曳。悟空來到院子裡，見這些袈裟盡是由粗布做成的，笑著說：「好，收起來吧，讓你們看看我們這件袈裟。」唐僧一把將他拉到身旁說：「悟空，你怎麼能跟別人炫耀寶貝，現在我們兩人隻身在這寺廟裡，惹出是非來該怎麼辦？」悟空笑著說：「師父不要擔心，讓他們看看袈裟能惹什麼是非。」說完，孫悟空便去取袈裟。眾僧全都湊了過來。

悟空剛掀開包袱的一角，就有耀眼霞光射了出來，等到悟空將袈裟取出，在眾人面前一抖，寺院裡頓時充滿霞光，明亮耀眼。眾僧見了，不禁驚呼：「真是件寶袈裟！」方丈在一旁看到這件寶物，不禁起了邪念，眼中帶淚，走到唐僧面前說：「我真是和寶貝無緣啊。」唐僧見方丈一臉悲痛，忙問道：「這話怎麼說？」方丈回答說：「現在天色已晚，老僧又兩眼昏花，根本沒看清那寶貝啊！」唐僧隨即說：「這好辦，我們現在就點一盞燈，把袈裟放在你跟前，讓你好好端詳一番。」方丈腦筋一轉，回答說：「你的這件寶貝光彩照人，要再點一盞燈，怕是會照得我什麼也看不見啊。」

這時，孫悟空不耐煩地說：「那你到底想怎麼樣？」方丈回答說：「兩位如果相信老僧，就讓我把這袈裟帶回臥室去，讓我仔細地看一晚上，次日一定早早地還給你們，送你們上路，怎麼樣？」唐僧猶豫不已，悟空說：「師父不用擔心，就讓他們拿去看看吧，要是出了差錯，交給老孫處置好了。」唐僧想了想，也不好拒絕方丈，於是對方丈說：「那你就拿去看一晚上，不過要記得明早還給我們，不要汙損了袈裟。」老僧非常高興，連忙點頭稱是。隨後，方丈安排人將寺裡的禪堂打掃乾淨，加了兩張藤床❹，讓唐僧師徒在裡面休息。

這天晚上，方丈在臥室裡手捧袈裟，對著蠟燭仔細端詳，不禁哭出聲來。兩個小和尚聽見哭聲，過來問：「夜這麼深了，師父為什麼哭啊？」方丈說：「我活了二百七十歲，空有幾百件破袈裟，卻不曾得到過這樣一件寶袈裟，怎不讓人悲傷。」小和尚於是說：「師父年歲已高，看看這寶袈裟也就夠了，你在這寺裡安享晚年，總比那唐僧做苦行僧❺強。」方丈

❸【羊脂玉】又名白玉，是一種極其珍貴的軟玉，質地細膩，光澤滋潤，狀如凝脂，因此得名。中國最著名的羊脂玉產自新疆和闐。民間認爲，佩戴玉器有滋養身心、延年益壽的作用，玉器通常代表著如意、吉祥、安康等美好祝願。

❹【藤床】指用藤篾編織成的睡床。輕便舒適，柔韌富有彈性，夏季使用清爽涼快，透氣性好。

說：「我在這寺廟裡清淨地過日子是不錯，但終究穿不到這件寶袈裟，要是讓我穿一天這寶貝，我死也甘心了。」小和尚說：「這有什麼難的，你要想穿，就多留唐僧一天。他留一天，你就可以穿一天，他要是留十天，那不就可以穿十天了嗎？」方丈說：「就算這樣，我能穿個一年半載嗎？那唐僧想走的話，我還不得把這件寶物還給他？」

說到這裡，其中一位叫廣智的小和尚，小心翼翼地對方丈說：「師父，你要想得到這件寶物也不難。唐僧和他的徒弟連日趕路，非常辛苦，現在一定已經睡著了。我看你就找幾個力氣大的弟子，把那兩個人殺了，這寶袈裟不就是你的了嗎？」聽完這話，另一個叫廣謀的小和尚慌忙說：「這樣不行，唐僧看起來細皮嫩肉的，估計沒什麼本事，但他的徒弟長得那麼嚇人，可能不好對付。我看不如放一把火，將他們兩個人燒死在夢中。到時候，我們還可以用禪房不慎失火的藉口，掩人耳目，這不是更好嗎？」方丈早被袈裟迷得失去了理智，同意了廣謀的計策。

於是方丈悄悄地叫來寺裡的弟子，讓他們一人抱著一捆木柴，堆在禪堂周圍，準備將唐僧和孫悟空燒死。唐僧睡得熟，沒聽到外面的動靜，但孫悟空卻能耳聽八方，一下就聽到了聲音。悟空正要開門查看，又怕打擾了師父休息，於是搖身一變，化成一隻蜜蜂，從門縫飛了出去。

來到禪堂外，孫悟空看到那些和尚們已經在那裡點火，禪堂的四周堆滿柴火。悟空自言道：「果然跟師父說的一樣，他們這是要燒死我們，奪我們的袈裟啊。」悟空拿出金箍棒便要動手，但轉念又一想：「我要是把這些和尚都打死了，師父醒過來又要怪我濫殺無辜，我還是另想法子吧。」一想到這兒，孫悟空一個筋斗，就翻到了南天門。四大天王見孫悟空飛上天宮，驚慌地說：「不好，齊天大聖，難道又來鬧天宮不成？」

孫悟空來到廣目天王[6]跟前說：「我師父現在有難，恐怕要被人放火燒死，我特地來借避火罩一用。快快給我，不要耽誤了大事！」廣目天王知道事關緊急，趕忙把避火罩交給了孫悟空。

孫悟空筋斗一翻，轉眼已經來到禪房上面。趁火還沒有燒起來，孫悟空將避火罩往下一撒，隨即將師父、白龍馬還有行李都罩了起來。之後，孫悟空飛到方丈的房頂，罩著師父的袈裟，向禪房那邊吹了一口氣，一時間大風驟起，火勢很快蔓延開了，柴火越燒越旺，發出

---

❺【苦行僧】指早期印度一些以「苦行」爲修行手段的僧人。「苦行」在梵文中原意爲「熱」，苦行僧把受熱作爲苦行的主要手段。現在的「苦行僧」通常是指爲了實踐某種信仰而實行自我節制，克服物質和肉體的引誘，忍受惡劣環境壓迫的人。

❻【廣目天王】即西方廣目天王，名毗留博叉。和東方持國天王、南方增長天王和北方多聞天王共稱「四大天王」。

啪啪的響聲，火光沖天。

離觀音禪院二十多里的地方，有一座黑風山，山上有一個黑風洞，裡面住著一個妖精。這妖精半夜翻身醒來，見門窗透亮，以為天已經亮了。結果，黑風怪出去一看，才知道是失火了，大聲叫道：「不好，想必是觀音院失火，那老和尚怎麼這麼不小心，讓我去看看。」說完，召來一片雲朵，朝著火光飛去。

趕到觀音禪院，寺裡早已亂成一團，有救火的，也有四處逃命的。黑風怪轉了半天，不知不覺間來到了方丈的臥室裡，沒找見方丈，卻看到桌子上的一個包袱裡冒出耀眼金光。黑風怪循著光走過去，將包袱打開，才知道是一件袈裟。看到這件寶貝，黑風怪哪裡還有心情救火，將袈裟往懷裡一藏，直接溜回了黑風洞。

大火足足燒了一個晚上，直到天亮時分，火才漸漸滅了。火停下來之後，孫悟空先去南天門還了避火罩，然後回到禪房叫師父起床。唐僧昏睡一夜，打看房門往外面一看，頓時大吃一驚。外面哪裡還有寺廟的模樣，斷壁殘垣[7]，一片灰燼。唐僧驚訝地問悟空：「這是怎麼回事兒？」孫悟空說：「昨晚那幫和尚要放火燒死我們，幸虧我提前察覺，然後就變成這樣了。」唐僧說：「我不管這火是誰放的，但你要趁機傷了和尚們的性命，我就念緊箍咒了。」孫悟空趕忙說：「師父不要念咒，我真的沒有亂殺人。我現在就去找那方丈要回袈裟，咱們盡快上路，離開這個是非之地。」

方丈被大火嚇得東躲西藏，火熄滅之後怎麼也找不見袈裟。這時候，偏又聽見孫悟空在外面喊著要袈裟，一時進退兩難。方丈顫巍巍地立起身子，看著滿寺的廢墟和灰燼，頓時有了輕生的念頭，一頭朝身邊的一堵牆撞過去，一命嗚呼。

孫悟空找不到袈裟，便對眾僧說：「一定是你們把袈裟藏了起來，現在就把你們院裡所有和尚都叫過來，俺

寺裡早已亂作一團，黑風怪不知不覺來到方丈的臥室，看到桌子上的寶物，他哪裡還有心情救火，將袈裟往懷裡一藏，直接溜回了黑風洞。

❼【斷壁殘垣】殘垣，指倒掉的矮牆，形容房屋殘敗不堪的樣子。

老孫要挨個搜查。」和尚們不敢怠慢，不一會兒就在院子裡集合起來，足有二百多人。孫悟空將他們渾身上下搜了個遍，不見袈裟蹤影，又派人到庫房等各個地方找了個遍，還是沒有袈裟的影子。最後，悟空連方丈身上都摸了一遍，同樣沒有袈裟的蹤影。

孫悟空越想越不解，於是叫過一個和尚來問道：「你們這座寺院附近，可有什麼妖怪？」和尚說：「在寺院的東南二十里外有座黑風山，山上有個黑風怪。我們方丈活著的時候，常常給它講道。除了這個妖怪，其他的沒聽說過。」孫悟空對唐僧說：「師父，袈裟一定是被那黑風怪搶走了。夜裡這邊火光沖天，那妖怪一定是循著火光找過來，趁亂偷走了袈裟。」說完，孫悟空叫和尚看管好師父和白龍馬，召出筋斗雲，飛往黑風山尋找袈裟去了。

第十六回　孫悟空大鬧黑風山

孫悟空離開觀音禪院，輕輕一扭身子，就飛到了黑風山。這時正值春天，黑風山上長滿花草，鳥語花香，十分漂亮。孫悟空正要飛下去，突然聽到草地上傳來一陣聲響，孫悟空悄悄地躲在一塊石頭後面觀看，發現三個人正坐在草地上高談闊論。

他們一個打扮成道士模樣，一個穿一身白衣服，還有一個黑臉大漢。孫悟空聽了一會兒，原來他們在談論修煉仙丹的事情。突然，那個黑漢說：「後天是我的生日，兩位到時候能否賞臉，去我府上坐一坐？」白衣秀士❶說：「年年參加大王的壽宴，今年哪有不來的道理？」黑漢高興地說：「我夜裡的時候剛剛得到了一件寶貝，是一件錦襴袈裟，那袈裟光彩熠熠，十分難得。到時候壽宴一開，我便拿出來給大家觀賞，如何？」眾人大笑。

聽到這裡，孫悟空料定那黑漢就是黑風怪，於是舉起金箍棒，大喝一聲：「妖怪，不要

---

❶【秀士】德才兼備的人，有時也泛指年輕人、秀才。

逃！」三個人聽見喊聲，嚇得撒腿就逃。白衣秀士跑得不快，被孫悟空打了一棒，當即斃命，變成了一條白花蛇。隨後，孫悟空往山裡飛去，尋找逃跑的黑風怪。

轉過一座山峰，孫悟空遠遠望見前面的陡壁旁有一個山洞。悟空趕到洞前，見洞口的兩扇石門關得很緊，門楣鑲著一塊石板，上面寫著六個大字：黑風山黑風洞。孫悟空大聲喊道：「妖怪快開門！」

聽到外面的叫聲，一個守門的小妖打開門，對著孫悟空叫道：「你是什麼人，敢來仙洞撒野？」孫悟空罵道：「你這個不知好歹的小妖怪，竟敢自稱仙洞。快快叫你們大王把錦襴袈裟交出來，否則將你們老窩除掉！」小妖急忙跑到洞裡，對黑風怪說：「大王，外面有個毛臉雷公嘴的和尚，來這裡要袈裟來了。」黑風怪剛剛從外面逃回來，屁股還沒坐穩，聽完手下的話，知道是那隻猴子追了過來，心想：「這廝不知是從哪裡來的，竟然想奪我的寶貝，讓我會一會他。」想到這兒，黑風怪喊道：「把我的兵器拿過來。」

不一會兒，黑風怪穿好了盔甲，拿著一杆黑纓槍，衝出了黑風洞。孫悟空細細一看，不禁笑著說：「這妖怪面如黑炭，想必是一個挖煤的吧。」黑風怪沒管孫悟空恥笑，大聲喝道：「你是哪裡的和尚，敢到我這裡來撒野？」孫悟空手揮金箍棒，回答說：「少廢話，趕緊把袈裟交出來！」黑風怪問道：「你到底是哪個寺裡的和尚，跑到我這裡來要袈裟？」孫悟空生氣地說：「別跟我裝傻，我的袈裟本來放在觀音禪院方丈的屋子裡，你趁寺院失火亂成一團偷了寶袈裟，揚言要拿袈裟賀壽，還敢抵賴？你要交出袈裟，我可以饒你一命；你若敢說半個『不』字，我就把你的黑風洞填平！」

黑風怪冷笑著說：「你這個潑猴，我看昨晚的那把火是你放的吧。你有什麼本事，敢口出狂言？」

孫悟空說：「要問我的來頭，說出來只怕嚇得你魂飛魄散。」黑風怪滿不在乎地說：「你倒是說來聽聽。」孫悟空便將自己的來頭說了一遍。黑風怪說：「原來你就是大鬧天宮的弼馬溫。」孫悟空一聽「弼馬溫」三個字，立即火冒三丈，大吼一聲：「你這個臭妖怪，偷了袈裟不肯還，讓你嘗嘗我的厲害！」說完，一棒子就掄了過去。黑風怪急忙挑起黑纓槍迎戰。兩人在黑風洞前一陣惡鬥，打了十多個回合，太陽漸高，烤得人渾身發癢。

黑風怪和孫悟空打了半天，又累又熱，趁機逃回了黑風洞。悟空見洞門緊閉，一時也沒有什麼好的辦法，駕著祥雲返回了觀音禪院。回到禪院，孫悟空將事情的經過跟唐僧說了一遍，一旁的和尚們紛紛感歎說：「這下好了，找到袈裟的下落了。」

孫悟空在寺裡歇息了一會兒，又駕著祥雲，去黑風洞打探情況。飛到半路，突然看到一個小妖怪夾著一個梨木盒子，朝觀音禪院趕來。悟空料定這裡面有蹊蹺，於是揮起金箍棒打死小妖，從盒子裡找到一封信，這封信是黑風怪邀請方丈參加壽宴的請帖。孫悟空心想：「那個老和尚死不足惜，竟然和妖精暗中勾結！難怪他能活二百多歲，原來是一個妖和尚。

孫悟空一聽『弼馬溫』三個字，立即火冒三丈，一棒子就掄了過去。黑風怪急忙挑起黑纓槍迎戰，兩人在黑風洞前一陣惡鬥。

既然妖怪不知道方丈已經死了，那我就將計就計，給他個驚喜。」於是，搖身一變，化成方丈的模樣，朝黑風洞趕去。

黑風怪聽說方丈求見，心中不禁嘀咕起來：「我剛剛派小妖出去，方丈就趕來了，一定是那孫悟空早早地派方丈過來取袈裟的。」想到這裡，叫人把袈裟藏好了，這才叫方丈進來。

孫悟空跟著小妖走進黑風洞，過了前門，視野頓開。洞裡原來是一處世外桃源❷，花團錦簇，蜂飛蝶舞，非常漂亮。見到方丈，黑風怪慌忙上前接應，請他坐下。黑風怪說：「今日派人去你寺裡送信，希望長老後天來此一聚，您怎麼今天就趕過來了？」孫悟空想了想，回答說：「老僧在外巡遊，偶然聽說你得到了一件寶貝袈裟，特地趕過來瞧一瞧。」黑風怪隨即笑著說：「老僧真會開玩笑，這袈裟原本是唐僧的，他現在就住在你的寺院裡，你難道沒有見過？」孫悟空回答說：「貧僧曾借來那寶物想瞧一瞧，因為夜裡看不清楚，便沒有展開；又趕上寺院失火，就更沒機會細看了。現在我聽說這件寶物流落到了你的手裡，因此趕來開開眼。」

兩人正說著，一個小妖慌張地跑到黑風怪跟前，報告說：「大王，不好了，你派去送信

❷【世外桃源】典出陶淵明《桃花源記》，比喻安逸、幽靜、和諧的生活環境。通常用來代指脫離社會現實的理想境界。

的那個小妖被人打死了。」孫悟空知道無法再隱瞞了，立刻變回真身，掏出金箍棒，朝黑風怪打去。黑風怪嚇了一跳，慌忙中拿起武器，和他打了起來。這一仗，又是飛沙走石，難分難解。眼看太陽西沉，天色漸漸暗了下來，黑風怪再次耍賴，趁機化成一陣青煙，飛回洞裡，將石門緊緊關起來。

孫悟空被擋在門外，只得返回觀音禪院，滿心懊惱地在寺裡休息了一晚上。第二天，天剛剛亮，唐僧就催著悟空去尋找袈裟。但這一次，孫悟空並沒有趕去黑風洞，而是駕著筋斗雲往南海飛去。

見到菩薩，孫悟空開門見山地說：「我們師徒二人借住在你的禪院，你受了香火，卻縱容黑風怪在那兒撒野，讓他偷走了我師父的寶袈裟。我跟那妖怪打了幾架，鬥不過他，只好來找你了。」菩薩說：「這件事還不是因為你炫耀寶物，讓小人看見所致。」聽到這裡，孫悟空才想起菩薩知曉過去發生的所有事情，於是不再無理取鬧，說：「菩薩別生氣，那妖怪一直不肯還我袈裟，我怕師父又給我念那緊箍咒，你就幫俺收了那個黑風怪吧。」

觀音菩薩說：「那個怪物本領強大，倒也不輸你。好吧，看在唐僧的面子上，我就跟你走一趟。」悟空謝恩。隨後，兩人一起駕著祥雲，朝黑風山趕去。

兩人趕到一座山坡前，突然看到一個道人手捧一個玻璃盤，裡面放著兩粒仙丹，匆匆忙忙地往黑風山趕路。悟空定睛一看，認出這個道士正是那天和黑風怪一起坐在草坡上說話的那個道士。悟空不由分說，抄起金箍棒就朝他砸去，道士躲閃不及，被當頭打了一棒，一命嗚呼。菩薩正要責怪，悟空說：「這妖道士我認識，是黑風怪的同夥，這次肯定是趕著去參加黑風怪的壽宴。」說完，上前仔細查看，發現那道士已經變成了一隻死狼。

看著地上的兩粒仙丹和玻璃盤，孫悟空腦筋一轉，興奮地說：「菩薩，這玻璃盤上寫著『凌虛子製』，想必就是這妖道的名字。我們不如將計就計，你變成凌虛子，我變成兩粒仙丹。到時候你讓黑風怪把仙丹一吃，保準讓他聽我使喚，他要不還我袈裟，我就用他的腸子另織一件好了。」

菩薩笑著說：「你這猴子，滿肚子鬼點子，我就依你說的做，但你不要妄生是非。」說完，搖身一變，化成了道士模樣。悟空見狀，也搖身一變，化成了兩粒仙丹。

菩薩捧著仙丹來到黑風洞口，守洞的小妖急忙朝洞裡喊道：「凌虛仙長駕到。」黑風怪急忙迎上前去，高興地說：「凌虛子大駕光臨，黑風洞真是蓬蓽生輝❸啊！」菩薩笑了笑，在洞中坐下來，和黑風怪閒聊起來。

過了一會兒，菩薩將隨身攜帶的仙丹遞到黑風怪跟前，說：「這兩粒仙丹，是貧道特意

---

❸【蓬蓽生輝】「蓬」指用蓬草編織的門，「蓽」指用荊條、竹木編成的籬笆，「蓬蓽」借指窮苦的人家。「蓬蓽生輝」指某些人的到來或者某些事物的擺設使得自己家裡頓添光輝。自謙用詞。

拿來給大王祝壽用的。你把它吃了，保準長壽。」黑風怪只顧得高興，沒料到裡面有詐，當即將仙丹放到嘴裡，嚥了下去。這一嚥不要緊，黑風怪立即感到肚子絞痛不已，在地上打起滾來。菩薩見狀，變回了真身。

一旁的小妖這下嚇破了膽，乖乖地照著菩薩的要求，奉上袈裟，孫悟空這才從黑風怪的肚子裡鑽了出來。黑風怪從地上爬起來，拿起武器就要打悟空，菩薩見狀，將一個金箍往空中一拋，套在黑風怪頭上。菩薩默念咒語，黑風怪頭疼不已，把黑纓槍一丟，躺在地上打起滾來。菩薩訓斥道：「孽畜，你現在肯皈依嗎？」黑風怪見識了菩薩的厲害，慌忙回答說：「願意，希望你饒我一命。」

孫悟空嫌菩薩囉唆，揮起金箍棒就要打死黑風怪，菩薩慌忙制止說：「不要傷了他，讓我處置。」孫悟空問道：「這樣一個為非作歹的怪物，留著它幹什麼用？」菩薩說：「我那落迦山正好沒人看管，就讓他替我守山吧。」黑風怪連連點頭。菩薩來到黑風怪跟前，在他頭頂輕輕一撫，黑風怪隨即變成了一頭黑熊。菩薩收起黑纓槍，默念幾句咒語，黑熊乖乖地走到菩薩跟前，不敢亂動。

菩薩將袈裟還給悟空，說：「你快回去吧，唐僧獨自待在寺裡，不要再生變故。」悟空說：「感謝菩薩幫忙，悟空這就回去。」說完，一個筋斗朝著觀音禪院飛去。菩薩等悟空離去，才放心地帶上黑熊，駕著祥雲，飛回南海。

第十七回　高老莊收豬八戒

唐僧師徒離開觀音禪院，一路往西趕。這天傍晚，兩人來到了一座村莊外。唐僧說：「悟空，現在天也快黑了，我們不如就在那村子裡找戶人家休息一晚，明早再趕路吧。」

悟空說：「師父先不要急，等俺老孫看看這地方是凶是吉，再做定奪。」說完，飛到半空，用火眼金睛四處一看，只見這一帶竹林聳翠，溪水縱橫，道路兩旁長滿垂柳，牧羊的老者趕著羊群往村裡走，一路還哼著曲子。悟空回稟說：「師父，看起來這是一處好地方，我們這就趕去借宿。」

兩人正往村裡走，突然看到一個年輕人急匆匆地向他們這邊趕來。孫悟空一個箭步走到年輕人跟前，問道：「打擾一下，請問前面是什麼地方？」年輕人有些不耐煩地回答說：「前面是烏斯藏國的地盤，名叫高老莊，莊裡一大半的人都姓高，因此得名。」悟空見年輕人一臉焦急的神色，問道：「你有什麼要緊的事，趕著去哪裡？」

年輕人無奈地說：「我叫高才，是高太公家的僕人。那高太公有個二十多歲的女兒，三

年前被一個妖怪看中。妖怪非要娶太公的女兒做老婆，高太公不答應，妖怪就把他女兒關在太公家後院裡，不讓任何人見。太公沒辦法，派我去請法師收服那妖怪。我跑了好幾趟，找來三四個和尚、道士，但沒一個人能降了那妖怪。高太公又催著我去找人，你別擋我路，誤了時辰，太公又要責罵我了。」說完就要走。悟空一把拉住他說：「你不用找了，我們是從東土大唐趕來的聖僧，定能幫你降妖除魔。你現在快快回去稟告一聲，讓高太公準備接待我們。」

高才見孫悟空長得怪怪的，於是說：「別跟我開玩笑了，你到時候捉不住那妖怪，挨罵的不還是我嗎？」悟空笑著說：「保管不騙你，別磨蹭了，快點帶我們去高老莊吧。」高才雖然有些不情願，但還是半信半疑地帶著兩人往高老莊趕去。

來到高太公府上，高才把事情跟高太公說了一遍。高太公聽說是東土來的高僧，慌忙換了一身衣服，讓高才將兩人請過來。見到唐僧，高太公恭敬地作了個揖，轉而要給孫悟空作揖時，卻被悟空的樣子嚇了一跳，沒有施禮。悟空見狀，大聲說：「你這老頭，怎麼不給我作揖？」高太公沒有回答悟空，一把揪過高才來，輕聲說：「家裡有一個妖怪還不夠嗎，怎麼又找來一個毛臉雷公害我？」

悟空把高太公的話聽得一清二楚，說：「你這個老頭兒，竟喜歡以貌取人，俺老孫長得是醜了些，但一身本事。你把那妖怪的住處告訴我，我捉了妖怪，還你女兒，看你到時候還敢不敢以貌取人。」高太公見悟空一臉怒色，知道剛才的話說重了，急忙請兩人進屋。

來到屋裡，悟空追問道：「你把那妖怪的來歷，還有他的本事，都給我細細說一遍，我好去抓他。」高太公歎了口氣，說：「我們這高老莊，自古至今，一直像被什麼妖魔鬼怪纏著不放。我有三個孩子，全是女兒，大女兒名叫香蘭，二女兒名叫玉蘭，小女兒名叫翠蘭。前兩個女兒長大後都嫁出去了，只剩下小女兒跟著我住。我尋思著家裡沒個男孩兒，於是決定找個上門女婿，替我照看家業和門戶。三年前，有一個長相不錯的男子來我府上提親，說是從福陵山而來，無親無故，願意做上門女婿。我當時也沒有多想，見這小夥子不錯，就答應了下來。此人剛來高老莊的時候，耕田不用牛拉，收割稻米不用鐮刀，早起晚歸十分能幹。誰想，日子一長，事情就變了。」

聽到這兒，悟空忙問：「怎麼變的，快點說說看。」高太公頓了頓，繼續說：「他剛來的時候儀表堂堂，但過了一陣子，就變成了一個長嘴大耳朵的怪物，腦袋後面還長出一撮鬃毛，活脫脫就是一頭豬。他的胃口也大得驚人，一頓飯要吃三五斗米，燒餅一頓能吃一百多個。這還不算，現在他整日弄風起霧、飛沙走石，嚇得左鄰右舍不敢出門。他還將我的小女兒關在後院裡，誰也不讓見，我都半年沒有見到女兒了，也不知道她的死活。」孫悟空說：「太公不要擔心，我這就去收了那妖怪，救出你女兒。」

高太公將孫悟空領到後院，指著一間屋子說：「這就是妖怪的住處，我女兒就關在裡面。」悟空說：「這好辦，你去拿鑰匙來把門打開。」高太公哭笑不得地說：「哪裡有什麼鑰匙。」悟空笑著說：「我哄哄你，你還當真了。」說完，來到門前，拿出金箍棒，朝門上的那把大銅鎖一砸，銅鎖應聲而碎。高太公朝門裡瞧了瞧，見裡面黑咕隆咚的，什麼也看不清。孫悟空說：「你叫你女兒一聲，看她在不在裡面。」高太公壯了壯膽，喊道：「翠蘭！」翠蘭聽到門口的動靜，以為是妖怪趕回來了，躲在角落裡不敢出聲，後來聽出是爹的聲音，這才有氣無力地說：「爹，我在這裡。」

孫悟空讓高太公將女兒帶回府上休息，自己變成三女兒的模樣，坐在屋子裡等妖怪回來。天黑時分，悟空聽到外面狂風大作，沒多久，果然有一個妖怪鑽進來，轉眼已經站在他跟前。悟空仔細一看，這妖怪長得確實難看，臉黑毛密，長嘴巴大耳朵，活脫脫像一頭豬。見著翠蘭，豬精一把將她摟住，要跟她親熱。悟空見豬嘴湊過來，先是用手一堵，又用力將豬精推開說：「看你那急樣，就知道親熱！我今天有些不舒服，沒有開門迎你，你先脫衣休息吧。」豬精倒是聽話，竟真的脫了衣服躺在了床上。孫悟空繼續說：「父母竟打我罵我，說我嫁了一個這麼醜的丈夫，不講禮節，不見親戚，整日雲裡來霧裡去，壞了高家的名聲。」豬精顯然被這話惹得不高興了，說：「我雖然長得醜，但想要變得俊一些很簡單。我當初來你家提親，是你父親親口同意，我才留下來的，他現在怎麼又說這種話。我原本住在福陵山雲棧洞，姓豬名剛鬣（ㄌㄧㄝˋ）。他們要是再責罵你，你就將這話告訴他們。」

聽完這話，悟空自言自語道：「這妖怪真是笨，幾句話就把他老底套出來了。知道了他的來頭，看他怎麼跑。」悟空接著說：「聽我爹說，他要找人來抓你。」豬精笑道：「不用理他，我精通變化，還有一柄九齒釘耙，就算他把九天蕩魔祖師[1]找來，也不能拿我怎樣。」孫悟空說：「他說要找五百年前大鬧天宮的齊天大聖來抓你。」聽完這話，豬精臉色立即陰沉了下來，說：「那我還是走吧，咱倆做不成夫妻了。」悟空故意裝出不解的樣子問道：「你怕他幹什麼？」豬八戒說：「你不知道，那猴子一身本事，我恐怕鬥不過他。與其被他打敗丟了面子，不如現在就走。」說完，就開始穿衣服準備出門。

悟空見豬精要逃，變回原身，大喝一聲：「妖怪哪裡逃！」豬精一看，認出是齊天大聖，驚恐萬分，變成一陣狂風朝門外飛去。悟空急忙趕上去，罵道：「你這妖精，就算跑到天涯海角，我也要把你追回來！」說完，隨著那風飛了出去。

孫悟空追了半天，不知不覺間已經來到了一座大山前。那隻豬精飛到一個洞口前，變回真身，取出九齒釘耙衝著孫悟空大叫。孫悟空趕到豬精面前，喊道：「你是哪裡來的妖怪，竟然認識俺老孫，快快如實告訴我，不然非取你性命不可！」豬精於是把自己的來歷告訴了悟空。

---

[1]【九天蕩魔祖師】即真武大帝，道教神仙，又名玄天上帝、佑聖真君玄天上帝，民間通常稱之爲蕩魔天尊、披髮祖師。

悟空隨即說：「原來你是天蓬元帥下凡，怪不得認識俺老孫。」豬精說：「你個弼馬溫，當年大鬧天宮的時候就把我們害得夠嗆，今天又跑來欺負我，先讓你嘗嘗我的釘耙！」孫悟空趕忙舉起金箍棒招架。兩人在山中一通惡鬥，從夜裡一直打到天亮也沒有分出勝負來。

豬精體力耗盡，無法再跟悟空纏鬥，又變成一股狂風，往洞裡一鑽，不見了蹤影。孫悟空趕到洞口，見洞門緊閉，門旁有一個石碑，上面寫著「雲棧洞」三個大字。見天色已亮，想到師父還獨自待在高老莊，悟空想：「這妖怪就住在這裡，跑不到哪裡去，我先回去看看師父，再回來收拾他也不遲。」於是悟空招出筋斗雲，飛回了高老莊。

回到高太公府，孫悟空見師父無恙，將事情的經過講述一遍，歇息了片刻後，又來到雲棧洞洞口，用金箍棒將兩扇洞門打得粉碎，大罵道：「妖怪，有本事出來和俺老孫打一架！」

豬精正在洞裡睡覺，突然聽到外面的動靜，慌忙拿起釘耙來到洞外，罵道：「好你個弼馬溫，敢把我洞門砸了，吃俺一耙！」悟空笑道：「你這耙子是種菜用的吧？」豬精說：「你仔細瞧瞧，這可是一件寶貝。」接著將釘耙狠狠地吹噓了一番。悟空笑著說：「既然你的耙子這麼厲害，就讓俺老孫領教一下，我站在這兒不動，你打我一下。」豬精照著悟空的頭打了一下，只聽一聲清脆的巨響，頓時火光四濺，但悟空的腦袋卻完好無損。悟空笑著說：「你也不看看我是誰，俺老孫吃仙丹，飲御酒，早練成金剛不壞之身，眾天神在斗牛宮

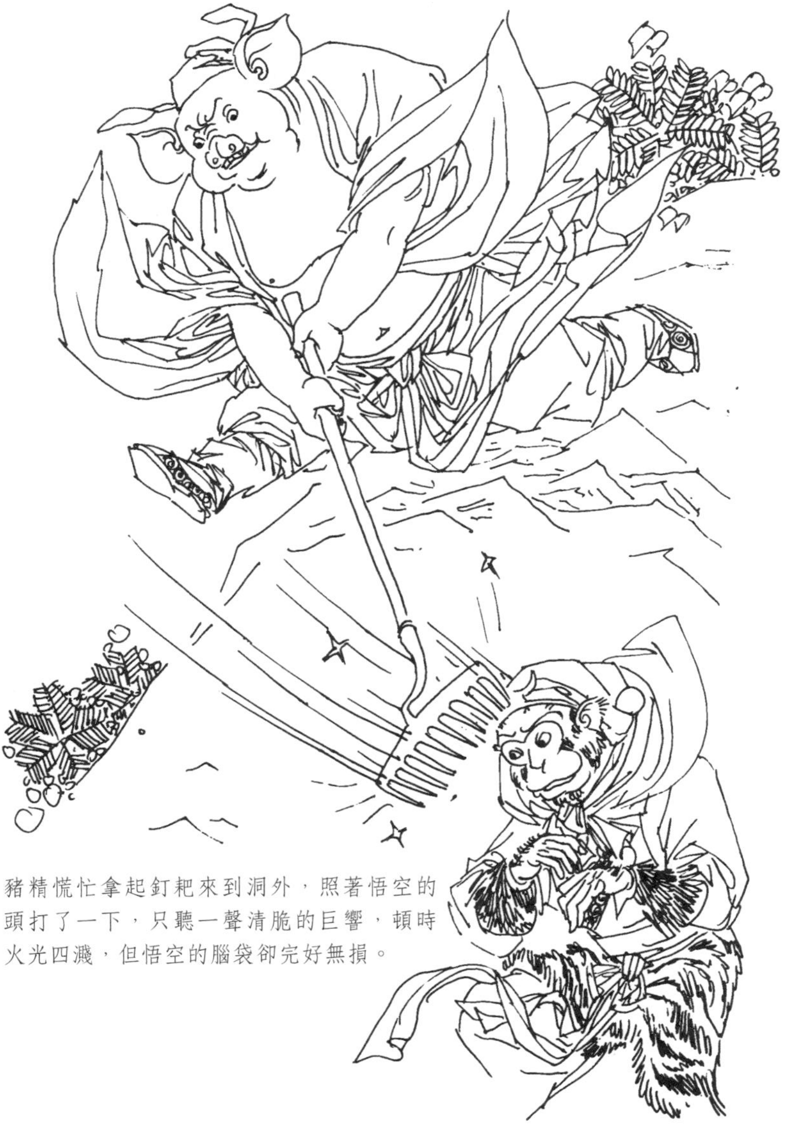

豬精慌忙拿起釘耙來到洞外，照著悟空的頭打了一下，只聽一聲清脆的巨響，頓時火光四濺，但悟空的腦袋卻完好無損。

前一陣刀砍斧剁都傷不了我，更別說你這破耙子了。」豬精說：「你現在本該住在花果山水簾洞，怎麼跑到這裡來了，難道是俺老丈人把你請來的？」

悟空說：「俺老孫改邪歸正，保護一名叫三藏法師的東土大唐高僧西天取經，路過這裡，恰好碰上你這個不識抬舉的妖怪。」聽完這話，豬精恍然大悟，說：「我受菩薩之命在此修行，就是為了等三藏法師出現，你怎麼不早跟我說取經的事。」說完就要跟著孫悟空去高老莊認師父。孫悟空不相信豬精，怕他惹出是非，於是變出一根麻繩捆住他，隨後一同飛往高老莊。

見到唐僧，豬精將菩薩的旨意說了一遍，唐僧大喜，讓悟空放了他，說：「既然你有心向善，願意做我徒弟，那我就賜你一個法名悟能，別號八戒。」豬精高興地點頭答應。

聽說豬精要隨唐僧西天取經，高太公一家喜出望外，設宴款待唐僧師徒。吃完飯，八戒挑著行李，唐僧騎上白馬，悟空擔著金箍棒，在前面探路。師徒三人馬不停蹄，向西而去。

第十八回　黃風嶺唐僧受難

唐僧師徒風餐露宿，披星戴月地一直趕路，不知不覺已經到了夏季。這天傍晚，師徒三人來到一處村落前。唐僧提議在此處找戶人家休息，豬八戒爽快地說：「師父說的是，俺老豬正好餓得厲害，找戶人家填飽肚子，才有力氣趕路啊。」

師徒三人來到一戶人家，唐僧推門而入，見一個老者躺在一張竹床上，閉目養神，口念佛語。唐僧叫聲「打擾」，老者這才如夢初醒，坐起身來問唐僧的來歷。得知唐僧要趕往西天取經，老者搖搖頭說：「西天是去不成了，你們還是往東邊趕吧。」

聽了這話，孫悟空不禁問道：「你這老頭，竟說些掃興的話，西天有什麼去不成的？」老者回答說：「不是無法取經，只是這路艱險難行啊！從這裡向西三十里左右，有一座黃風嶺，方圓八百里，裡面住著數不清的妖怪。我看就你們幾個人，縱有再多的本領和手段，也翻不過那座山嶺。」悟空聽完，笑著說：「有我老孫在，任憑妖怪再多，也沒人敢惹我。」

唐僧師徒在老者家裡住了一夜，第二天清晨便向西邊趕去。走了半天，果然看到前面有

一座險峻的高山，孫悟空跳到空中一瞧，突然看到山腳下颳起一陣大風。悟空嗅了嗅，暗中嘀咕道：「這風不是什麼好風，味道怪怪的，其中必有蹊蹺。」正在此時，山坡上突然跳出一隻斑斕猛虎，朝唐僧撲去，嚇得唐僧跌落馬下，臉色蒼白。

八戒將肩上的行李丟到一邊，揮起九齒釘耙朝老虎劈了過去。不想那老虎跳到半空，忽然變成了一個人的模樣，站在離八戒不遠的地方說：「慢著！我是黃風大王手下的前路先鋒，奉命在山裡巡邏，準備抓幾個凡人回去下酒。你們是哪兒來的和尚，敢拿兵器打我？」八戒見這妖怪如此囂張，揮起釘耙打了過去。妖精一路躲閃，從亂石堆裡取出兩把刀，和八戒打了起來。

孫悟空將唐僧從路邊扶起來，說：「師父不要害怕，讓俺老孫去幫著八戒收了那妖怪。」說完，騰起雲朵，追那妖精去了。唐僧驚魂未定，口中默念《多心經》❶壓驚。

悟空和八戒邊追邊打，虎精招架不住，變成一隻老虎往遠處逃去。兩人一路狂追。結果，這虎精施了一個障眼法，趁兩人不注意，將虎皮披在一塊石頭上，輕吹一口氣，那石頭已經變成一隻老虎的模樣，幾可亂真。隨後，虎精化成一陣風回到山口，抓住唐僧往山中飛去。

虎精將唐僧抓到一個山洞裡，對洞主說：「大王，我剛剛抓來一個和尚，號稱三藏法師，正好給您換換胃口。」洞主驚訝地說：「這和尚難道就是前往西天取經的大唐高僧？我聽說他有個名叫孫悟空的徒弟，神通廣大。我們還是暫且留這唐僧幾天性命，如果他的徒弟不找上門來，再慢慢享用不遲。」

於是，小妖們七手八腳地將唐僧綁起來，往洞深處押去。唐僧哪裡來過這麼陰森恐怖的地方，不停地喊著悟空和八戒的名字，驚慌萬分。

悟空和八戒追了虎精半天，趕到石頭跟前才發現是一隻假老虎。悟空大喊：「不好，中計了，師父一定被那妖怪抓走了！」兩人慌忙趕回山口，果然不見師父蹤影。八戒急得一臉哭相，悟空卻說：「別在這兒自傷銳氣，那妖怪能把師父抓走，區區八百里山嶺，老孫定要將師父找出來！」

兩人飛身入山，不久便來到一個山洞前。孫悟空定睛一看，見洞門上寫著六個大字：黃風嶺黃風洞。孫悟空手拿金箍棒，高聲喊道：「妖怪，趁早把我師父交出來，否則就掀了你的老窩！」

洞主聽說唐僧的徒弟趕來，十分慌張，說：「叫你們巡山，捉一些野鹿、山羊回來吃就可以了，你們非要把唐僧抓回來，這下好，他那徒弟找來算帳了，怎麼辦？」這時，前路先鋒站出來說：「大王放心，我帶上五十個小妖，保準將那孫行者抓來，和唐僧一起下鍋。」

前路先鋒領著五十名精壯的小妖精來到洞口，大聲喊道：「你這個猴臉和尚，在外面大

---

❶【《多心經》】即《般若波羅蜜多心經》簡稱《般若心經》或《心經》，是般若經系列中的經典經書，也是佛教徒每天必誦的佛經，現在以唐玄奘的譯本最爲流行。

孫悟空舉起金箍棒打向黃風怪，不想黃風怪又噴出一口黃風，颳得悟空眼睛生疼，睜都睜不開。

喊大叫什麼？」悟空罵道：「你這個妖畜，趁早把我師父交出來，否則性命難保！」先鋒說：「你師父馬上就要成為大王的下酒菜了，你要識抬舉，就乖乖地滾到一邊去。」孫悟空怒火中燒，攥著金箍棒就殺了過來，虎精慌忙拿刀迎戰。

兩人打了幾個回合，虎精招架不住，轉身就逃。不想八戒早已在後面堵著，一耙子打在虎精腦袋上，虎精當場斃命，變成一隻死虎。孫悟空拖著死老虎，來到黃風洞洞口，繼續叫喊。

那五十個丟兵棄甲的小妖趕回洞裡，報告洞主說：「大王，那孫行者把虎先鋒給殺了，現在正在洞外叫戰呢！」黃風怪生氣地說：「我還沒吃他師父，他倒先把我的前路先鋒殺了。把我的披掛找來，我要出去會一會那猴子，看他有什麼本事！」黃風怪穿了盔甲，手拿一根三股鋼叉，率領一幫小妖趕出黃風洞，厲聲喊道：「誰是孫行者？」孫悟空笑著說：「孫行者在此，快點把我師父交出來！」黃風怪一看悟空醜陋瘦弱的模樣，笑著說：「我還以為是個好漢，原來竟是一個皮包骨頭。」孫悟空說：「只怕你受不了我的金箍棒。」說完，就朝黃風精打去，黃風精不甘示弱，拿起鋼叉刺向悟空的胸口。

兩人在洞前打了三十回合，難分勝負。孫悟空揪下一撮毫毛輕輕一吹，轉眼之間變出了百十個孫悟空來。黃風怪見孫悟空使法術，隨即呼了三口氣，將嘴一張吹了一口氣，山上頓時飛沙走石、烏雲蔽日，把一群孫悟空吹得團團轉。悟空見狀，收了法術，舉起金箍棒打向黃風怪，不想那黃風怪又噴出一口黃風，颳得悟空眼睛生疼，睜都睜不開。

好漢不吃眼前虧，悟空翻了一個筋斗，回去找八戒。見大師兄趕回來，八戒急忙上去詢問情況，悟空說：「這妖怪果然有點本事，拿個鋼叉，勉強能和我鬥個平手，只是他的風太厲害，我很難贏他。」八戒說：「那我們可怎麼救師父？」悟空說：「師父肯定能救出來，但現在要緊的是找個地方治一治我的眼睛。我被那妖怪當面噴了一口黃風，現在眼睛疼得厲害，看不清東西。」

兩人牽上白馬，擔著行李，順著山路走了一會兒，突然看到山坡上有一戶人家。悟空也顧不上太多，過去敲了敲門，開門的是個老者。老者問：「你們是什麼人？」悟空回答說：「我們是東土大唐聖僧的徒弟，因前往西天取經路過這裡。見天色已晚特來借宿，希望您行個方便。」老者說：「失禮，失禮，快快請進。」

進了老者家裡，孫悟空問道：「敢問這附近可有賣眼藥的？今天我被一個妖怪用風吹傷了眼睛，酸痛不已。」老者說：「這附近沒有賣藥的，不過老漢曾遇見一個奇人，他送了我一瓶三花九子膏，能治風眼，我可以拿出來給你試試。」孫悟空連連點頭。於是老者取來一個瑪瑙小罐，用玉簪從裡面沾了些藥抹在悟空眼皮上，說：「你別睜眼，只管睡一覺，明天一早就好了。」

悟空照著老者說的睡了一宿，次日清晨一睜眼，眼疾果然好了。但向四周一望，哪裡有什麼房屋，他和八戒分明在草地上睡了一宿。兩人收拾好行李，在樹上撿到一張紙條，讀完才知道，原來昨晚受到了六丁六甲和五方揭諦的幫助。

悟空讓八戒守在林子裡照看行李和白龍馬，自己又往黃風洞飛去。這一次，孫悟空既沒有喊叫也沒有砸門，而是搖身變成一隻花腳蚊子，從洞門的縫隙裡鑽了進去。孫悟空在洞裡飛了一陣子找不見師父，突然發現洞裡有一扇門緊緊閉著，裡面隱約傳來一些聲響。悟空想了想，鑽身進去，發現師父果然被綁在裡面。悟空見唐僧正在那裡啜泣，於是說：「師父不要急，我是悟空，現在在你頭頂。你再堅持一會兒，我這就收了那妖怪救你出去。」說完，找那黃風怪去了。

來到洞中央，悟空見黃風怪正在和小怪們說話。一個小怪說：「大王，那孫悟空被你吹死了最好，要是沒吹死，他搬些救兵過來，我們如何招架？」黃風怪笑笑說：「怕什麼，就我這神風，除了靈吉菩薩❷，沒人能降得住。」

悟空想了想，既然黃風怪害怕靈吉菩薩，那我將他找來便是。想到這裡，便朝洞外飛去。見到八戒，悟空將此事告訴了他，八戒急忙說：「誰知道那靈吉菩薩住哪兒啊。」正說著，路旁突然出現一個老公公，對悟空說：「從這裡往南走兩千里，有座小須彌山，靈吉菩

---

❷【靈吉菩薩】即大勢至菩薩，八大菩薩之一。住在小須彌山，法力廣大，手使飛龍寶杖，並有如來賜給的定風珠等寶貝。

薩就住在那裡。」說完，老者化成一陣青煙消失了，半空飄來一張紙條。悟空一看，才知道這老者是太白金星變的，於是低頭拜謝。

悟空按照太白金星的指示向南趕路，發現一座高山煙霧繚繞，果然是一處仙境。見到靈吉菩薩，悟空將師父的遭遇說了一遍，菩薩說：「我受如來的旨意，在此鎮壓黃風怪，沒想到這怪私底下為非作歹，抓了你師父，算是我的過失。如來曾賜給我一根飛龍寶杖，我就用它幫你降服這黃風怪吧。」

靈吉菩薩跟著悟空趕到黃風洞口，悟空將黃風怪引出洞來，又是一陣惡鬥。打了一會兒，黃風怪大嘴一張，又要使出他的黃風絕技。這時，懸在半空的靈吉菩薩將飛龍寶杖往下一丟，口裡默念幾句咒語，龍杖轉眼化成一條八爪金龍，抓住黃風怪用力一扔，黃風怪被摔翻在地，變成了一隻黃毛貂鼠。

悟空正要揮棒去打，靈吉菩薩說：「大聖別打，這本是靈山腳下的一隻老鼠，因偷食了琉璃盞裡的燈油得了神通，變成妖怪來這裡作亂。我這就捉他去見如來。」悟空這才住手。

送走靈吉菩薩，悟空和八戒衝進黃風洞，將洞裡的狐狸、野兔等全都趕出去，然後把師父救了出來。唐僧驚魂未定，癱坐在地上向悟空詢問如何打敗妖怪，悟空把靈吉菩薩幫忙降妖的經過說了一遍，唐僧連連感謝菩薩救命之恩。

之後，師徒三人在洞裡找了一些素食，吃完後收拾好行李，沿著山路繼續往西趕去。

第十九回　流沙河冒出個沙和尚

唐僧師徒三人一路西行，經過八百里黃風嶺，來到了一處平原。忽見前方波濤洶湧，水波萬頃。唐僧在馬上看了看說：「徒弟，前面那條河又寬又凶，也見不到有渡船，我們怎麼過河？」

悟空跳到半空，手搭涼棚一瞧，說：「師父，這河對俺老孫來說不算什麼，扭扭身子就可以飛過去，對你卻是寸步難行。我看這河得有八百里寬。」聽完這話，八戒在一旁笑著說：「猴哥真會開玩笑，你一眼還能看八百里遠？」悟空說：「老孫這雙火眼金睛，平日能瞧一千里遠，八百里當然不在話下。」唐僧愁眉苦臉地來到河邊，見一塊石碑上寫著「流沙河」三個大字，下面還有一行小字，說這條河寬八百里，鵝毛漂不起來，蘆花沾水就沉。唐僧更沒了辦法，慌忙叫兩個徒弟過來看。

悟空和八戒正要過去，不想河裡突然響起一陣巨大的水浪聲，轉眼之間，鑽出一個紅髮藍臉的妖怪。妖怪一個旋風奔上河岸，伸手就要抓唐僧。悟空見狀，慌忙將師父抱起來飛往高處。八戒一把丟下行李，抄起九齒釘耙就往妖怪身上打去。妖怪取出一根寶杖，和八戒鬥了起來。兩人你來我往，打了二十多個回合，未分勝負。

悟空找了個安全的地方，將唐僧安置好，從耳朵裡掏出金箍棒，變成碗口來粗，打了一個呼哨，一躍跳回流沙河邊。妖怪見孫悟空跑來幫忙，慌忙收了武器，跳進河裡，不見了蹤影。

八戒見妖怪逃走，沒好氣地說：「你看，誰讓你來的，我再跟他鬥個四五個回合，保準把他抓住。現在你一來，把那妖怪嚇跑了，這事兒該不該怪你？」悟空笑著說：「八戒不要生氣，自從收了黃風怪，我已經一個多月沒耍棍子了，看你一個人和那妖怪打架，手癢得厲害。誰知那妖怪這麼不經打，竟然跑了。」說完，兩人就趕回去找師父了。

見徒弟回來，唐僧忙問：「那妖怪降住了沒有？」悟空說：「他打不過我們，逃到水裡不敢出來了。」唐僧說：「這妖怪住在這裡，想必熟悉這水的深淺。」悟空說：「正是，我們一會兒捉住他，不要急著要他性命，先讓他想辦法送師父過河才是。」八戒附和說：「猴哥說得有理，那你現在就去河裡把那妖怪抓來吧，我在這裡照看師父。」

悟空笑著說：「俺老孫雖然一身本事，但水裡的功夫卻欠了一些，還是你下去會會那妖怪吧。」八戒說：「老豬當年統領八萬天河水兵，水性倒是不錯，但是就怕這流沙河裡七窩八代的，人多勢眾，我要是打不過，還不就給抓起來了？」悟空說：「你不要在水裡和他纏鬥，只要將他從水裡引出來，到時候我來幫你。」八戒說：「那好。」說完，脫了鞋子和青

見到唐僧，悟淨雙膝跪地，請求原諒。唐增見他誠心皈依佛門，就收他為徒。

袍，舞著釘耙鑽進了水裡。

妖怪剛剛回到水底歇息下來，突然聽到外面有人喊叫，於是帶上武器出去瞧，發現又是那豬頭。八戒訓道：「你是哪路妖精，藏在這河裡擋住我們去路？」妖怪說：「我既不是妖也不是魔，有名有姓。」於是，這妖怪把自己的來歷說了一遍，還威脅八戒說要是再敢作亂，就把八戒剁成肉醬。八戒大怒，舉起耙子就打，兩人又是一通惡戰。八戒這次倒是機靈，佯裝招架不住，轉身就往水面逃去。妖怪跟著衝出了水面。

孫悟空在岸邊等了半天，突然看到浪花四濺，轉眼間妖怪已經鑽出水來。悟空揮起金箍棒就朝那妖怪砸去。妖怪見勢不妙，又跳回水裡不見了。八戒一看，氣急敗壞地說：「你這個猴子，等我把他引上岸再打不行嗎？」悟空不耐煩地說：「你這呆子，別亂嚷嚷了，跟我回去見師父。」

悟空和八戒見到師父，將剛才的經過說了一遍，唐僧雖然心急，但也沒什麼辦法。悟空說：「師父別急，現在天色已晚，你和八戒在這裡等著，我去化些齋飯回來。」說完，召出筋斗雲，朝遠處飛去。不多久，悟空就帶著一缽飯回來了。唐僧見悟空這麼快就趕回來，說：「既然這附近有人家，我們就去向他們打聽打聽，問問有什麼過河的方法。」悟空笑著說：「師父恐怕忘了，俺老孫一個筋斗能翻十萬八千里路，我化齋的人家離這兒有五六千里路呢，他哪裡見過這條河，更不會知道過河的方法。」八戒湊上來說：「猴哥，既然你能飛這麼遠，那你直接背上師父，飛過這條河去不就完了。」悟空說：「呆子，師父是個凡體肉身，重似泰山，我這筋斗雲怎麼扛得動。再說，如來要師父跋山涉水取真經，就是為了讓他經歷磨難，我背著他去西天倒是方便，但如來肯給師父真經嗎？」八戒無言以對。

師徒三人歇了一夜，次日清早，唐僧問悟空說：「今天怎麼辦？」悟空說：「還得讓八戒下水去引那妖怪。」一見八戒猶豫，悟空說：「師弟，這次我一定不急著打那妖怪了。你把他引上岸來，我在岸邊堵著不讓他回去，一定把他抓住。」

於是，八戒又一次跳到水裡，找妖怪去了。妖怪聽到外面的喊聲，料定又是那豬頭，於是拿上寶杖出去迎戰。八戒仔細看了看他的武器，笑著說：「你這是個什麼破東西。」妖怪說：「別亂講，我這杖可是一件寶貝，我看你那個生鏽的耙子才難看，也就用來鋤田耕地吧。」八戒笑著說：「你這個欠打的妖怪，別管我這耙子是不是鋤地的，往你身上一揮，保你渾身窟窿，膏藥都貼不過來，即使不死，也讓你一輩子留病根。」一聽這話，妖怪拿起寶杖就打，兩人又是一番苦鬥。

打了三十來個回合，八戒故技重施，再次佯裝逃跑。這一次，妖怪沒有上當，腳踏白浪立在水面上，不再去追八戒。八戒見狀，喊道：「你倒是給我上岸來啊，咱倆腳踏實地地打一仗。」妖怪罵道：「別想哄我，我要跑到岸上，那猴子肯定又來幫你。」

兩人正吵著，悟空在半空看不下去，揮起金箍棒，來了一個惡鷹撲食。那妖怪正和八戒理論，忽然聽到頭頂一陣風聲，抬頭一看，竟是那猴子，嚇得立即鑽回了水裡。悟空見狀，無奈地對八戒說：「這妖怪太狡猾了，就是不肯上岸，我們可怎麼捉他？」八戒連連搖頭。

唐僧見兩個徒弟又沒抓著妖怪，歎道：「河這麼寬，裡面還有妖怪作亂，我們可怎麼渡河？」悟空說：「師父，這妖怪潛在水裡不肯出來，我們拿他也沒什麼辦法，我還是去南海一趟吧。」說完，縱起筋斗雲，朝南海飛去。

行了有半個時辰，悟空來到普陀❶仙境。菩薩正和幾個龍女在寶蓮池邊看花，聽說悟空求見，忙叫人把他請進來。菩薩問道：「你不保護唐僧西天取經，來這裡幹什麼？」悟空回答說：「我哪裡有時間閒逛。我們師徒三人一路西行，好不容易收了黑風怪，卻又在流沙河裡碰上一個河妖。那妖怪武藝高強，攔著不讓我們過河，老孫這才想到菩薩，希望您幫我師父過河。」菩薩回答說：「那流沙河裡的妖怪，本來是天宮的捲簾大將，受我勸化，在河裡等待你們師徒。你只要告訴他你們是東土大唐來的取經人，他就會歸順你們了。」

菩薩將惠岸行者叫過來，交給他一個紅色的葫蘆，說：「你帶上這個葫蘆，跟孫悟空去流沙河一趟。到了河邊，你只要喊一聲『悟淨』，那捲簾大將就會出來。他的脖子上戴著一串由九個骷髏編成的珠子，你把它要過來浮在水上，將紅葫蘆放在那串骷髏中央，就會變出一艘船來。到時候，唐僧就可以乘船過河了。」聽完菩薩的囑咐，惠岸行者拿上紅葫蘆，跟著孫悟空往流沙河趕去。

來到流沙河，木吒捧著葫蘆，懸在半空，衝著水面喊道：「悟淨，取經人在這裡等了這麼久，你怎麼還不出來拜師父！」捲簾大將正在水裡歇息，聽見有人喊他的法名，料到是菩薩派來的人，於是慌忙浮出水面，見是木吒，施禮道：「尊者駕到，末將失禮了。」木吒說：「這岸上的唐僧就是你要等的師父。你把脖子上掛的骷髏交給我，我變一條船出來，好讓你師父渡河。」

悟淨看了看岸邊的八戒說：「這個豬頭和我打了兩天，隻字不提取經的事兒。」又看看悟空，說：「他也是，就知道拿他那棒子打俺，厲害得很，我可不敢跟著他們。」木吒說：「不要亂講，這兩人是豬八戒和孫行者，從今以後，他們就是你的師兄了。我現在就領你去見唐僧。」

見到唐僧，悟淨雙膝跪地，說：「師父，徒弟有眼無珠，差點誤傷了您，希望您能原諒。」唐僧說：「你肯誠心皈依佛門嗎？」悟淨急忙說：「當然，徒弟受菩薩的教化，以河為姓，名叫沙悟淨，一心向佛。」唐僧說：「既然這樣，那我就收你為徒吧。」說完，讓悟空取來剃刀，為悟淨剃度。木吒看著悟淨拜過師父，說：「既然已經收了徒弟，那我們就趕緊過河吧。」

沙僧趕忙將骷髏串取下來，交給木吒。木吒按照菩薩說的，將骷髏串和葫蘆放入水中，果然變出一艘船來。木吒將唐僧請到船上，讓八戒坐在左邊，悟淨坐在右邊，自己飛在前面帶路，悟空則牽著白馬跟在後面。一行人安然無恙地過了流沙河。過河之後，木吒也不停留，辭別唐僧師徒四人，乘雲南去。送走木吒，師徒四人不做休息，朝西邊趕去。

---

❶【普陀】普陀山，中國佛教四大名山之一。傳說是觀世音菩薩教化眾生的道場，有「海天佛國」、「南海聖境」的美譽。

第二十回　豬八戒娶媳婦

唐僧四人過了流沙河，一路西行，從鬱鬱蔥蔥的夏季一直走到漫山紅葉的深秋。一天傍晚，唐僧坐在馬上說：「現在天馬上要黑了，我們找個地方歇息吧。」悟空說：「師父怎麼這麼說呢，出家人風餐露宿，四海為家，隨處找個地方休息就好，哪裡用專門找地方住呢？」

聽完這話，豬八戒不高興了，說：「猴哥你也真是，我們這一路翻山越嶺的，像我還挑著擔子，能不累嗎？我們找一戶人家，一來可以吃點好的，二來可以舒服地睡上一覺，養足精神再趕路，豈不更好？」兩人正吵著，唐僧往前走了一段路，看到松林掩映處有幾間房舍，於是說：「徒弟們，前面有一座莊院，我們就去那裡借宿一晚吧。」悟空聞聲趕到師父身前，往師父指的方向一看，果然發現有一戶人家。悟空開了火眼金睛一瞧，只見那座莊院吉雲籠罩，霧氣騰騰，料到是神仙變出來的，但又不敢洩露了秘密，於是說：「好，我們就去那裡吧。」八戒興奮地挑起行李，往莊院趕去。

四人來到一座門樓腳下，見門上雕梁畫棟。八戒說：「看來是一戶富裕人家。」說完，

就要牽著白龍馬進門。唐僧見狀，急忙制止說：「八戒不要魯莽，我們是出家人，不能亂進他人的府第，免得招人嫌疑。聽到外面聲響，這家主人自然會出來查看，到時候我們再施禮求宿也不遲。」正說著，果然有一個四十多歲的婦人趕出來問：「門外是些什麼人，來我一個寡婦家裡幹什麼？」孫悟空回答說：「我們是東土大唐來的和尚，奉如來的旨意西天取經，天要黑了，想在這裡住上一晚。」說完，把師父和二師兄、沙師弟都叫到跟前來。那婦人看了看他們，客氣地請他們進門。八戒跟在後面，偷偷地瞅了婦人幾眼，覺得這婦人雖然已不算年輕，但臉色倒也紅潤，穿著也十分得體，顯得雍容華貴。

婦人把唐僧師徒領到廳房裡，隨即命人給他們沏茶。一會兒，從屏風後面走出一個女童，托著一盞白玉壺來到唐僧面前。只見女童纖指長髮，面容姣好，饞得八戒不停地偷瞧。唐僧問：「老人家，敢問你姓什麼，這又是什麼地方？」夫人回答說：「這裡是西牛賀洲。我娘家姓賈，丈夫姓莫。夫妻倆生了三個孩子，全是女孩。只是，丈夫前年不幸去世，現在就剩下我們母女四個人，空守著萬貫家財，千畝土地。四人雖過著富貴生活，但也沒什麼樂趣，正想著要找幾個男人成親，正巧你們一行四人前來，不如就留在這裡，和我們一起過榮華富貴的生活，怎樣？」聽了這話，唐僧權當什麼也沒聽到，沉默不語。

婦人見唐僧沒有反應，繼續說：「我這裡有三百頃水田、三百頃旱田，果林山林也有三百頃，牛馬豬羊數不清，綾羅隨便穿，金銀滿屋子，倉裡的稻米八九年都吃不完。你們若肯留下來，必定會錦衣玉食，活得自在，何苦一路奔波，受苦受累地去西天取經呢？」唐僧依舊不肯說話，坐在那裡閉目養神。

婦人又說：「我今年四十有五，三個女兒倒還年輕。大女兒名叫真真，今年二十歲了；二女兒叫愛愛，今年十八歲；三女兒叫憐憐，今年剛滿十六歲。我雖然長得不算漂亮，這幾個女兒卻都有幾分姿色，讀書識字都不成問題，針線活兒樣樣精通。幾位長老如果肯留下來，成親的事兒交給我好了。」唐僧依舊穩如磐石，一句話也不說。但八戒卻按捺不住了，走到師父跟前說：「師父，人家跟你說話呢，你怎麼不回話呀。」唐僧這才睜開眼睛，訓斥說：「你這個孽徒，我們是出家人，怎麼能夠貪戀美色和金錢？」

婦人開口說：「可憐啊，出家人有什麼好，整日奔波，沒個安身的地方。像我榮華富貴，吃穿不愁，才叫快活。」唐僧說：「出家人雖然清苦，卻心清志潔，總比待在家裡空耗時光，老到只剩下一身臭皮囊強。」聽了這話，婦人生氣地說：「你這個和尚怎麼這麼無理，我好心要把女兒許配給你們，你反倒惡語傷人，你們不想娶，我們還不想嫁呢！」唐僧知道話說重了，慌忙賠禮道歉，那婦人卻已經拂袖而去。八戒抱怨說：「師父你真是，把話說絕了。現在我們真算是吃了閉門羹，餓一晚上肚子吧。」

沙僧開口說：「二師兄，我看你不如就留在這兒當女婿吧。」八戒忙說：「你可別栽❶我，這事兒可要好好考慮。」悟空見狀，說道：「考慮什麼，你要願意，就留在這裡吧，這樣一來可以擺脫取經之苦，二來可以娶個漂亮媳婦，享盡榮華，不是兩全其美嗎？」八戒一時無言以對，於是搪塞說：「你們先歇息吧，我出去遛遛馬。」便去外面牽馬了。悟空說：「師父，我出去瞧瞧，看他去哪裡放馬。」說完，搖身變成一隻蜻蜓，隨八戒而去。

八戒牽著馬，也無心讓馬吃草，一路朝著院子後邊走去。沒過一會兒，就看到那婦人正帶著三個女兒在後院賞花。見八戒過來，婦人讓女兒們進屋，上前說道：「長老要到哪裡去？」八戒回答說：「出來遛遛馬。」婦人隨即說：「你那師父真是，留在我府上做女婿多好，非要去西天取經，自討苦吃。」八戒說：「他是奉了大唐皇帝的旨意，不敢違命，你別責怪他了。剛才我們幾個人待在屋子裡，他們非要讓我留下來做女婿，只是俺老豬長得這麼醜，不知你們瞧得上嗎？」婦人笑著說：「只要女兒們願意嫁你，我不會嫌棄的，等我問問女兒吧。」說完就進屋去了。

八戒也沒心情遛馬了，轉頭牽著白龍馬往回趕。悟空飛回師父那裡，將剛才的事情對唐僧說了一遍。唐僧半信半疑，沉默不語。不一會兒，八戒果然趕了回來，唐僧問：「放馬回來了？」八戒說：「院子裡沒什麼能吃的草，沒處放馬。」悟空聞言說：「沒處餵馬，卻有地方牽馬說媒是吧？」八戒知道事情敗露，支支吾吾說不出話來。

---

❶【栽】捉弄、陷害的意思。

八戒牽著馬，也無心讓馬吃草，一路朝著院子後邊走去，看到那婦人正帶著三個女兒在後院賞花。

就在這時，門突然打開了，進來的正是婦人和她的三個女兒。婦人讓幾個女兒拜過唐僧師徒，之後，三個女兒挨個站在屋裡，輕聲笑語。豬八戒見她們個個長得妖嬈動人，貌如西子，被迷得神魂顛倒，一個勁兒地盯著三個女孩兒看。過了好大一會兒，八戒才緩過神來，對婦人說：「娘啊，你先讓幾個仙子歇著吧。」於是，老婦讓女兒們先退下去。

婦人問：「聽說你們已經選好人娶我女兒了？」沙僧指著八戒說：「我們商量好了，就讓這姓豬的給你當女婿吧。」八戒慌忙說：「別亂說話，讓我再想想。」悟空接話道：「想什麼想，今天正好是個吉日。你管那婦人叫娘，也不是一天兩天了，你留在這兒做女婿吧，就這麼定了。」八戒說：「這哪裡好，別胡鬧。」悟空哪管八戒的話，拉著他來到婦人面前說：「親家母，你這女婿就這麼定了，趕緊給他籌辦婚事吧。」於是，婦人找來一位童子說：「快快收拾一間屋子出來，給我這姑爺住。」

婦人給唐僧、悟空、沙僧安排了齋飯，讓童僕伺候他們休息，然後領著八戒七拐八繞地來到了內堂，說：「女婿，你師兄說今天是個吉日，那我們就選在今天拜堂吧，不過準備倉促，也不講什麼規矩和儀式了。」八戒說：「娘說的是，你就坐在這屋子中央，到時候把女兒叫過來，我給你磕幾個頭，權當拜堂吧。」婦人點頭稱是。

八戒想了想，又說：「娘，你有三個閨女，到底要把哪個許配給我呢。」婦人說：「我也正為這事兒犯愁呢，把大女兒嫁給你，怕二女兒和小女兒不願意；把二女兒嫁給你，又怕大女兒和三女兒責怪，反正是為難。」八戒說：「那不如把三個女兒全都嫁給我吧。」婦人生氣地說：「豈有此理，你竟然想一個人佔我三個女兒？」八戒不敢作聲。

婦人想了想，說：「這樣吧，我這裡有一塊手帕，我把他蒙在你頭上，然後把我女兒叫到你跟前，你來個撞天婚，撞到哪個女兒，我就把哪個女兒嫁給你。」八戒一口答應下來。

婦人將八戒的眼睛蒙上，然後叫出三個女兒，讓她們站在屋子裡。八戒聽到姑娘的嬉笑聲，又聞到一股迷人的香氣，興奮地朝前面亂摸。幾個女子見八戒朝她們衝過來，慌忙躲閃。結果，八戒東摸西摸，一會兒撞柱子，一會兒碰椅子，卻抓不到一個人，碰得鼻青臉腫。八戒累得氣喘吁吁，癱坐在地上，摘下手帕說：「娘啊，你的三個女兒跟我玩捉迷藏，我逮不著她們。」

婦人笑著說：「不是我女兒耍滑，是她們互相謙讓才躲你的。我這三個女兒心靈手巧，前幾天剛剛織了一件珍珠汗衫，你要把它穿上，我就讓你挑一個女兒做媳婦兒。」聽完這話，八戒高興地說：「好好好，快把汗衫拿出來讓我穿。」婦人轉進屋裡，取了一件汗衫。八戒想也沒想就將身上的袍子脫了，麻利地將汗衫套在身上。不想，還沒等他繫扣子，汗衫已經變成一股繩子，緊緊地將他拴了起來，八戒被勒得失去平衡，一個趔趄摔在地上，動彈不了。八戒正要求救，抬頭一看，早沒了婦人的蹤影。

唐僧三人睡了一宿，天亮睜眼一瞧，發現自己哪裡是睡在莊院裡，分明睡在一片松林裡。三藏正疑惑不解，突然看到一棵柏樹上貼著一張紙條。唐僧讓沙僧取過來，讀完才知道，昨晚的那四人，竟是梨山老母❷、觀音菩薩、普賢菩薩❸和文殊菩薩❹。

就在這時，松林深處突然傳了一陣叫喊聲：「師父，勒死我了，快來救我！」唐僧問道：「悟空，那喊叫的是不是八戒？」悟空笑笑說：「這還用問，一定是那呆子。」唐僧隨即說：「八戒雖然愚笨貪色，倒也憨厚老實，經過這次教訓，估計他再也不敢拈花惹草了。」

唐僧三人趕到一棵松樹下面，八戒被綁在半空中，不停地喊叫。沙僧慌忙放下行李，將二師兄救了下來。八戒癱坐在地上，羞愧難當。沙僧打趣說：「二師兄真是厲害，竟然要跟幾位菩薩成親。」八戒慌忙說：「別再提這事兒了，我今後再也不胡作非為了，一定好好地保護師父去西天取經。」唐僧說：「這樣最好，既然有心取經，那就別耽誤工夫了，收拾行李上路吧。」於是，師徒四人收拾妥當，向西而去。

---

❷【梨山老母】道教女仙，又名「驪山姥」、「驪山老母」。神通廣大，鶴髮童顏，行蹤飄忽不定，相傳曾收白素貞爲徒，住在桃花源。

❸【普賢菩薩】佛教中的四大菩薩之一，又稱遍吉菩薩、三曼多跋陀羅，象徵理德、行德，同文殊菩薩、釋迦牟尼佛合稱「華嚴三聖」。

❹【文殊菩薩】佛教四大菩薩之一，又名文殊師利菩薩、曼殊室利菩薩，妙吉祥菩薩。是釋迦牟尼佛的左脅侍菩薩，德才超群，代表聰明智慧，也是除觀世音菩薩外最受人們尊崇的菩薩。「文殊」意爲美妙、雅致、可愛。

第二十一回　五莊觀偷吃人參果

唐僧師徒趕了幾天路，被一座高山擋住去路。唐僧勒馬說：「徒弟們，前面有一座山，大家瞧仔細了，別又是什麼鬼怪之地。」悟空跳到半空看了看，說：「師父不要擔心，我看這地方好山好水，應該是一個神仙居住的地方，我們過去看看吧。」

唐僧師徒不知道，擋在四人面前的高山叫萬壽山，山中有一座五莊觀，觀主名叫鎮元子❶。觀中長著一棵靈樹，能結一種靈果，名叫草還丹，又名人參果，長得一副小孩兒模樣，五官俱全。靈樹三千年一開花，三千年一結果，再過三千年，樹上的人參果才成熟。如今這樹剛好攢足了一萬年，樹上長出三十個人參果。人參果數量雖然少，卻是萬中無一的仙果，凡人只要聞上一聞，就可以活三百六十歲，要是能有幸吃上一個，就能活四萬八千歲。

這一天，鎮元子正好被邀請去天上講道。臨行前，他把兩個看家小童叫過來叮囑道：「我要去天上的彌羅宮講道，你倆留在觀裡看門。過一陣子，會有一個故人從此經過，你們不要怠慢了他，可以將人參果打下兩個來，送給他吃。」

這兩個小童，一個叫清風，一個叫明月。清風已經有一千三百二十歲，明月也已經一千二百歲了。聽完師父的話，兩人問：「師父，那個故人是誰？」鎮元子說：「那人是從東土大唐趕來的和尚，法號三藏。五百年前，我和他在蘭盆會上認識，他曾親手給我遞茶，非常敬重我，算是我的一個好友。」兩個仙童點頭稱是。

鎮元子又說：「這棵樹果子有數，你們只給唐僧兩個吃，不要浪費。」清風回答說：「謹記師父叮囑，開園的時候，您曾給眾人分吃了兩個人參果，樹上還剩二十八個果子，不敢浪費。」聽完這話，鎮元子才放心地離開。

唐僧四人沿著山路前行，不久便趕到了道觀前。唐僧翻身下馬，看到左邊立著一個石碑，上面寫著十個大字：萬壽山福地，五莊觀洞天。清風和明月聞聲趕忙出來，拱手說：「聖僧大駕光臨，小童有失遠迎，還望見諒。」說完，就帶著唐僧師徒往觀裡走。

兩個童子安排唐僧他們在殿裡坐下休息，問道：「敢問聖僧，是否就是去往西天取經的唐三藏？」唐僧說：「正是，你們怎麼會知道我的姓名？」童子回答說：「我師父出門前曾囑咐我，說您要光臨此地，叫我們不要失了禮節。」唐僧慌忙說：「哪裡哪裡。」

清風和明月確定是唐僧，於是按照師父的囑託，取了金擊子和丹盤，打下兩枚人參果，

---

❶【鎮元子】道教神仙，地仙之祖，又名鎮元大仙，鶴髮童顏，手持一隻玉麈麈（ㄓㄨˇ），神通廣大。

送去給他吃。唐僧見人參果有身子有臉，嚇了一跳，說：「阿彌陀佛❷，這地方不曾鬧過饑荒，怎麼能吃小孩兒？」聽完這話，清風笑著說：「聖僧有所不知，這不是小孩兒，而是人參果，是我們觀裡生長的一種仙果，你只管吃了就行。」唐僧堅持不肯吃。

兩人只好帶著人參果回到自己的屋子。這人參果好是好，但一旦放久了就會變硬，咬都咬不動。清風和明月在屋子裡坐了一會兒，便把兩個果子吃了。不想，全讓八戒看在了眼裡，他見兩個童子吃人參果，饞得口水直流，又覺得自己爬不上那棵人參樹，於是對悟空說：「猴哥，這五莊觀裡有一種人參果，是難得的仙果。剛才那兩個童子摘了兩個獻給師父吃，師父嫌那果子嚇人就沒吃，結果卻被兩個童子吃了。那果子一定很好吃，你去院子裡摘幾個回來，我們幾個嘗嘗鮮吧。」

悟空說：「這還不簡單，我去去就來。」八戒說：「猴哥別急，那果子好像要用金擊子才能打下來。」悟空偷了金擊子，逕直穿過菜園，推開後院的門一看，果然有一棵參天大樹，樹上零星地掛著長得像小孩兒一樣的果子。悟空用金擊子敲了一個下來，沒想到人參果一接觸地面就消失不見了。悟空以為是土地神把果子偷去了，於是默念一聲咒語，土地神隨即鑽了出來。

悟空訓斥說：「你這土地小神，竟敢搶我的人參果？」土地說：「大聖怕是錯怪我了。這人生果遇金即落，遇木遂枯，遇水就化，遇火便焦，遇土而入。剛才你那果子掉到地上，直接鑽進土裡去了。這塊地已經有四萬七千年了，比生鐵還硬。」孫悟空不信，揮起金箍棒朝地面砸去，砸得地面金花四濺，卻連一個坑也沒砸出來。

有了這個教訓，悟空將人參果打下來後，把它們兜在衣袖裡。打了三個人參果，悟空滿意地飛了回去。悟空分給八戒和沙僧各一個果子，

八戒抓起人參果，囫圇吞進肚子裡，看著悟空和沙僧細嚼慢嚥的樣子，說：「猴哥，剛才吃得太急，沒嘗出果子的味道，你再給俺打幾個來吧。」悟空說：「你這呆子，這人參果一萬年只結了三十個果，照你這個吃法還了得？」

八戒一時答不上來，自個兒在一旁不停地嘀咕。這時，清風和明月恰好來給唐僧添茶，聽到八戒的話，自感不妙，慌忙到後院查看。他們反覆數了幾遍，發現人參果少了四個。

清風和明月立即找到唐僧，不分青紅皂白地罵了唐僧一通，言語污穢，不堪入耳。唐僧說：「兩位仙童怎麼這樣說話，不要胡說八道，不講道理。」清風說：「你偷吃了我們的人參果，還不讓我們罵幾句？」唐僧說：「阿彌陀佛，那人參果我看著就怕，怎麼會偷吃呢？」清風不依不饒，說：「那就是你的徒弟偷吃的。」

---

❷【阿彌陀佛】傳說中西方極樂世界的教主，與觀世音菩薩、大勢至菩薩合稱「西方三聖」。又名無量清淨佛、無量光佛、無量壽佛等，淨土宗佛教徒經常口誦「阿彌陀佛」。

唐僧把三個徒弟都叫過來，問道：「你們有沒有吃五莊觀裡的人參果？如果吃了，就給他們賠個不是，不要抵賴。」悟空說：「師父，不關我事。八戒聽說這兩個仙童吃人參果，就讓我去後院摘幾個嘗嘗。我摘了三個，和師弟們分著吃了。」明月說：「明明偷了四個，還騙我們說偷了三個。沒良心的惡賊，長得這麼難看，沒想到心也是黑的。」

聽完這話，悟空怒火中燒，使了個金蟬脫殼，暗語道：「看我不把那人參樹打個稀巴爛！」說完就飛到後院，手持金箍棒，將人參樹連根掘起。一樹的果子落在地上，轉眼就不見了。

清風和明月罵了半天，這才消了心中怒氣，轉身回房。走到半路，兩人心想：「這和尚或許沒有騙我們，可能是人參樹枝繁葉茂，擋住了果子，還是再去數數吧。」兩人趕到後院一看，大吃一驚，人參果樹已經被連根拔起，倒在院子裡。明月尋思了一會兒，說：「我們佯裝去給他們賠禮，然後趁機將他們鎖在屋子裡。到時候師父趕回來，也算有個交代。」清風慌忙說：「有道理，趕緊去吧。」

於是，兩人準備了一些齋飯，給唐僧師徒道歉，謊稱自己數錯了數目。唐僧倒也不計較，正要拿起碗筷吃飯，兩個仙童已經跑出去，將門鎖了起來。八戒說：「這下好，誰也別想跑了，猴哥倒是方便，變個小飛蟲就逃出去了，我們幾個人可怎麼辦？」悟空說：「呆子別亂講，瞧我的本事。」說完，從耳朵裡掏出金箍棒，默念幾句咒語，使了一個解鎖術，朝

鎮元子使了個「袖裡乾坤」的法術，將衣袖一揮，瞬間變成一個遮天蔽日的口袋，將唐僧四人悉數收進袖子裡。

門上一指，門鎖應聲碎落。

悟空飛到仙童的住處，變出兩隻瞌睡蟲往兩人臉上一吹，清風和明月立即睡得比石頭還沉，鼾聲此起彼伏。隨後，悟空叫上師父、八戒和沙僧，收拾了行李，連夜離開五莊觀，朝西趕去。

鎮元子第二天清早趕回來，見山門大開，不見徒弟蹤影，預感到事情不妙，忙趕到院裡查看。只見清風和明月睡得正香，鎮元子略施法術，兩人才清醒過來。見師父回來，清風慌忙說：「師父，那東土來的和尚們原來是一夥強盜，他們不僅偷吃人參果，還把人參樹給打倒了。」鎮元子氣急敗壞，要兩個徒弟帶他去找唐僧，兩人帶著師父來到大殿，發現殿門大開，這才意識到唐僧師徒已經逃走，嚇得跪在地上，求師父開恩。鎮元子知道徒弟無辜，也沒責怪，說：「你們在觀裡守著，我去把唐僧他們抓回來。」

唐僧師徒一夜趕了一百多里路，沒多大工夫就被鎮元子趕上了。見到鎮元子，孫悟空不由分說，拿起金箍棒就打了過去。鎮元子使了個「袖裡乾坤」的法術，將衣袖一揮，瞬間變成一個遮天蔽日的口袋，將唐僧四人悉數收進袖子裡。

回到五莊觀，鎮元子讓人將唐僧師徒綁起來，又令人將鞭子泡在水裡，準備第二天嚴刑拷問他們。當天夜裡，悟空使了個瘦身術鬆了繩子，將師父、師弟救了出來，又讓八戒偷偷去院子砍了四棵柳樹，把它們變成四個人的模樣，再次逃出了五莊觀。

第二天，清風和明月拿著皮鞭，打了唐僧師徒半天，等到悟空的法術消失才知道打的竟是四棵柳樹。鎮元子火冒三丈，立即飛出五莊觀追唐僧去了。沒用多久鎮元子就找到唐僧幾人，再次用「袖裡乾坤」把他們抓回了五莊觀。

回到觀裡，鎮元子讓人燒了一鍋熱油，準備煎了孫悟空。悟空使了個金蟬脫殼，將自己的假身變成了一尊石獅子。等到油鍋燒開，鎮元子命人將悟空扔進鍋裡，假悟空的身子死沉死沉的，二十個道童才勉強把他抬進了油鍋，還被濺了一身熱油。

悟空在房梁上笑了一會兒，跳下來對鎮元子說：「你不就是要那人參果樹活過來嗎，我去給你想法子。」說完，縱上筋斗雲，往東洋大海奔去。幾番周折，悟空找到了觀音菩薩，將事情的經過說了一遍，詢問讓樹復活的方法。菩薩說：「你這潑猴，那人參樹是天地間的靈根，幸虧我這淨瓶裡有『甘露水』，能救活仙樹靈苗，不然你去哪裡尋人也沒用。」

菩薩隨同悟空來到五莊觀，讓眾人把那枯死的人參果樹扶起來，然後口念經文，用柳枝沾了些淨瓶裡的甘露水朝樹上灑去。沒過多久，人參樹果然生出根來，樹枝上重新長出了綠葉，還掛著一些人參果。

看到人參樹重新活過來，一群人都十分高興。鎮元子特地讓清風和明月摘了十個人參果，將菩薩和唐僧師徒請到五莊觀寶殿裡，品嘗仙果，以示慶賀。這一次，唐僧得知這果子是仙家的寶貝，也跟著吃了一個。

吃完人參果，菩薩便告辭飛往普陀岩了。一行人送走菩薩，重新回到殿裡敘話。人參樹已經復活，鎮元子和唐僧冰釋前嫌，重新做回了好友。唐僧師徒在五莊觀歇了幾天，隨後告別鎮元子，奔西而去。

第二十二回　三打白骨精

離開五莊觀，師徒四人趕了幾天路，早早便看見前面有一座高山聳立。沿著山路走了半天，唐僧在半山腰停下馬來，說：「悟空，我們趕了一天路，肚子也餓了，你去化些齋飯來吧。」

悟空縱身一躍，跳到雲端，手搭涼棚往四野裡一瞧，不禁輕歎一聲道：「這地方四下無人，荒山野嶺，去哪裡討齋飯。」正說著，忽然看到南面一座山上有一片鮮紅的點子。悟空找到唐僧說：「師父，這附近沒什麼人家，不過我看南面山上有一片紅點子，想必是熟透的山桃，我去給你摘一些來充饑。」說完，便取了缽盂，朝那座山飛去。

悟空騰雲駕霧，驚動了山上的白骨精。等悟空飛遠了，白骨精踏著一陣陰風來到唐僧的上方，感歎說：「造化啊，聽說這東土的和尚是金蟬子化身，吃他一塊肉，就能長生不老，沒想到今天竟讓我碰見了，機不可失啊。」

悟空雖然不在，但八戒和沙僧還守著師父。白骨精想了想，計上心來，暗喜道：「看我

變個戲法給你們看。」說完，收了陰風，搖身一變，化成一個如花似月的美人，提著一籃飯菜，朝唐僧走去。

唐僧見一個姑娘走過來，說：「悟空說這兒附近沒什麼人家，怎麼平白無故地走來一個人呢？」八戒說：「師父，你和沙僧在這兒坐著，我去看看。」

八戒收起釘耙，來到女子面前問道：「這位女菩薩，手裡提的什麼，要往哪裡去？」女子說：「長老，我帶了些米飯和麵筋，特地送給你們吃。」聽完這話，八戒高興地跑到唐僧跟前說：「師父，吉人自有天相啊，那猴子還沒回來，已經有人給我們送飯來了。」

唐僧迎上去說：「女菩薩，你住在哪裡，怎麼會給我們來送飯？」妖怪回答說：「施主，這座山叫白虎嶺，我就住在西面的山下。我丈夫在山北勞作，我正趕著去給他送午飯，半路遇上你們，估計你們是餓了。你們要是不嫌棄，我願意把這些齋飯送給你們吃。」唐僧說：「這怎麼行，我徒弟已經去化齋了，我們還是再等等吧，你快快帶著齋飯找你丈夫去吧。」聽了這話，八戒不樂意了，抱怨說：「師父你真是，人家好心給咱送飯吃，你卻這般推辭，現成的飯不吃幹什麼？」說完就拿過飯籃子。

孫悟空從南山摘了些桃子往回趕，遠遠就看見師父和一個陌生女子站在一起。悟空使了火眼金睛一瞧，認出那女子是妖精變的，於是拿出金箍棒，從空中劈了下來。唐僧見狀，慌忙喊道：「悟空，你怎麼打好人？」悟空飛到地面，指著那女子說：「師父，這女子是妖精變的。你不知道，當年俺在花果山的時候，也曾使用這種法術，變些假的金銀和齋飯出來騙人。你別被表象所迷惑，看我打她一棍。」說完，就朝那女子打了過去。妖精見悟空打過來，使了個「解屍法」，留下一個女子的屍體，自己乘著陰風逃走了。

唐僧見悟空把女子打死，氣憤地說：「你這潑猴，怎麼無故奪人性命！」悟空說：「師父別生氣，你過去看看那籃子裡到底盛的什麼東西。」幾個人往前一瞧，嚇了一跳，那籃子裡哪是齋飯，分明是些青蛙和癩蛤蟆，唐僧這才開始相信悟空的話。誰想，豬八戒在一旁氣不過，嚷嚷說：「師父，我看難保不是猴哥怕你念咒，變了些癩蛤蟆出來哄你。」聽完這話，唐僧怒上心來，念起緊箍咒來。悟空疼得在地上打滾，掙扎著說：「師父別念咒，有話慢慢說。」

唐僧停下來，說：「平白無故傷人，取經還有什麼用，我不要你這個惡徒，你走吧。」悟空說：「沒我保護，西天你恐怕去不成。」唐僧生氣地說：「我的命由上天安排，就算被妖怪煮了吃，也不用你管！」悟空說：「老孫當年因大鬧天宮被押五行山下，幸得師父解救得以脫身，我奉觀音之命保你西天取經，算是報恩。我這一去，豈不是要落下個知恩不報的千古罵名？」唐僧一副慈悲心腸，聽完這話心立即軟了下來，說：「那就饒你一次，以後再敢作惡，先念二十遍緊箍咒再說。」悟空連連點頭。

白骨精被悟空打了一棒，非常生氣，自言自語說：「快要得手的把戲，卻被那猴子攪亂了，還差點喪命。一定不能放過那唐僧，看我再變個戲法。」說完，搖身一變，化成一個八十歲的老婦人。

唐僧師徒越過一座山坡，看見一個老婦人拄著拐杖，哭著走了過來。八戒見狀，驚訝地說：「師父，不好了，這老婆婆一定是那女子的母親，找我們算帳來了。」悟空忙說：「呆子別亂講！那女子也就十七八歲，這老婦人該有個八十多歲了，難不成她六十多歲還能生育？一定是妖精變的，讓我去看看。」說完，朝那婦人趕去。

到了婦人身邊，悟空用火眼金睛一瞧，老婦人分明是個妖怪。悟空也不跟她理論，揮起金箍棒就打。白骨精見詭計又被識破，慌忙使法術逃走了，留下一具老人的屍體。

唐僧等人聞聲趕過來，見悟空把這老婦也打死了，氣得說不出話來，閉目念起緊箍咒，果然足足念了二十遍。悟空疼得在地上滾個不停，連連哀求說：「師父別念，那婦人是妖怪！」

唐僧念完咒語，說：「先打死一個女子，現在又打死一個手無寸鐵的老人，什麼也不用說了，你走吧。」悟空知道說服不了師父，於是說：「師父既然堅決讓我走，那我走便是，只是老孫還有一事相求。」唐僧說：「你能有什麼事？」悟空說：「既然我們不再是師徒，那勒在我頭上的金箍也沒什麼用處了，煩你念個解箍咒，讓我把這個該死的鐵環取下來，好回去見人。」唐僧無奈地說：「當時菩薩只教了我緊箍咒，卻不曾教我什麼解箍咒，這可怎麼辦？」悟空說：「既然你解不下這金箍來，那我們還是師徒，我還得跟你去西天取經。」唐僧說：「好吧，我就再饒你一次，你要再敢行凶作亂，定和你斷絕師徒關係。」悟空忙說：「徒弟不敢。」

白骨精被悟空打了兩棒，心裡尋思：「再往西趕四十里地，唐僧就出我的地盤了，不能讓別的妖怪把他撈去，讓我再變個戲法。」於是又搖身一變，化成一個老頭兒。這老頭兒手裡拄著龍頭拐，脖子上掛著一串佛珠，口念南無經，朝唐僧師徒走去。

見到口誦佛經的老者，唐僧高興地說：「阿彌陀佛，這裡難不成是一個福地，竟然還有誦經的老者。」八戒卻說：「師父別高興，我看這老人說不準就是來找老婦人和他女兒來了。」悟空在一旁說：「呆子，再敢亂說我就不客氣了。」悟空一個箭步跑到老頭面前，問道：「老人家，你這是要去哪裡？」白骨精回答說：「長老，老漢從小生長在這裡，一心向佛，不曾做過什麼壞事。誰想今天，我那小女兒還有老婆子，全讓人打死了，我正要去收屍骨，埋葬她們呢。」說完，老淚縱橫。悟空笑著說：「妖怪，你這把戲哄得了我師父，卻哄不了我。」白骨精知道又被悟空識破了詭計，一時無言以對。

悟空正要打白骨精，轉念一想，這要一棒打死老頭兒，肯定又跟師父解釋不清楚。想到此，悟空念了幾句咒語，將這裡的山神和土地神都叫了出來，讓他們到時候做人證。白骨精見勢不妙，轉身要逃，哪承想悟空早就追了上來，照著她的腦袋就是一棒。白骨精躲閃不及，當即斃命，化成了一堆白骨。

八戒見悟空打死老頭，慌亂地叫道：「猴哥發瘋了，半天工夫打死三個人！」聽完這話，唐僧就要念咒。悟空趕過來說：「師父不要念咒，你先過來看看這老頭的模樣。」唐僧上前一瞧，發現是一堆白骨，大吃一驚。悟空隨即說：「今天我們碰到的三個人，都是一個妖怪變的，現在被我打死了，才變回真身。這白骨的脊梁上寫著『白骨夫人』四個字，不信你過來看。」唐僧看完那字，才相信悟空說的話。

誰想，八戒又在一旁說道：「師父，猴哥手重，不小心把人打死，怕你念咒，才變出這副白骨來，我才不信呢。」唐僧也沒個主見，聽完八戒的話，又開始念起緊箍咒。這一次，可真是疼死了孫悟空。念完緊箍咒，唐僧說：「潑猴，你一連打死三個人，還有什麼好說的，你走吧。」

悟空說：「師父，我打死的分明是個妖怪，你不信我的話，反而聽那呆子胡攪蠻纏。事不過三，既然你已經是第三次逐我，我再賴在這裡也沒意思，我走就是了！只是怕你從此無人照應。」唐僧怒道：「潑猴不要無理，難道悟能和悟淨都不是人嗎？」說完，從馬上下來，叫沙僧取了紙筆過來，寫了封貶書，交給悟空說：「猴頭，這封信就是憑據，從今天起，我不是你師父，你也不是我徒弟。」悟空接過貶書，轉身就要走，但終究狠不下心來，回頭對唐僧說：「師父，我們也算師徒一場，現在取經沒走一半路，我就要離開，實在對不住您，請受徒兒一拜。」唐僧正在氣頭上，轉身不理悟空。悟空見師父不肯受拜，便揪下三根毫毛來，又變出三個悟空。四個悟空圍在師父四周，一起跪拜。唐僧沒法閃躲，勉強受了一拜。

臨行，悟空對沙僧說：「師弟，西天取經艱險萬分，如果哪天師父不幸被妖怪抓住，你就說俺老孫是他的大徒弟，那些妖怪聽了我的名字，應該不敢輕易傷害師父。」沙僧連連點頭。唐僧卻說：「我是個好和尚，不提你這個惡人的名字，你走吧。」悟空不想再纏師父，召出筋斗雲，往花果山水簾洞飛去。不一會兒，又忍不住停下來，朝著師父的方向望了半天，才繼續往遠方飛去。

第二十三回　唐僧變老虎

沒了孫悟空，唐僧師徒三人過了白虎嶺，走了不久，來到一片樹林裡。唐僧說：「徒弟啊，這裡山路崎嶇，樹木又多，恐怕又有妖怪，一定要多加小心。八戒，天色將晚，你去化一些齋飯吧。」八戒倒是爽快，回答說：「師父下馬歇息一會兒，老豬去去就來。」

八戒順著樹林往西走了十多里路，一戶人家也沒找著，不禁感歎說：「以前都是猴哥去化齋，現在輪到我了，才知道化齋不容易。」思來想去，又自言自語道：「我要現在回去說化不到齋飯，肯定要受師父數落，不如就在這裡睡上幾個時辰。」說完，真的找了一個草窩睡起覺來。

唐僧和沙僧等了半天不見八戒回來，心生疑慮，唐僧說：「悟能化齋這麼久還沒回來，難道出什麼事情了？現在天馬上要黑了，這裡也不是個休息的地方啊。」沙僧說：「師父別急，我去找找二師兄。」隨後，取出寶杖找八戒去了。

唐僧一人在林中坐了許久，不見徒弟們回來，悶得厲害，便在林子裡轉了起來。結果，

樹林濃密，走了一會兒就迷路了。唐僧漫無目的地向前走，突然看到前面有一座寶塔，射出陣陣金光。唐僧心想：「這寶塔金光四射，難道是一座佛塔？不如上前看看吧。」

唐僧順著金光來到塔前，推門而入。進門一看，只見那塔底擺著一張石床，床上正睡著一個面目猙獰的妖怪，青面獠牙、鬢毛髮紅，穿一身淡黃色衣袍。看到這幅景象，唐僧嚇得渾身酥軟，轉身便逃。妖怪早就聽見了唐僧的腳步聲，睜眼喊道：「小的們，把門外那人給我捉回來。」話音剛落，床後面立即衝出一幫小妖。唐僧人生路不熟，哪裡跑得過那些小妖怪，片刻就被小妖們追上，被抬進了塔裡。

青臉獠牙的妖怪問清唐僧的來歷，然後對小妖們說：「把這和尚給我綁起來，等他那兩個徒弟送上門來，我們一起開灶吃肉。」小妖們歡呼著把唐僧關了起來。

沙僧離開師父，在樹林裡找了半天也沒發現二師兄，正犯愁時，突然聽到路旁的草叢裡傳來一陣鼾聲。沙僧趕過去一看，正是二師兄。沙僧揪著豬耳朵叫醒八戒，訓斥道：「你這呆子，師父叫你出來化齋，你怎麼睡起覺來了？」

八戒見天已經開始泛黑，知道這一覺睡過了頭，慌忙和沙僧趕回去找師父。結果，兩人回到原來的地方，早不見了師父蹤影。八戒故作鎮靜地說：「師弟別急，這片林子清雅靜謐，想必不會有什麼妖怪，一定是師父迷了路，我們趕快去找他。」

兩人找了一會兒，突然看到前面金光閃閃，像有宅子。八戒過去一瞧，原來是座寶塔，上面寫著六個大字：碗子山波月洞。沙僧驚訝地說：「二師兄，這哪是什麼寺院，分明是一個妖洞，只怕師父就被綁在裡面啊。」八戒取出九齒釘耙，站在寶塔門口大喊：「妖怪，快放了我師父！」

聽說唐僧的徒弟找上門來，黃袍怪立即讓人取來披掛，出門迎戰。八戒和這黃袍怪罵了幾句，便舞起釘耙揮了過去。黃袍怪見狀，慌忙招架。兩人鬥了數十個回合，勝負難分。單論武功，八戒肯定是鬥不過這黃袍怪的，只是他暗中得到了六丁六甲和五方揭諦等人的幫助，才勉強和這黃袍怪打個平手。

外面打得正厲害，唐僧卻被綁在一個陰暗的角落，不勝淒涼。突然，從石柱後面繞出一

黃袍怪讓人拿來半碗水，口念咒語，將水往唐僧頭上一潑，無辜的唐僧轉眼就變成了一隻老虎。

個女子，走到唐僧面前說：「長老，你怎麼被綁在這裡？」見唐僧慌亂不語，女子又說：「別怕，我不是吃你的人。我本是寶象國國王的三公主，十三年前在賞月時，被這塔裡的黃袍怪抓了來，做了他的夫人，從此與家人音信全無。我可以想辦法救你，但希望到時你送封信給我父母，好嗎？」唐僧連忙點頭說：「當然。」

公主鬆了唐僧手上的繩子，寫了封信交給他，隨後逕直來到塔外，厲聲喊道：「黃袍郎！」黃袍怪聽出是夫人的聲音，慌忙收了兵器，飛到公主面前說：「夫人，有什麼要緊事？」公主說：「剛才我做了個夢，夢見一個金甲仙人幫我找到你這個如意郎君，我正要答謝他，卻被你們的打架聲吵醒了。我想出來找你，卻在塔裡看到一個和尚，人家也沒招你惹你，你放了他不行嗎？」黃袍怪說：「我以為是什麼事兒，這還不好辦，這種和尚多的是，既然夫人有心放人，那我從你就是。」隨即命人把唐僧放了。八戒和沙僧等在外面不明真相，突然看到師父被放了出來，喜不自禁。

離開妖塔，唐僧領著兩個徒弟，按照公主說的往西趕了三百里地，果然來到了一座水土豐茂的城池前，這裡正是寶象國。

見到寶象國國王，唐僧將公主的信交給他，說：「陛下，您的三公主，被碗子山波月洞的黃袍怪抓去了，貧僧偶然和她相遇，替她捎來一封書信給您。」聽完這話，國王激動地說：「自從十三年前三女兒不見了，我動用滿朝文武，連日尋找，不曾有一點消息，沒想到竟被那妖怪抓去了！」

讀完公主的信，國王傷心良久，問：「可有人敢帶兵領將，把那妖怪抓了，救我女兒？」無人肯應。這時，幾個部下走出來說：「啟奏陛下，唐僧是東土來的高僧，一路向西取經，困難重重，想必他一定有降妖除魔的本領。」唐僧慌忙回答說：「貧僧不會什麼法術，更不能降妖除魔。實不相瞞，貧僧有兩個徒弟，逢山開路，遇水修橋，有些本領。」國王說：「那為何不把他們一同帶進來？」唐僧說：「不是我不想帶，而是我那兩個徒弟長得有些醜陋，我怕嚇壞了你。」國王說：「快請兩位高徒進來。」

於是，唐僧把八戒和沙僧叫進來，國王一見兩人模樣，嚇得差點從龍床上掉下來，但還是故作鎮定地問道：「你們倆人誰能除妖？」八戒忙說：「老豬能除。」國王問：「那你有什麼本事？」八戒說：「俺老豬精通三十六般變化，不信就給你瞧瞧。」說完，口念咒語，把腰一伸，變成八九丈那麼高，活似一個開山巨神。國王嚇得面無血色，連連施禮。

八戒也不拖延，喝了杯酒，便往波月洞趕去。沙僧見八戒獨自去應戰，便對唐僧說：「師父，上次二師兄和那妖怪戰成平手，我怕這次也難有勝算，我去幫幫他吧。」說完，縱起祥雲，追八戒去了。

兩人趕到波月洞門前，大喊一番。黃袍怪提著鋼刀出來，大罵道：「唐僧我已經還給你們了，你們怎麼還來胡鬧？」八戒說：「你十三年前抓了寶象國公主，強佔為妻。今天我奉寶象國國王的旨意，前來救人。你要是知趣，就把自己綁起來，省得我費力氣。」

黃袍怪怒上心頭，抄起鋼刀就砍，八戒慌忙迎戰。這一次，黃袍怪使出了全身的本領和力氣，八戒只和他鬥了八九個回合就體力不支，說：「沙師弟，你過來和這妖怪鬥一會兒，讓俺老豬休息休息。」說完，一溜煙跑到草叢裡，藏了起來。沙僧哪是黃袍怪的對手，打了幾個回合，就讓黃袍怪抓進了洞裡。

黃袍怪回到洞裡，氣憤地對公主說：「你這賤婦人，一定是你暗中送信給你父王，讓那豬頭和沙和尚來找你的！」公主驚惶無措，沙僧在一旁說：「妖怪，別拿別人出氣！我師父記得這公主模樣，到了寶象國見到那國王，跟他提起公主的長相，國王料到是自己女兒，所以叫我們來救人，哪有什麼書信的事兒？」黃袍怪信了這話，以為誤解了公主，急忙賠禮。

黃袍怪換了一身鮮亮的衣服，對公主說：「夫人，既然你父王還不知道咱倆的親事，那我就去寶象國見見他。」公主正要阻攔，黃袍怪已經化成一個中年男子的模樣，朝寶象國飛去了。

見到寶象國國王，黃袍怪騙他說：「十三年前，我帶著幾個家童外出打獵，半路遇見一隻老虎馱了一個女子，我拿箭射走老虎，救了女子性命。那女子從未提起她是公主，我們兩相情願，就結為了夫妻。聽說現在你們這裡住著一個唐朝和尚，我特地來提醒你們，那和尚是當年的老虎變的，你們可要小心！」國王嚇得面如土色，慌忙讓人把唐僧抓來，交給黃袍怪處置。

黃袍怪讓人拿來半碗水，口念咒語，將水往唐僧頭上一潑，無辜的唐僧轉眼就被變成了一隻老虎。寶象國宮裡可炸了鍋，眾臣跑的跑、逃的逃。國王戰戰兢兢，找來一群膽大的武將，才將老虎關進了鐵籠。

國王謝過黃袍怪，大設宴席慶祝了一番，便各自回去休息了。這天晚上，黃袍怪和一群宮女在銀安殿裡飲酒作樂。酒過三巡，黃袍怪醉意難擋，現了真身。眾人一看他面目猙獰的樣子，頓時魂飛魄散，爭相逃跑。黃袍怪伸手抓過一個宮女就咬。

白龍馬在馬廄裡，暗中思忖道：「現在師父被變成了老虎，大師兄不在，八戒和沙僧也不知去了哪裡，我再不救師父，師父恐怕真要出事了！」想到這裡，白龍馬趁四下無人，搖身化成一個宮女模樣，直奔銀安殿。

黃袍怪飲酒正酣，突然見一個宮女步履翩翩地朝自己走過來，喜不自禁。小白龍佯裝熱情地湊到黃袍怪跟前，說：「大王，婢女給你跳一段劍舞吧。」

於是，小白龍取了黃袍怪腰間的寶劍，在他面前舞了起來。趁黃袍怪不備，小白龍舉起寶劍，朝對方刺去。黃袍怪倉皇躲閃，摔了個踉蹌，找來武器與小白龍打鬥。小白龍是真龍天子，無奈黃袍怪也是一身神通。打了八九個回合，小白龍體力不支，落荒而逃。

卻說八戒躲在草叢裡，竟打起瞌睡來，醒來時已是半夜。八戒本想去波月洞救沙僧，但又怕不是黃袍怪的對手，於是縱起祥雲，往寶象國搬救兵去了。趕到寶象國，八戒四處找不到師父，正納悶時，突然聽到有人叫道：「師兄。」八戒嚇了一跳，四處一看，竟是一旁的白龍馬在和他說話。八戒慌忙問道：「你如今怎麼說起話來了？」

白龍馬將師父被變成老虎的事情告訴八戒，八戒心急如焚，要去抓黃袍怪。小白龍忙制止說：「你不是那妖怪的對手，現在師父危在旦夕，你快去花果山把大師兄請回來吧。」八戒說：「那猴子早和師父斷了關係，我怎麼請得動他？」小白龍說：「休要胡說，大師兄是個有情有義的人，你只要跟他說師父有難，他一定會來救師父的。」

八戒雖然有些不情願，但也找不到理由推辭，況且師父處境確實凶險，於是縱起祥雲，往花果山方向飛去。

第二十四回　大聖歸來

豬八戒離開寶象國，一路踩著雲彩往東趕，天剛矇矇亮，已經到了花果山地界。忽然聽到下面吵吵鬧鬧，他仔細一瞧，見一座石頭崖上聚集了千百隻猴子，在那裡大喊：「大聖萬歲！」

八戒不禁感歎道：「難怪猴哥不做和尚，有這麼多小猴伺候，還取什麼經啊。」八戒想見猴哥，但又不敢直接喊，於是溜到山崖的草叢裡，趁猴子們不注意，混到他們中間，一起給孫悟空磕頭。

悟空眼觀六路，早就看到了呆子，於是說：「孩兒們，你們後面跪著個什麼人，怪模怪樣的，快把他抓起來。」小猴們蜂擁而上，把八戒按倒在地，抬到悟空跟前。悟空說：「你是哪路妖怪，長得這麼嚇人，你要想留在這裡，快把名字報上來，我好方便安排，把頭抬起來讓我看看。」八戒抬頭說：「猴哥還跟我開玩笑，做了幾年弟兄了，你還不認識我？」悟空笑道：「原來是八戒啊。呆子，你不保唐僧西天取經，來我花果山幹什麼？難不成也被那唐僧貶了？」

八戒說：「哪有這事兒，師父想你了，讓我叫你回去。」悟空說：「別騙我了，師父不會想我，也不會叫我回去，他那天親筆寫的貶書，你以為我忘了？」說完，跳下石座，揪住八戒說：「師弟，大老遠來一趟，先逛逛這花果山，吃些水果，再談正事兒，如何？」八戒慌忙說：「不行不行，這裡離師父太遠，我怕回去遲了師父責罵，我還是走吧。」悟空說：「好吧，既然你堅持要走，我也不留你了，咱們就此別過。」八戒還是不甘心，問道：「猴哥，你真的不回去見見師父？」悟空說：「我見他幹什麼，在花果山多好，天不管我、地不管我，逍遙快活，別再跟我提『唐僧』二字。」八戒怕惹怒了猴哥，便起身下山。

走出去三四里地，八戒回頭指著花果山大罵：「你這猴子，不做和尚，反而跑到這山裡做妖猴、稱大王，我好心請你回去，你還不領情，不回去拉倒！」路旁的猴子聽到八戒的罵聲，便稟告孫悟空說：「大王，那豬頭趕路都不消停，對你罵罵咧咧的。」悟空說：「好個呆子，把他給我抓回來。」於是，小猴們浩浩蕩蕩地下山把豬八戒抓了回來。

悟空怒道：「你個呆子，走就走吧，罵我幹什麼？」八戒搪塞說：「我哪敢罵你，就是閒著沒事兒嚼舌根子罷了。」悟空說：「你還敢抵賴？小的們，拿棍子來，先打這豬頭四十大板。」八戒見狀，這才說：「猴哥，實不相瞞，自從你走之後我和沙僧保著師父趕到了一片黑松林，那裡有個黃袍怪，把師父給抓了。幸得寶象國三公主幫助，師父才得以脫險。不想，那黃袍怪卻追到寶象國，謊稱師父是妖怪，把他變成一隻老虎。一日為師，終身為父，你可一定要救師父啊！」

悟空慌忙說：「你這呆子，臨行前我還囑咐你們，萬一師父遇險，要記得報上我的姓名，你怎麼不提？」八戒想了想，計上心來，回答說：「怎麼沒提，不過不提還好，一提你的名字，那妖怪倒來勁了。」悟空說：「怎麼個說法？」八戒隨即說：「聽說你的名字，那妖精說，孫悟空是個什麼玩意兒，我還怕他不成。你要把他叫來，我非抽他的筋、剝他的皮、吃他的心，就算他體瘦沒肉，我也要將他放在油鍋裡炸了吃。」聽完八戒的話，悟空差點氣破肚皮，喊道：「他敢這麼罵我？看我去把他剁成肉醬！」說完，召出筋斗雲，催促八戒帶他上路。

豬八戒和孫悟空一路西行，突然看到前方一座白塔閃閃發光。八戒看了看說：「猴哥，不用趕路了，下面就是波月洞，沙師弟就被綁在裡面。」悟空收了祥雲，見洞口有兩個小孩兒嬉戲，一把抓住他們，上前叫門。幾個小妖見狀，慌忙報告公主說：「不好了，外面也不知是什麼人，把家裡公子抓起來了。」

公主趕到洞口，厲聲問道：「你是什麼人，我和你無冤無仇，你抓我孩子幹什麼？」悟空說：「看來你還不認識我，我是唐僧的大徒弟孫悟空，我有個師弟叫沙僧，現在被關在你們波月洞裡，你只要把他放了，我自然會還你孩子。」公主明白過來，急忙讓人放了沙僧。沙僧見到孫悟空，欣喜萬分地說：「大師兄，你可回來了。」悟空笑著說：「師父給我念緊箍咒的時候，你不曾幫過我，現在倒想我了。怎麼，我沒走幾天，你們就被妖怪纏住了？」沙僧慚愧地說：「不要再說了，我們鬥不過那黃袍怪，還得靠你啊。」

見到八戒，沙僧說：「二師兄，你去哪裡了？」八戒回答說：「我昨天晚上趕回寶象國，聽白龍馬說師父被妖怪變成了老虎，我就把大師兄請回來了。」悟空在一旁說：「呆子你還好意思說，你和沙師弟一人抱著一個孩子，去把那黃袍怪引過來。」沙僧問：「怎麼個引法？」悟空說：「到了寶象國的金鑾殿，你們不要猶豫，把那孩子扔到地上摔死，他們是公主和那妖怪所生，長大了估計也會為非作歹。那黃風怪定會和你們拼命，你們別和他纏鬥，只管往波月洞這邊跑。剩下的事情，就交給俺老孫來處置。」八

聽完八戒的話，悟空差點氣破肚皮，他召來筋斗雲，催促八戒帶他上路。

戒和沙僧聽完囑咐，帶著孩子往寶象國飛去。悟空找到公主，苦口婆心地勸了半天，才讓三公主接受了除掉妖孽後代的建議。隨後，公主按照悟空的計策藏了起來，悟空則搖身一變，化成公主的模樣，在洞裡等著黃袍怪回來。

八戒和沙僧來到寶象國金鑾殿，不由分說便將孩子往地上一扔，立即把黃袍怪惹怒了。黃袍怪舉起鋼刀，叫嚷著要奪八戒和沙僧的性命，但轉念一想，又覺得奇怪，「豬八戒跑到這裡也就罷了，沙和尚本來被綁在我洞裡，怎麼也跑出來了？想是那豬頭怕我不來迎戰，想出來的鬼點子吧。我先回洞裡看看我那孩子還在不在。」想到這裡，逕直往波月洞飛去。

黃袍怪一路趕回波月洞，看見三公主癱坐在洞口哭泣，慌忙上前勸慰：「夫人為何如此悲傷？」悟空說：「你就知道去那寶象國認親，怎麼不抓緊趕回來。趁你不在，那豬頭和沙僧把咱家的兩個孩子抓走了！」聽了這話，黃袍怪大怒道：「真是這樣？孩子已經被那兩個孽畜摔死啦！」孫悟空也不再使什麼戲法，變回原身，叫道：「妖怪，你好好看看我是誰！」

黃袍怪又驚又氣，說：「有幾分眼熟，你是什麼人，敢來我洞裡撒野？」悟空笑著說：「我是唐僧的大徒弟孫悟空，是你五百年前的爺爺！」黃袍怪生氣地說：「你別得意，我這洞裡有幾百隻小妖，到時候他們一擁而上，你縱然有三頭六臂也逃不出去！」悟空說：「不要胡說，別說是幾百個，就算是成千上萬個妖怪能拿我怎樣？」黃袍怪見悟空如此囂張，真的叫出一大群妖怪，洞裡殺聲四起。悟空倒有興致，真的變身三頭六臂，轉眼工夫已經將那幫小妖打得跪地求饒。黃袍怪見狀，拿出寶刀，朝悟空砍去。悟空不慌不忙，和黃袍怪打鬥起來。兩人大戰五六十個回合，不分勝負。

悟空心想：「這妖怪看樣子有點本事，那口破刀倒還能擋得住俺老孫的金箍棒，讓我給他一計瞧瞧。」想到這裡，雙手舉起金箍棒，用力往下劈，黃袍怪眼疾手快，見悟空下身沒有防備，便揮刀朝悟空的腰部砍去，這正好中了悟空的計策。悟空翻身將鋼刀一擋，金箍棒早朝著妖怪的腦袋砸去，黃袍怪見勢不妙，慌忙逃竄。悟空轉身便追，飛到空中卻不見妖怪蹤影，心想：「這妖怪要是還在凡間，就算逃個一千里地，也逃不出俺老孫的眼睛，怎麼現在卻沒有一點蹤跡？難不成跑到天宮裡去了？」想到這兒，悟空收起金箍棒，往天宮飛去。

四大天王見悟空往南天門趕來，慌忙上前迎接。悟空說：「我剛才和一個妖怪打了一仗，他鬥不過我，轉身跑了。我在凡間遍尋不見，料想他可能是天上的妖怪，你們快去查查，天宮裡有沒有少了人手。」四大天王不敢怠慢，當即上奏到靈霄寶殿。玉帝派天師查了一下，除了二十八宿裡的奎星❶不在，其他神均在其位。玉帝問道：「那奎星不在多少天了？」天師回答說：「估算已經有十三天了。」玉帝隨即說：「這麼說他在凡間已經十三年

❶【奎星】二十八星宿之一，北斗七星中的第四顆星，被視為主宰文運與文章興衰之神。相傳孔子和包拯即是奎星轉世。

了，怕已經惹出是非。」說完，派遣剩餘的二十七星宿捉拿奎星。

二十七星宿來到南天門，口念咒語。沒多久，奎星聞聲趕到。悟空揮起金箍棒就要打，星宿們慌忙制止。眾星宿押著奎星見玉帝去了。孫悟空見妖怪被收服，踏著筋斗雲，趕回了波月洞。

回到波月洞，悟空將事情的經過說了一遍，然後帶上三公主，連同八戒和沙僧，返回了寶象國。見女兒被救回來，寶象國國王喜極而泣，跪在地上連連磕頭。隨後，國王命人將唐僧抬出來。不一會兒，幾個壯士膽戰心驚地將唐僧抬到殿前。眾人見到老虎，驚叫不已。悟空來到鐵籠前說：「師父，你不是一個好和尚嗎，怎麼今天也落得如此下場？」八戒在一旁插話說：「猴哥，什麼時候了還嘲弄師父，快點把他變回來吧。」悟空讓人端來一碗水，口念真言，將水往唐僧臉上一潑，唐僧變回了原來的樣子。

唐僧睜眼一看，見悟空站在跟前，說：「悟空，你怎麼來了？」沙僧從一旁站出來，將大師兄降妖、搭救公主、解除唐僧身上妖術的事全部說了一遍。唐僧聽完，感激不已地說：「徒弟，這次多虧了你搭救，我才算保住性命，之前都是師父不對，錯怪了你，你別記在心上。西天取經艱險萬分，你就陪著貧僧繼續西行吧。」悟空點頭說：「師父不要再說，徒弟願陪師父去西天取經。」眾人大喜。國王大宴唐僧師徒四人，四人吃過齋飯，不做停留，繼續奔著西邊趕去。

第二十五回　平頂山收服金銀角

唐僧師徒辭別寶象國，一路向西，風餐露宿，歷盡艱辛，轉眼又到了三春時節。一天，師徒幾人趕到一座山下，唐僧說：「徒弟們，前面山高地險，怕是又有虎狼作怪，大家一定要小心。」

悟空上前探路，見到一個樵夫，上前問道：「請問老者，這是什麼地方？」樵夫回答說：「這一帶方圓六百里，名叫平頂山，山中有一個蓮花洞，裡面住著兩個魔王專門抓和尚，說要吃唐僧肉。你要是別處來的還好，要是沾上一個『唐』字，就別想活著走出這兒了。」悟空回答說：「那真不巧，我還有後面的師父等人，正是從唐朝趕過來的。」樵夫說：「這可好，難不成你師父就是那魔頭苦等的唐僧？」悟空開玩笑地說：「那倒要看看他們怎麼吃我師父了，是蒸著吃還是煮著吃？」樵夫回答說：「和尚不要耍嘴皮子，那妖怪隨身帶著五件寶貝，神通廣大，就算你能上天入地，恐怕也遜他三分。」悟空沒有半點懼怕，謝過樵夫找師父去了。

悟空心想：「如果告訴他實情，怕師父又要嚇得膽戰心驚；如果權當沒這回事兒，自個兒在前面探路捉妖，又怕妖怪趁機抓走了師父。不如這樣，先讓那呆子在前面探路，會一會那幫妖怪。」想到這兒，悟空找到唐僧說：「師父，此地山高路險，我又要保護您，又要巡山，一個人忙不過來，不如就讓八戒巡山吧。」聽完這話，豬八戒心有不甘，但又不想丟了面子，於是答應了下來。

卻說這平頂山蓮花洞裡，確實住著兩個妖怪，一個叫金角大王，一個叫銀角大王。這一天，金角大王對銀角大王說：「賢弟，我們有多長時間沒巡山了？」銀角大王說：「大概有半個月了。」金角說：「你快派人去山裡找找，我聽說唐僧已經帶著幾個徒弟往這邊趕過來了，別錯過了抓他的時機。」於是，銀角大王叫了三十多個小怪，給他們一幅唐僧師徒四人的畫像，讓他們去山裡巡邏。

幾十個妖怪在山裡轉了半天，正巧碰上了巡山探路的豬八戒。一個小妖取出畫像來比對了一番，認出八戒是畫裡的豬頭和尚，舉起手裡的刀便向八戒砍去。八戒正趕路，突然看到一群小妖衝了過來，慌忙舉起釘耙迎戰。按理說，這幫小妖沒人敵得過八戒，但無奈人多勢眾，八戒和他們打了二十多回合，漸漸地招架不住，轉身就跑。倒楣的是，平頂山崎嶇不平，八戒不小心跌了一跤，立即被一幫小妖團團按住，抬回妖洞裡去了。

金角說：「賢弟，如今已經抓住了豬八戒，唐僧肯定也在附近，你再去山裡看看，千萬別讓他跑了。」銀角說：「大哥別慌，我這就去。」說完，帶了五十多個小妖出了山洞。

銀角大王踩著雲彩，在半空找了沒多久，就發現了唐僧師徒。銀角落在山頂，對小妖說：「唐僧的徒弟孫悟空神通廣大，你們不要盲目行動，先回到洞裡，暫時不要跟大王說，我自有辦法抓住唐僧。」小妖們領命便乖乖地往山洞撤去。

銀角從山頂跳下來，搖身一變，化成一個受傷的道士，躺在離唐僧不遠的路邊，痛苦地喊叫。唐僧聞聲趕過來，忙問：「道友從哪裡來，住在何處？」銀角大王說：「這座山西邊有一座道觀，我是那裡的道士。前天趕路時，我不幸碰到一隻老虎，倉皇逃到這裡，摔壞了腿。」唐僧說：「一僧一道，都是一路修行，我怎能見死不救？」說完讓沙僧過來背那道士。銀角大王看看沙僧說：「你這徒弟長得這麼晦氣，我不敢讓他背。」聽完這話，悟空走到銀角大王跟前，一把把他馱到背上說：「師父，我來背他。」

悟空馱著銀角，冷笑著說：「你這妖怪，也不看看俺老孫什麼眼力。就你那話，哄哄俺師父還好，騙我可是沒門兒。我師父不是普通的和尚，你別惦記著吃他了。」銀角故作糊塗地說：「我不是什麼妖怪，就是一個普通的道士。」悟空不再搭理他。

趕了四五里路，銀角等不及了，默念一聲咒語，將須彌山[1]移來朝悟空壓了過來，悟空慌忙躲閃，結果被壓住了左肩；銀角又念一聲咒語，峨眉山[2]又呼嘯著飛了過來，把悟空的右肩也壓住了。趁悟空掙扎的空檔，銀角大王手拿七星劍，抓唐僧去了。

沙僧見妖怪來襲，慌忙取了寶杖迎戰。兩人打了八九回合，沙僧招架不住，銀角趁機捲起一陣狂風，將沙僧和唐僧抓到蓮花洞去了。金角欣喜地說：「賢弟，半天工夫，我們已經抓了三個和尚，就差孫悟空了。」銀角說：「這好辦，我們不是有紫金紅葫蘆和羊脂玉淨瓶兩件寶貝嗎，讓小妖帶上它們收了孫悟空便是。」

悟空剛從山下擠出身子來，就看到精細鬼和伶俐蟲兩個小妖，帶著寶貝來收他。悟空搖身一變，化成一個老道士上前問道：「二位這是要往哪裡去？」小怪回答說：「我們奉大王的命令，去捉孫悟空。」悟空說：「那孫悟空神通廣大，你們大王打算怎麼捉他？」小妖說：「我們有兩件寶貝，一個紅葫蘆，一個玉淨瓶。見了孫悟空，我們只要把瓶口朝地，喊一聲『孫悟空』，他要應聲，就會立即被收到這寶貝裡。然後，我們在瓶口貼一張『太上老君急急如律令奉敕』，那孫悟空有再大的能耐也跑不出來了，一會兒工夫就會化成膿水。」

悟空想了想，伸手拔了一根毫毛，偷偷變出一個紫金大葫蘆說：「你那寶貝只能裝人，我這寶貝連天都能裝。」伶俐蟲對精細鬼說：「哥啊，他這葫蘆大，不如我們和他交換怎麼樣。」精細鬼沒理伶俐蟲，轉而對悟空說：「你先裝天看看，要是能裝下，我就用我這兩件寶貝換你的大葫蘆。」

悟空使了個元神脫殼，去玉帝那裡說明了情況，玉帝答應幫悟空一次。悟空回到兩個小妖跟前，口念咒語，然後把葫蘆往半空一扔，喊了一句：「收！」聽到這話，早已守在南天門的哪吒將手裡的皂雕旗❸一揮，頃刻之間天昏地暗、日月全無。兩個小妖見狀，既驚又喜，慌忙嚷著要跟悟空換寶貝。結果，孫悟空就用一個假葫蘆，換來了兩件寶貝。

兩個小妖帶著假葫蘆返回蓮花洞，當著大王的面，按照悟空的套路演示了一遍，卻不見效果，這才知道上了當，連忙跪地求饒。金角暴跳如雷，銀角大王說：「大哥別急，我們有五件寶貝，除去被偷的兩件，還有七星劍和芭蕉扇，另一件幌金繩，在壓龍山壓龍洞咱老母親那裡。咱們請母親來品嘗唐僧肉，順便讓母親用幌金繩收了孫悟空。」說完，二人就派巴山虎和倚海龍兩個小妖，去壓龍洞請老母親。哪知這話卻被化成飛蟲的孫悟空聽得一清二楚。

那巴山虎和倚海龍正趕路，孫悟空突然出現，照著他們的頭就是兩下，兩個妖怪哪受得了金箍棒的敲打，登時斃命。孫悟拔下一根毫毛，變成巴山虎，自己則化成倚海龍的模樣，

---

❶【須彌山】又稱彌樓山、妙光山。在古印度神話中，須彌山位於世界的中心，周圍有鹹海環繞，海的四周分布著四大部洲和八小部洲。高一一〇萬公里，山頂稱作帝釋天。

❷【峨眉山】中國四大佛教名山之一，位於四川省樂山市境內，地勢陡峭，風景秀麗，有「秀甲天下」之美譽。相傳是普賢菩薩的道場。

❸【皂雕旗】即北方真武皂雕旗，《封神榜》中出現的五旗之一。其他四旗分別為東方青蓮寶色旗、西方素色雲界旗、南方離地焰光旗以及中央杏黃戊己旗。書中借指天宮裡的旗子。

急匆匆地朝壓龍洞趕去。

聽說兩個兒子邀請自己吃唐僧肉，老母親非常高興，立即命人準備了轎子，帶上幌金繩，出發去蓮花洞。悟空在前面帶路，行了五六里地，變回原身，揮棒將那老妖打死，原來是一隻九尾狐狸。之後，悟空變成老母親的樣子，拔了幾根毫毛變作小怪、轎夫等人，繼續往蓮花洞趕去。

悟空想了想，伸手拔了一根毫毛，偷偷變出一個紫金大葫蘆說：「你那寶貝只能裝人，我這寶貝連天都能裝。」

混進蓮花洞，悟空也無心跟金銀大王演戲，變回原身，舉起金箍棒就打。金角銀角慌忙取來武器迎戰。三人在洞裡打了三十多回合，勝負未分。這時，悟空想起從九尾狐那裡得來的寶貝，於是從腰間抽出幌金繩，朝金角和銀角扔去。誰知道這幌金繩原來有緊繩咒和鬆繩咒，悟空將幌金繩抛出去，沒有念緊繩咒，結果不但沒有套住金角銀角，反而被金角扔了回來，並念了一陣緊繩咒。孫悟空被幌金繩套得動彈不了，寶貝也全被收走了。

在石柱上綁了半天，孫悟空趁四下沒人，把金箍棒變成一個鋼銼，將幌金繩磨斷，然後又變了一個假悟空，綁在石柱上，自己則跑到洞外叫喊。銀角拿著紅葫蘆出門一瞧，見是個和悟空一模一樣的人，便問道：「你是什麼人？」悟空說：「我是『者行孫』，是孫悟空的弟弟，快快放人！」銀角大王叫了一聲「者行孫」。悟空想了想：「反正『者行孫』是假名字，答應一聲也不要緊。」於是便應了一聲。誰知這寶葫蘆不分真名字假名字，當即把悟空吸了進去。

回到山洞，銀角將事情的經過對金角一說，然後搖搖葫蘆，笑道：「那孫悟空恐怕已經化成水了。」金角說：「這可難說，讓我打開瓶口瞧瞧。」聽到這話，悟空變了半截假身子，自己則化成一隻小蟲子，趴在瓶口。金角打開瓶口一看，說：「孫悟空已經化了一半了，再等一會兒。」悟空趁機飛出瓶口，變成了倚海龍的模樣。

為了慶祝抓到孫悟空，金角和銀角在洞裡一通狂飲。酒酣之際，金角嫌手上的寶葫蘆礙事，於是將葫蘆交給了身邊的「倚海龍」。悟空接過寶葫蘆，將它藏好，然後變了一個假葫蘆還給金角大王。

得到寶葫蘆，悟空又跑到蓮花洞洞口，高聲叫喊。洞口的小妖慌忙跑進洞裡說：「大王不好了，門外又來了一個『行者孫』。」銀角提著武器，出門迎戰。悟空舉起寶葫蘆，大喊一聲「銀角大王」。銀角下意識地應了一聲，當即被收進了葫蘆裡。一旁的小妖慌忙回洞裡稟明情況，金角得知二弟被收走，提著武器出洞迎戰。悟空和金角大王在洞口大戰幾十回合，難分高下。金角見打不贏孫悟空，將七星劍、芭蕉扇等寶貝全部使了出來，一時間天搖地動，火光耀眼。悟空急忙拿出寶葫蘆，喊了一句「金角大王」，金角不由自主地應了一聲，轉眼也被收進了葫蘆。

抓了妖怪，孫悟空將師父以及師弟救出蓮花洞，把五件寶貝全都藏在身上。師徒幾人簡單地吃過早飯，奔西而去。沒走多久，天上突然飛下一個神仙來。悟空定睛一看，認出是太上老君。悟空說：「老君這是要去哪裡？」老君說：「莫裝糊塗，快還我寶貝。」悟空問：「什麼寶貝？」老君說：「你那葫蘆是我盛丹用的，淨瓶是我盛水的，寶劍用來煉魔，扇子助我生火，那根幌金繩，則是我勒袍用的帶子。那兩個妖怪，本是我身邊的兩個看爐童子，趁我不備，溜到凡間作亂，你全還給我吧。」

聽完這話，悟空也無法抵賴，只好將寶物還給了太上老君。太上老君打開葫蘆，將早已化成仙氣的金角銀角變回原來模樣，隨即乘雲而去。唐僧師徒送走太上老君，繼續往西趕去。

第二十六回　烏雞國的青獅獸

一天傍晚，師徒四人到了一座山下，看到山腰有一座寺廟，趕到寺門下面一看，見門上寫著五個大字：敕建❶寶林寺。唐僧下馬走進寶林寺，見到方丈，說明了自己的來歷，隨即在寺裡休息了下來。

這天晚上，唐僧在徒弟們休息之後，並沒有睡，而是獨自坐在寶林寺的禪堂裡讀經，不知不覺已經到了夜裡三更。唐僧睏意難當，正準備回房休息，突然聽到門外一陣風聲。唐僧怕風吹滅了燈盞，慌忙用手去捂，一時間，屋裡燈影恍惚，陰森可怖。

隨後，唐僧睏意襲來，趴在桌子上睡起覺來，迷迷糊糊間，聽到有人叫他的名字。唐僧睜眼一瞧，見一個渾身濕漉漉的老者，在他跟前站著。唐僧嚇得臉都紫了，慌忙說：「你是什麼人？我有三個神通廣大的徒弟，能夠降妖除魔，你別想傷害我！」老者說：「聖僧莫

❶【敕建】同「敕造」，指經過皇帝批准，出資建造房屋、園林等的建造方式。

慌，我不是妖魔，只是有事相求。」

唐僧驚魂未定地問道：「你有什麼事？」老者頓了頓，之後將自己的身世娓娓道來：「離這裡正西四十里地，有一個烏雞國，我是那裡的國王。五年前，這裡突然遭遇乾旱，地裡寸草不生，餓殍❷遍野。為了緩解饑荒，我下令將國庫裡所有的糧食都發給百姓，文武官員全部停發俸祿，到處挖渠引水，晝夜燒香祈福，但烏雞國還是三年沒有下一滴雨。如果再這樣下去，烏雞國的百姓就要死光了。就在我們陷入絕望的時候，忽然從終南山❸來了一個全真道人❹，他一身本領，能夠呼風喚雨，點石成金。他來了烏雞國後，先下了三尺雨水、解了我們的旱災。我感念他的大恩，於是與他結拜兄弟，並將他留在了烏雞國中。一天，我和他一同去御花園散步，他不知向井中扔了個什麼東西，井口頓時放出耀眼光芒。道士讓我去井口觀看，我也沒多想，就好奇地將頭伸到井口。結果，那道士一下就把我推到了井裡，用石板將井口封住，並在上面栽了一棵芭蕉樹。可憐我一個烏雞國的國王，就這樣成了一個水鬼。」

得知老者是鬼，唐僧嚇得兩腿發軟，緊張地問道：「那我該如何幫你？」老者回答說：「現在，那個道士已經化成了我的模樣，在烏雞國把持朝政。宮裡的太子是我的親生兒子，但道長怕他得知實情，三年多了一直沒讓太子見過他母后。因此，你直接去烏雞國找太子說明真相，他是不會相信的。不過你不要擔心，我這裡有一塊玉佩。明日清早，太子會攜帶人馬出城狩獵，到時候你去找他，將玉佩交給他，然後將真相告訴他，他就會相信了。」

說完，老者轉身告辭，唐僧起身相送，不想被門檻絆了一跤。唐僧一下子驚醒過來，才發現剛才是做了個夢。唐僧慌忙把徒弟們從後房叫過來，將剛才的事情說了一遍，而且真的在門口撿到一塊玉佩。悟空想了想，變出一個金漆木匣，讓唐僧將玉佩放在裡面，說：「師父，明天我負責將太子引到這裡，然後我會化作一個小人兒，和玉佩一起鎖在木匣裡。見了太子，你就說自己有三樣寶貝，袈裟，玉佩還有我。你告訴他我能夠洞悉過去、預言未來。到時候，我將過往的事情跟他一說，再加上這枚玉佩，想必他會相信的。」唐僧連連稱是。

果如國王所說，第二天早上，太子真的帶著一幫將士出城狩獵。悟空變成一隻野兔，跑到太子跟前。太子見獵物送上門來，張弓便射，悟空隨即向寶林寺逃去。太子縱馬狂追。回到山寺，悟空變成一個小人兒，飛進了唐僧手裡的木匣。

太子趕到寺門前，見有一支箭插在門檻上，卻不見野兔的蹤影，於是翻身下馬，去寺裡

---

❷【餓殍（ㄆㄧㄠˇ）】餓死的人，又作「餓莩（ㄆㄧㄠˇ）」。

❸【終南山】道教發祥地之一，相傳老子曾經騎青牛到此講經，又名太乙山、南山。「壽比南山不老松」中的南山即指此山。

❹【全眞道人】即全眞教道人。全眞教，中國重要的道教教派之一，始創於金初。創始人王重陽。

查看。早已等候在此的唐僧急忙迎了上去。太子問：「你是什麼人？」唐僧回答說：「我是東土大唐來的和尚，要去往西天雷音寺進奉寶物。」太子瞧了瞧唐僧，說：「你一個普通和尚，有什麼寶物？」唐僧回答說：「我有三件寶貝，錦斕袈裟、一枚玉佩，還有一個能夠預知未來、通古知今的小人兒。」

太子好奇地問那小人兒在哪裡，唐僧於是將木匣打開，將悟空取出來放到地上。悟空一著地，輕念一聲咒語，便變回了原來的模樣。接著悟空將國王的話對太子講了一遍，太子將信將疑，決定回國找母后問明情況。悟空說：「實不相瞞，我是這位唐僧的大徒弟，名叫孫行者，剛才那兔子就是我變的。那妖道士害了你父親，你帶著一幫人馬匆忙回城，驚動了他，他一定不會讓你去見你母后。你不如一個人趕回宮裡去，不要從正門進宮，而是從旁門邊殿去找你母親。問過母親，你就會相信我說的話了。」

太子按照悟空的指示回到城裡，找到母親問道：「母后，我父王他到底怎麼了？」太后將事情真相給太子說了一遍，始末和悟空說的如出一轍。到這時，太子才相信了悟空的話，忙騎馬趕回了寶林寺。悟空說：「事情的真相你已經知道了，你先回烏雞國等著，明天一早我會去那裡收服妖怪。」太子說：「我早上便出城打獵，現在一隻獵物也沒抓到就回城，肯定會受到那道士的猜疑，這如何是好？」悟空想了想，念了一句咒語，將附近的山神、土地神召出來說：「老孫取經到此，路遇妖魔，這太子沒打到獵物，無法回城，怕耽誤了俺老孫的捉妖計畫，你們給他抓些山禽來，好讓他回去有個交代。」土地等神不敢怠慢，變了些野雞、狐狸什麼的，放到回城的路上。天子領著一幫人馬，帶著獵物回城了。

當天晚上，悟空叫醒八戒說：「呆子，聽太子說，那烏雞國埋著一件寶貝，誰得到了誰就天下無敵。趁著天黑，我們把它偷過來吧，偷了算你的。」聽說有寶貝，八戒立即來了精神，跟著悟空往烏雞國趕去。

趕到烏雞國御花園，悟空將院門上生鏽的鐵鎖打開，進到院子裡，果然看到一棵芭蕉樹。悟空說：「呆子，那寶貝就在這棵樹下面埋著，你快些把它挖出

當天晚上，悟空叫醒八戒說：「呆子，聽太子說，那烏雞國埋著一件寶貝，誰得到了誰就天下無敵。趁著天黑，我們把它偷過來吧，偷了算你的。」聽說有寶貝，八戒立即來了精神，跟著悟空往烏雞國趕去。

來。」八戒拿出九齒釘耙，挖了三四尺深，挖到一塊石板。悟空忙說：「快掀開看看。」八戒掀開一看，底下竟是一口水井。悟空說：「那寶貝就在水下。」八戒說：「繩子都沒有，讓我怎麼下去？」悟空說：「這好辦，你不是有衣服嗎，脫了擰成繩子就是。」

八戒鑽進水裡，除了照進井裡的月光，什麼東西也沒發現，悟空在上面說：「呆子，你不是識水性嗎，那寶貝在井底呢，你到水底看看。」八戒雖然極不情願，但已經泡在水裡了，也懶得跟悟空計較，一頭扎進了水裡。誰想，這水井非常深，八戒一直往水底扎，不久竟來到了一座牌樓跟前，八戒定睛一看，上面寫著三個大字：水晶宮。八戒不禁歎道：「我以為海裡才有龍王，沒想到井裡也有。」

見到井龍王，八戒問道：「你這裡可有什麼寶貝？」龍王想了想，說：「你跟我來。」說完，將八戒帶到一口水晶棺前。八戒見棺裡躺著一具屍體，於是問：「這算什麼寶貝？」井龍王說：「施主有所不知，這人是烏雞國的國王，三年前掉到井裡溺水而死，我給他吃了一粒定顏丹，因此他到現在依舊一副生前模樣。你要能讓他起死回生，你就是這烏雞國的恩人。到時候金銀珠寶花都花不完。」

於是，八戒馱著國王，飛出了水井。悟空和八戒帶著國王，一路飛回了寶林寺。見到國王，唐僧又驚又怕，問道：「國王已死，怎麼可能讓他活過來？」悟空說：「師父，待我去太上老君那裡討一粒『九轉還魂丹』，保準讓他活過來。」說完，悟空縱起筋斗雲，往兜率宮飛去。

見悟空奔來，太上老君迎上去說：「猴頭，你不隨唐僧取經，跑到我這兒來幹嗎？難道跟我要那幾件寶貝？」悟空回答說：「不是不是，我們在烏雞國遇上一個妖道士，他把那烏雞國國王害死了。為了替他報仇洗冤，我特地跟你來討一粒九轉還魂丹吃。」太上老君有感悟空善意，便給了他一粒還魂丹。

悟空趕回寶林寺，和水給烏雞國國王服下還魂丹。過了一會兒，國王便醒了過來。唐僧急忙將他攙扶到椅子上行禮作揖，寶林寺的和尚們則嚇得不敢說話。悟空說：「大家不要害怕，這位老者才是烏雞國的真正國王。等天一亮，我們就去城裡捉拿假國王。」

第二天清早，悟空讓國王打扮成一個挑夫，和他們一起往烏雞國趕去。到了烏雞國，唐僧以倒換通關文牒為由，要求和國王見面。

見到唐僧幾人，妖道士說：「你們幾個臭和尚，見到我為什麼不參拜？來人，給我把他們綁起來！」兩旁的士兵隨即要捉拿唐僧。悟空見狀，用手往四下一指，使了個定身法，將百十個士兵像木偶一樣地定在原地，隨後走到妖道士面前，厲聲喝道：「你這個妖怪，還跟我演戲。三年前，你憑藉呼風喚雨的本領來到烏雞國，救了一方百姓，獲得了國王的信任。誰想你貪戀權財，將烏雞國國王溺死在御花園的水井之中，然後變身為國王的模樣，禍患四方，你還想抵賴嗎？」

妖道士知道詭計被識破，慌忙縱起一股紅雲，奪過面前一個將軍手裡的寶刀，沖天飛去。悟空見狀，連忙去追。悟空追上道士，揮棒就打，妖道士招架不住，灰溜溜地跑回金鑾殿，變成了唐僧的模樣。

悟空趕回金鑾殿，見有兩個師父站在跟前，一時手足無措。問眾人，眾人都說沒看清。倒是八戒機靈，說：「猴哥，我有個法子，說了您別生氣。那緊箍咒只有如來、觀音和師父知道，你讓這兩個師父念一念，誰不會誰就是假的。」聽完這話，那道士慌忙逃跑，悟空又是緊追不捨。

就在這時，文殊菩薩乘著祥雲趕到金鑾殿，指著妖道士說：「妖畜，還不現回原形。」說完，那道士就變成了一隻青毛獅子。悟空見狀說：「原來是文殊菩薩的坐騎，都怪你看管不嚴，讓它跑下來作亂。」文殊菩薩笑著說：「你這猴頭，我趕過來助你降妖，你倒怪罪起我來了。」說完也不停留，騎著青獅，乘雲而去。

見悟空除了妖怪，烏雞國國王激動得熱淚盈眶，跪在悟空面前不停地喊救命恩人，並大設宴席，款待唐僧師徒。得知唐僧急著趕路，烏雞國國王又籌備了大量的金銀珠寶和錦羅綢緞，唐僧堅辭不受。

吃過齋飯，唐僧師徒收拾了行李，出發上路。國王連同三宮嬪妃一起出城送行，直到看不見他們的蹤影才轉身回去。

第二十七回　收服紅孩兒

離開烏雞國，唐僧師徒白天趕路，晚上休息，行了半個多月的時間，趕到了一座高山下面。幾個人正在山腳下瞧看，忽然看到山坳裡冒出一股紅雲，狀似火光。悟空見狀，喊道：「保護好師父，恐怕有妖怪。」八戒、沙僧慌忙將師父圍了起來。

悟空沒有算錯，那紅雲確實是一個妖精變出來的，他在幾年前聽說唐僧西天取經的事後，一直守在這裡，等著吃唐僧肉。妖怪在半空尋了半天，突然看到山腳有幾個和尚，往前一看，正是唐僧和他的三個徒弟。妖怪興奮地說：「好個唐僧，等你很久了。不過你那徒弟倒是有點難纏，看我變個戲法給你看。」說完，他變成了一個七八歲的小孩，吊在一棵松樹上，捆著手腳，不停地喊「救命」。

唐僧趕了一陣路，忽然聽到有人喊叫，於是問道：「徒弟們，半山中似乎有人喊叫。」悟空料定這是妖精作怪，便說：「師父，是你聽錯了，哪有什麼叫聲。」唐僧半信半疑地繼續前行，一會兒又聽到有聲音傳來，說：「徒弟們，山裡分明有叫聲，想必有落難的人，我

們去救救他。」悟空見師父執意要去看，也不好阻攔，走到沙師弟跟前說：「你領著師父慢慢走，我先去探一探情況。」說完，乘雲而去。

飛過一個山頭，孫悟空頓生一計，使了一個移山縮地的法術，將唐僧他們變到山前去了。唐僧趕了一會兒，突然聽到叫聲跑到身後去了，頓覺莫名其妙，也無心尋那喊聲了，便繼續往前趕路。

妖怪在樹上叫了半天，見唐僧一直不來，沒了耐心，飛到半空一瞧，才知道唐僧已經走到前面去了。妖怪故技重施，又變成一個小孩兒綁在樹上。不過這一次，他離唐僧只有半里的路。唐僧再次聽到喊聲，上前一瞧，竟是一個赤身裸體的童子，生氣地罵悟空說：「你這潑猴，整日想著妖怪，這分明是個可憐的孩子！」說完，急忙讓八戒把孩子救了下來。

唐僧見孩子挺可憐的，決定馱他一程，但妖怪誰也不讓馱，只認準了孫悟空。悟空笑笑說：「這有何難。」說完就把那妖怪背了起來，兩腳生風，呼呼地在前面趕路。悟空心想：「這妖怪裝得倒挺像回事兒，等我找個沒人的地方摔死他算了。」不想，妖怪有讀心的本事，得知悟空要摔死他，慌忙使了個元神脫殼，從身體裡跳了出去，吹了口氣，將小孩變得有一千多斤。悟空背著孩子走了一會兒，沉重不堪，一把將他摔在地上，這才發現那孩子是假的。

妖怪怒上心頭，說：「這潑猴下手這麼狠，先抓了他師父再說。」說完，颳起一陣狂風，找唐僧去了。唐僧幾人正在山間行進，突然被一陣狂風吹得睜不開眼睛，八戒和沙僧慌忙找地方躲避。沒過多久，風停了下來。八戒和沙僧抬頭一看，發現沒了師父的蹤影，頓時手足無措。悟空趕回來一看，料到師父被妖怪抓走了，又氣又急，將附近的山神和土地神都叫出來，詢問情況。一個土地神說：「大聖，這山中有一條枯松澗，澗邊有一座火雲洞，洞裡有個魔王，神通廣大，作惡多端，經常跟我們討東西，折騰得我們食不果腹，衣不遮體。」悟空接著問道：「那他到底什麼來歷？」土地隨即說：「他本是牛魔王和羅剎女❶的兒子，曾經在火焰山修行三百年，煉成了『三昧真火❷』，威力了得。牛魔王派他來鎮守此山，他的乳名叫紅孩兒，自稱聖嬰大王。」

聽完這話，悟空喝退土地神他們，找到八戒和沙僧說：「這下好辦了，那妖怪名叫紅孩兒，是牛魔王的兒子。五百年前俺老孫大鬧天宮時，曾遍遊四海，結交了許多朋友，拜了七個兄弟，那牛魔王就是七兄弟中的大哥。這麼算起來，我還是那紅孩兒的叔叔呢。我這

---

❶【羅剎女】佛教經典中的女妖，《搜神記》中也有記載。

❷【三昧眞火】道教文化中的常見術語，分別是上昧眞火、中昧眞火和下昧眞火。上昧眞火又名君火，是神火；中昧眞火又稱臣火，是精火；下昧眞火是民火。要滅三昧眞火只能用眞水，菩薩的玉露可滅，或者用四海海水也可以。

就去那枯松澗救師父。」

悟空三人牽著白馬，行了百十里地，來到一處松林前，林中有一條曲澗，正是枯松澗。幾人順著枯松澗走了一段路，來到一處石崖旁邊，看到一座洞府，洞口有一塊石碑，上書八個字：號山枯松澗火雲洞。

紅孩兒正準備將唐僧煮了吃肉，得知孫悟空找上門來，便派小妖將五輛小車推到洞口，按照金木水火土的順序擺好了，然後取了杆火尖槍，出門迎戰。悟空喊道：「你這小孩兒，快快放了我師父，免得傷了我倆感情。」紅孩兒破口大罵：「你這潑猴，我跟你有什麼關係？」悟空笑著說：「俺老孫被壓五行山下之前，曾經雲遊四海廣結朋友，你父親牛魔王是

紅孩兒氣上心頭，舉起火尖槍就刺了過來，悟空急忙迎戰。兩人纏鬥了二十回合，難分伯仲。豬八戒在一旁看不下去，揮起釘耙前來助戰。

當年與我結拜的七兄弟之一。我和你父親稱兄道弟的時候，你還沒有出生呢。」

聽完這話，紅孩兒氣上心頭，舉起火尖槍就刺了過來，悟空急忙迎戰。兩人纏鬥了二十回合，難分伯仲。豬八戒在一旁看不下去，揮起釘耙前來助戰。紅孩兒見勢不妙，轉身就往洞裡逃。兩人正要去追，只見紅孩兒已經站在了小車上，口念咒語，在鼻子上捶了兩拳，頓時口中吐火，鼻中生煙，那五輛小車瞬間就被點燃了。一時間，火光沖天，熱浪逼人，整個火雲洞口一片火海，濃煙滾滾。八戒見狀，慌亂地說：「猴哥，這火燒得厲害，我要鑽進去，只怕就成烤乳豬了，咱們還是先躲躲吧。」悟空全然沒有理會八戒的話，念了一句避火訣，便往火海衝去，但終因火勢太大，沒能找到火雲洞的入口。

悟空幾人躲開大火，一起商量計策。沙僧想了想說：「那妖怪論槍法鬥不過大師兄，只是多了一個用火的神通才稍佔上風。水能克火，只要我們借些水來，紅孩兒就沒什麼能耐了。」悟空說：「好，你們兩個先在這裡守著，我去東海龍宮借些水來。」說完，縱起筋斗雲，朝東海飛去。

找到東海龍王，悟空跟他說明來意，然後說：「你到時候給我下場大雨，滅了那紅孩兒的大火。」龍王說：「大聖有所不知，我雖然掌管雨水，但要遵從玉帝的旨意，什麼地方，幾尺幾寸雨水都有安排，而且還得有雷公、電母❸、風伯❹、雲童的協助，我不敢擅作主張。」悟空說：「我不用你風雲雷電，你只要給我澆點水就好。」龍王說：「那就讓我多叫上幾個弟兄，免得帶的水不夠用。」說完，敲了敲龍宮裡的金鐘，西海龍王、南海龍王、北海龍王頃刻趕到。隨後，悟空帶著四海龍王往火雲洞趕去。

悟空讓四海龍王在半空等著，自己跑到洞口叫戰。紅孩兒聽到外面叫聲，立即拿著火尖槍出洞迎戰，兩個人又是一番惡鬥。打了三十多回合，紅孩兒故技重施，再次使出三昧真火，將洞口燒了個火光萬丈。悟空慌忙讓四位龍王潑水滅火。四海龍王各施本領，水袖一揮，洞口頓時汪洋一片。誰想，這三昧真火不是普通的火，龍王們潑下來的水不僅沒有滅掉它，反而如火中澆油，令火勢更加凶猛了。悟空被煙灰燻得兩眼生疼，跌跌撞撞地墜入了枯松澗。

沙僧和八戒將悟空救出，發現大師兄四肢冰涼，如同死了一樣。沙僧讓八戒按住悟空的頭，自己按住悟空的腳，然後將兩手搓熱，依次捂住悟空的七竅。悟空體內的冷氣被逼了出來，這才甦醒過來，但只覺腰酸腿痛，渾身沒勁兒。悟空說：「俺老孫大鬧天宮的時候，十萬天兵都奈何不了我，沒想到這妖孩兒本領如此了得。八戒，不如你去南海求助觀音菩薩吧。」八戒不好推辭，駕著祥雲往南海趕去。紅孩兒看到八戒駕雲南去，料到他可能會去南海，於是化成南海觀音的模樣，在半路等候八戒。八戒飛了半天，半路碰上菩薩也不懷疑，中了紅孩兒的計，被抓到火雲洞綁了起來。

悟空久久不見八戒回來，對沙僧說：「沙師弟，八戒久去不回，恐怕出了岔子，我再去那妖洞打探打探。」說完趕到火雲洞洞口，大叫幾聲。紅孩兒提著長槍，帶著一幫小妖衝了出來。悟空知道自己體力尚未恢復，急中生智，搖身化成了一個包袱。小妖們趕到跟前，以為悟空逃走了，於是撿起包袱，跟著紅孩兒回山洞了。

在洞裡，悟空聽紅孩兒說：「六健將聽令，你們趁著晚上有月亮，把我父王請過來，到時候我們一起吃唐僧肉。」六健將領旨，往西南方向趕去。悟空想了想說：「那我就將計就計。」說完，偷偷地飛出火雲洞，化成牛魔王的模樣，追那六健將去了。六健將悶頭趕路，突然看到前面牛魔王擋路，立即上前說明了情況，隨即將孫悟空帶回了火雲洞。

不過，孫悟空雖然騙過了六健將，卻引起了紅孩兒的懷疑。紅孩兒說：「父王，前日有位道人問我生辰八字，我記不太清了，今天特地向您請教。」悟空說：「我年事已高，也記不清了。」紅孩兒便說：「你這潑猴，別使這變身的本事了！我在家時，父王整日提我的生辰八字，難道還能忘了不成？」悟空見被識破，便化回原身，也不和紅孩兒爭鬥，隨即往洞外飛去。找到沙僧，孫悟空說：「這紅孩兒心機頗多，我還是親自去一趟南海吧。」說完，

---

❸【電母】相傳是雷公的妻子，天宮裡掌管閃電的神仙。

❹【風伯】相傳是一位相貌奇特的白髮老人，他左手持輪，右手執扇，掌管八風，道教稱之爲「風伯方天君」。

悟空召出筋斗雲，往南海飛去。

到了南海，悟空把事情的經過說了一遍，菩薩生氣地說：「這個妖怪，竟然敢冒充我的樣子騙人。」說完，將手中的玉淨瓶往南海一扔，不一會兒，那淨瓶已經收了一瓶水飛了回來。孫悟空忙上前去接，沒想到瓶子沉得要命，搬都搬不動。觀音自己取過淨瓶來說：「這瓶裡裝來的水，彙集了三江五湖的靈氣，滅妖怪的三昧真火沒有問題，只是一般人搬不動。」說完，命木吒去天宮裡跟他父王借來三十六把天罡刀，化成一座千葉蓮台，跟著悟空往火雲洞趕去。

趕到洞口，孫悟空照例把紅孩兒引出來，打了幾回合佯裝逃跑。紅孩兒追了一陣，看見菩薩坐在一盞千葉蓮台上，默然不語。紅孩兒怒目圓睜，問道：「你是猴子請來的救兵嗎？」菩薩並不作答。見此，紅孩兒不分青紅皂白，舉槍就刺。菩薩見狀，化作一道金光，飛到半空。

紅孩兒見菩薩逃走，得意地說：「沒想到菩薩這麼不堪一擊，還把一座千葉蓮台留了下來，讓我坐坐看。」說完，學著菩薩的模樣，坐在了蓮台上。不想，紅孩兒剛坐下，無數的蓮葉便化作數百把長刀，刺穿紅孩兒的雙腿，而且帶著倒鉤，拔都拔不出來。這一下，紅孩兒沒了脾氣，疼得受不了，不停地哭喊：「菩薩饒命！」

菩薩從半空落下來，將一個金箍戴在紅孩兒頭頂說：「這個金箍比這蓮台還要厲害，不信你可以問那猴頭。我看你年紀尚小，就留在我身邊做個善財童子❺吧。」紅孩兒連忙點頭。隨後，菩薩帶上紅孩兒，乘著蓮台，往南海飛去。送走菩薩，悟空進洞救出師父和八戒。師徒四人吃過齋飯，又忙著往西邊趕去。

---

❺【善財童子】相傳是文殊菩薩曾住過的福城中長者的五百童子之一，因出生時，家中湧現出許多珍奇財寶得名。但善財童子不戀錢財，潛心修行，終成菩薩。書中借指觀音菩薩身邊的侍從。

第二十八回　龍太子霸佔黑水河

離開火雲洞，唐僧師徒趕了一個多月的路，不知不覺間來到了一條河附近。聽到水聲，唐僧問道：「徒弟們，前方怎麼又傳來水聲？難道又有大河攔路？」悟空笑著說：「師父不要多慮，遇山翻山，遇水渡水，到了跟前，我們自有辦法。」

四人趕了一陣，果然發現有一條河擋住了去路。唐僧在岸邊望了望，說：「徒弟們，這河水怎麼如此渾濁？」八戒跟著說：「是不是哪家在這裡倒墨汁了。」悟空說：「少說玩笑話，渡師父過河才是要緊事。」

幾個人正在河邊想法子，突然看見一條小船從河中央划過來。看到船，唐僧高興地說：「徒兒們，有船過來了，讓他送我們過河吧。」沙僧於是喊道：「搖船的，快來河邊渡人。」船夫聽到喊聲，將小船划到岸邊附近，說：「我這不是渡船，為什麼要渡你們過河？」八戒說：「與人方便，善莫大焉。我們是東土大唐來的和尚，一路趕往西天取經，被這條河堵了去路。你就幫幫忙，送我們過河，我們又不是每天都來打攪你。」

聽完這話，船夫才將小船靠到岸邊說：「我可以送你們過河，但我這船又窄又小，你們這麼多人，怎麼渡得過來？」唐僧湊到跟前一瞧，發現這船果然窄小，不算船夫，一次也就能渡兩個人。見此，八戒忙在一旁說：「師父，我和您先過河，讓猴哥和沙師弟等下一趟吧。」說完，就往船上走去。

船夫帶上唐僧和八戒，撐開船槳，朝河中央划去。正行著，河裡突然颳起一陣大風，一時間黑浪滔天，風聲呼嘯，小船劇烈地晃了幾下，直接往河底沉去。這陣風正是那船夫弄的，原來他本是這黑水河中的怪物，專門使送人渡河的伎倆，加害過路人。

沙僧在岸邊看著河裡巨浪一片，不一會兒就沒了師父的蹤影，慌忙說：「這可怎麼辦？船翻了！」悟空回答說：「這不是翻船，否則八戒早背著師父游回來了。我看這陣風妖氣挺重，估計那船夫是個妖怪，把師父拖下水了。」沙僧說：「大師兄，你在岸邊看著行李。我倒要看看，是這黑水河凶險，還是流沙河凶險。」說完，沙僧掄著降妖寶杖，一頭扎進了黑水河中。

沙僧一路奔著河底游去，看到前方有一座門樓，門上橫著八個大字：衡陽峪黑水河神府。正看時，突然聽到那妖怪在裡面訓話：「辛苦多時，今天終於有了收穫。我抓的這個和尚是修行十世的好人，只要吃上他的一塊肉，保準大家長生不老。小的們，快快準備好鍋碗和油鹽，把唐僧連同那個豬頭一起燉了吃。」小妖們歡呼雀躍，蜂擁著去抬唐僧和八戒。妖怪又說：「給我準備些紙筆，待我寫封請柬，邀請我二舅爺來一起吃肉。」聽完這話，沙僧又急又氣，揮起寶杖就往門上砸去，大喊道：「妖怪，快快放了我師父和師兄！」守門的小妖聽見喊聲，慌忙報告妖怪說：「大王，外面有個和尚正在那裡砸門。」

妖怪讓人取來披掛和鋼鞭，趕到門口喊道：「什麼人在此放肆？」沙僧看到妖怪出來，氣憤地說：「你這個不知好歹的妖怪，變成一個船夫糊弄我們，快把我師父和師兄交出來，免得丟了性命！」妖怪笑著說：「你這不知死活的怪物，你師父確實被我抓了，現在正等著下鍋呢。我倒要跟你比試比試，你若能在三回合之內打贏我，我就放了你師父；三回合之內打不贏我，我連你一道抓起來下鍋。」沙僧哪裡受得了這種氣，揮起寶杖就朝妖怪打過去，妖怪慌忙抽出鋼鞭招架。兩個人在黑水河河底大戰了三十回合，勝負未分。

沙僧暗想道：「這妖怪倒有兩下子，我跟他在水底纏鬥，也佔不到什麼便宜，還是將他引出水面，讓大師兄收拾他吧。」於是，沙僧佯裝敗逃，往水面趕去。誰想，妖怪並沒有去追沙僧，而是笑著說：「這個沒出息的和尚，趕緊逃吧，我還急著請我二舅爺來吃唐僧肉呢。」說完便返回了河府。

沙僧氣急敗壞地回到岸邊，說：「大師兄，這條河原來叫黑水河，水底有座河府。那妖怪正準備吃師父呢。我跟他鬥了半天，本來想將他引出水來交給你收拾，可他見我逃跑也不追，說是急著請二舅爺來吃師父，這可怎麼辦？」

兩人正愁眉不展，突然看到河裡走出一個老者。行者喊道：「你是哪路妖怪，是不是那河妖派來的？」老者說：「大聖，我不是妖怪，我是這黑水河的河神。幾年前，那妖精趕著大潮來到黑水河，打死我一大幫蝦兵蟹將，佔了我的河府。我去海裡告他，才知道西海龍王是他的母舅，抓不得。今天聽說大聖來到這裡，小神特來求救，希望您能夠替我申冤啊！」悟空說：「這麼說，那四海的龍王也脫不了關係。事不宜遲，我這就去海裡把那龍王叫過來，讓他收了這妖怪。」說完，悟空駕著筋斗雲，往西海龍宮飛去。

悟空貼著海面一路向西，突然看到一個黑魚精躍出水面，手裡拿著一個金色的書匣。悟空趕上前去，打死那黑魚精，掀開書匣一看，裡面有一張請帖。看完請帖，悟空笑道：「這下請帖都落在我手裡了，看那老龍怎麼抵賴。」說完，繼續往西海龍宮趕去。

探海的夜叉見悟空一路劈波斬浪地朝龍宮趕來，慌忙跑到水晶宮裡上報說：「不好了，齊天大聖孫悟空來了！」西海龍王慌忙出宮迎接。

進了龍宮，悟空一屁股坐在龍椅上，龍王急忙獻茶伺候。悟空說：「我還沒喝你的茶，你倒要先喝我的酒了。」龍王笑著說：「大聖皈依佛門，向來不吃酒肉，什麼時候曾請我喝過酒呢？」悟空說：「你就算沒有喝過俺老孫請的酒，現在也落下一個喝酒的罪名了，你自己看吧。」說完把那請帖遞給了龍王。

看完請帖，龍王嚇得魂飛魄散，慌忙說：「大聖饒命！那孽子本是我妹妹的第九個兒子。妹夫因濫降雨水，被天庭處斬，妹妹無處投身，便寄宿在我這裡。前年舍妹不幸病逝，我覺得幾個龍子已經成人，便給他們各自安排了地方和去處。這第九個兒子名叫鼉龍[1]，生性頑劣，我特意派他去黑水河修身養性。沒想到他現在卻為非作歹，給你們添了麻煩。」

悟空說：「我本來想帶著請帖去天庭告你們一狀，聽完你的解釋，看來是那孽子不聽教誨，擅自作亂。看在你我故交的情面上，我就不深究此事了。你快點派些兵將，把那孽龍捉了，救我師父出來。」龍王急忙將龍太子摩昂叫到跟前，說：「你快帶上五百個精壯的兵卒，去黑水河把鼉龍給我抓回來。我和大聖先在龍宮裡吃些酒菜，等你消息。」悟空說：「龍王淨說些不著邊的玩笑話，我師父生死未卜，我哪有工夫和你喝酒吃菜，抓緊救我師父才是。」說完，帶著龍太子和一幫小兵，往黑水河趕去。

摩昂帶著蝦兵蟹將趕到河府門前，喊道：「西海龍太子摩昂來也。」聽到這話，鼉龍疑惑地自語道：「我明明請的是二舅爺，表兄怎麼趕過來了？」正想著，小妖來報：「大王，府外有一幫兵將，舉著『西海儲君摩昂小帥』的旗號。」鼉龍更加疑惑，「表兄趕來赴宴也就算了，怎麼還帶了一幫兵將？這其中定有蹊蹺。」想完，讓小妖們取來披掛，出門瞧看。

見了摩昂，鼉龍大聲說：「表兄，小弟在此恭候多時，有失遠迎還望見諒，有請。」摩昂說：「你請我來幹什麼？」鼉龍說：「小弟承蒙舅爺厚愛，住在這黑水河裡倒也自在。昨天我捉了一個東土來的和尚，聽說他是修行十世的僧人，吃他一塊肉可以長生不老。我不敢獨自享用這等美食，因此就請舅爺一起來享用，看來他不稀罕這唐僧肉，所以派你來了。也沒關係，今天我們兄弟兩人就喝個痛快，用那唐僧肉做下酒菜。」摩昂說：「你知道有個唐僧，卻不知道他徒弟的厲害嗎？」鼉龍說：「他有個豬頭徒弟，已經被我抓住了；還有一個黑臉徒弟，也沒什麼厲害功夫，被我打跑了。」

摩昂說：「你真是不知好歹，那唐僧還有個大徒弟叫孫悟空，是五百年前大鬧天宮的齊天大聖，這人是你惹得起的嗎？你快把唐僧和八戒送上岸去，我到時候給你求個情，或許那齊天大聖肯饒你一命；你要敢不從，只怕性命都難保。」聽完這話，鼉龍生氣地說：「我們是本家，你卻反倒護著那唐僧。那孫悟空能有多大的本事，讓他來跟我鬥一鬥再說，我還怕他不成？」摩昂隨即罵道：「你這孽畜，別說和孫大聖較量，你能打得過我嗎？」鼉龍不甘示弱地說：「好，今天我就跟你比個高低！」說完，揮起鋼鞭，朝著摩昂抽來，摩昂急忙提起金鐧❷招架。兩人在河府門前一通惡鬥，打得正酣，摩昂故意漏個破綻，鼉龍不知有詐，

❶【鼉（ㄊㄨㄛˊ）龍】爬行動物，背部有鱗甲，居江水岸邊，俗稱「揚子鱷」。

❷【鐧】短兵器，相傳是唐朝大將秦瓊的專用武器，鐧身成棒狀，端頂無尖，底部設有手把，四面向內凹陷，所以放稱爲「四面金裝鐧」，或「四面鐧」。鐧身連把約四尺長，極其沉重，一般人用不了，但殺傷力驚人，隔著盔甲也能將人砸死。

鼉龍不甘示弱地說：『好，今天我就跟你比個高低！』說完，揮起鋼鞭，朝著摩昂抽來，摩昂急忙提起金鐧招架。兩人在河府門前一通惡鬥……

被摩昂殺了個回馬槍，打中右臂，摔了個踉蹌。隨後，一幫兵將一擁而上，將鼉龍綁了個嚴實，並用鐵索穿了他的琵琶骨，往岸邊押去。

悟空見狀罵道：「你這妖怪，強佔河府，橫行霸道，現在還要吃我師父，我本該打你一棒，但又怕你受不了這棒子的厲害，我現在且留你一命，快將我師父交出來！」鼉龍說：「小鼉不知大聖厲害，多有得罪。您師父還綁在河府裡面，不曾有恙，希望您鬆了繩子和鐵索，我好把您師父送出來。」聽完這話，沙僧對悟空說：「猴哥，別信他的讒言，要是我們放了他，難保他又作亂生非。我知道那河府在哪兒，我帶你去救師父吧。」

於是，悟空跟著沙僧，一起去水底救出了師父和八戒。豬八戒被赤身裸體地綁了半天，怒不可遏，到了岸邊揮起釘耙就要打那鼉龍，太子慌忙制止說：「天蓬元帥息怒，我帶他回去，也好給父王一個交代。幾位放心，這鼉龍即使僥倖不死，也難逃活罪。」唐僧師徒點頭稱是。隨後，摩昂押著太子往西海趕去。

見妖怪被抓，老河神找到悟空說：「多謝大聖幫我收回河府。」悟空笑著說：「哪裡哪裡，只是我們師徒無法過河，你可有什麼方法？」河神說：「大聖不必擔心。」說完念了幾句咒語，轉眼間，那黑河裡已經冒出一條大路來。師徒四人沿著大路過了黑水河，辭別河神，繼續往西趕去。

第二十九回　車遲國鬥三妖

過了黑水河，唐僧四人一路風餐露宿，轉眼已是早春時節。一天，四人正在趕路，突然聽到前面傳來震天的吆喝聲。唐僧問道：「這是哪裡傳來的聲響，這麼刺耳？」悟空笑著說：「師父別急，先在這裡歇息歇息，待我去前面探探情況。」說完，悟空縱起祥雲，順著聲音尋去。

悟空在半空飛了半天，遠遠望見幾百個和尚在一座城外推磚搬瓦，像是在建一座宮殿，那叫喊聲正是他們的號子聲。正看著，突然從城門裡走出兩個道士。見到兩個道士，那幫和尚全都低下了頭，更加賣力地幹活，看樣子很是害怕他們。悟空見狀，搖身一變，也化成一個道士，趕到那兩個道士跟前詢問情況。兩個道士見是同道中人，便客氣地說：「道長不知，這座城叫做車遲國。二十年前，這裡遭遇旱災，民不聊生，幸虧我們的三位師父虎力大仙、鹿力大仙和羊力大仙來此呼風喚雨，救了這一城百姓。從此，我這三位師父就被奉為國師，長居在此。當初車遲國國王求雨時，曾找來許多和尚，但那幫和尚全是無能之輩，不僅

沒有求來雨水，還耗費了大把的錢財。國王一怒之下，拆了他們的寺廟，毀了他們的度牒，不讓他們回鄉，反而將他們扣在這裡幹活。這五百個僧人，正趕著蓋宮殿給我們住呢。」悟空料定這兩個道士不是什麼好人，變回原身，揮起金箍棒就將兩人打死了。之後，悟空遣散那五百個和尚，讓他們各自回家去了。

唐僧等了半天不見悟空回來，心生疑慮，正要讓八戒前去探問，突然看到悟空帶著十幾個和尚趕了過來。和尚們把自己的遭遇給唐僧講了一遍，然後說：「聖僧，這車遲國的寺院幾乎被那國王拆沒了，只有一座敕建智淵寺，因是當時先王太祖所建，暫時沒被拆除。我看今晚你們就隨我們去那裡休息一宿吧。」

唐僧師徒隨著十幾個和尚去了智淵寺，吃了些齋飯就各自休息了。這天夜裡，悟空輾轉難眠，隱約聽到城南有聲響，出去瞧了瞧，發現有一座道觀，燈火通明。原來，虎力、鹿力、羊力三位大仙正在那裡司鼓鳴鐘，講習經文。悟空叫上沙僧和八戒，一起往道觀趕去。

趕到道觀，悟空吹了一陣風，霎時間，觀裡燈火全滅。三位國師見狀，命手下一幫道士回去就寢，明日再補習經文。悟空三人趁機飛到觀裡，各自化成元始天尊❶、靈寶道君❷、太上老君的塑像，立在道觀中央。三位國師正要打道回府，突然聽到神像說話，便以為真神下凡，慌忙磕頭行禮。悟空說：「這次下凡，不留些聖水給你們，也說不過去，你們各自找來一個盛器，好讓我們給你們留些聖水。」於是，三位國師各自去取了一個器皿過來。悟空讓他們迴避一下，隨即在盛器裡撒了一泡尿，八戒和沙僧忍俊不禁，也各自撒了些尿在盛器裡。三位國師聞聲進屋，拿起聖水各自嘗了嘗，卻喝出一股尿騷味來。悟空三人見狀笑得前仰後合，隨即變回了原身。三位國師這才知道上當，慌忙叫人來圍堵三人。悟空三人也不和他們打鬥，駕著祥雲飛回了智淵寺。

第二天清晨，唐僧師徒四人趁著早朝的時候，趕往金鑾殿倒換關文。國王聽說來了四個和尚，生氣地問道：「怎麼不把他們抓起來？」一旁的太師說：「聽說他們是東土大唐來的和尚，前往那西天取經，到這裡已經趕了一萬多里路，路上多有妖怪，想必他們一定有些法力。」聽完這話，國王有些害怕，正準備給唐僧倒換關文，突然聽到有人奏報：三位國師來了！

三位國師趕到國王跟前說：「陛下，這幾個東土和尚殺了我徒弟，放走囚僧，還跑到我們三清觀作亂，我們正要擒拿，他們卻逃跑了，今天一定要捉了他們。」正在這時，一個黃門官來奏：「陛下，殿外有許多鄉民求見。」國王問道：「有什麼事？把他們叫過來。」見到國王，幾十個鄉民跪在地上說：「萬歲，今年一個春天都沒下雨，我們害怕夏天又要鬧旱災，因此特地來求幾位國師爺爺下一場雨，造福百姓。」國王回答說：「你們先退下，雨馬上就來。」之後，國王對著唐僧說：「你們幾位和尚衝撞國師，本當問罪，現在敢跟我們國師賭勝求雨嗎？如果你能祈來雨，朕便饒你們不死，給你們倒換關文，送你等西去；如果祈雨不成，就判你們死罪，當眾問斬！」悟空笑著說：「好，一言為定。」

於是，國王命人打掃了壇場，隨後坐在城樓上觀看。只見那虎力大仙來到壇場中央，手持寶劍和權杖，口念咒語，將一道黃紙符燒了，然後手搖權杖，天上頓時烏雲驟起。悟空在一旁覺得蹊蹺，使了個分身術，飛到雲裡瞧看，發現風婆婆正在那裡用風布袋放風。悟空生氣地說：「你不助我們西天取經，反而在這裡幫這妖道士，快收了風！」風婆婆說：「不敢不從。」說完慌忙紮住了風布袋。

虎力大仙又搖了幾次權杖，不一會兒，雲童、布霧郎、雷公電母、四海龍王紛紛前來助陣下雨。悟空讓他們全都收了神通，問道：「你們怎麼這麼聽這妖道的話？」眾人回答說：「大聖不知，那道士的五雷法是真的，玉帝有令，我們不敢不從。」悟空說：「既然這樣，我不追究了，你們都在這裡等著，過一會兒，我在下面給你們暗號。我這棍子指一下，風婆颳風；第二下，雲童布雲；再一下，雷公電母打雷閃電；第四下，龍王放水；最後一下，你們全都收手，還車遲國一個大晴天。」眾人連連點頭。

虎力大仙求雨未成，灰溜溜地走下祈雨壇，國王隨即命令唐僧去祈雨。唐僧慌張地說：

❶【元始天尊】即盤古，又名盤古大帝、玉清元始天尊、元始天王，道教最高神靈，「道教三清」之首。

❷【靈寶天尊】「道教三清」之一，又名上清大帝、靈寶道君，地位僅次於元始天尊，手捧玉如意，本是太原聖母懷孕三千七百年誕下的嬰兒，後修道成仙。

「徒兒們，我哪會求雨啊！」悟空說：「師父不要急，你只管在壇場閉目誦經，剩下的事情交給我好了。」

見唐僧在壇場中央坐定，悟空將金箍棒往空中一指，風婆婆見狀，急忙放風；悟空又一指，烏雲立即籠罩了車遲國；悟空不慌不忙，第三次舉起金箍棒，天上立即電閃雷鳴；再一指，車遲國已經暴雨如注。國王坐在城樓上，看得目瞪口呆，眼見雨水要溢出城河，他慌忙喊道：「雨夠了，聖僧快收手吧。」於是，悟空又一指，眾仙立即收了法術，轉眼之間，車遲國已是碧空萬里，看不出一絲下過雨的痕跡。國王見唐僧有如此法力，慌忙叫人在關文上壓上寶印，準備送唐僧西去。

這時，三位國師站出來說：「陛下，賭一場雨就放了他們，未免便宜了這幾個和尚，也

「我這棍子指一下，風婆颳風；第二下，雲童布雲；再一下，雷公電母打雷閃電；第四下，龍王放水；最後一下，你們全都收手，還車遲國一個大晴天。」眾人連連點頭。

敗壞了我們名聲，我看不如讓我們再賭一場『雲梯顯聖』，到時候再論輸贏也不遲。」悟空問道：「怎麼個賭法？」國師說：「將一百張桌子、五十張禪臺疊在一起，我和唐僧不准攀爬，一躍飛到臺頂，坐在那裡，約好幾個時辰不能動，誰動就算誰輸。」悟空說：「這有何難，就這麼定了。」

等雲梯搭好，虎力大仙縱身一躍，腳踏一朵雲彩，轉眼已經飛到西邊的臺子上。唐僧正不知如何是好，悟空使了個分身術，一把將唐僧拖到了塔頂。隨後，兩人東西對坐，都閉目不動。

鹿力大仙在城樓上觀望了半天，見唐僧穩坐不驚，於是悄悄地變出一隻大臭蟲，用力一彈，彈到了唐僧的後腦勺上。臭蟲在唐僧的脖子上咬了一口，唐僧又疼又癢，不住地用衣領去蹭脖子。悟空看到師父在那裡不停扭頭，料到幾位國師使了把戲，於是悄悄地化成一隻飛蟲，飛到臺頂一看，發現是一隻臭蟲叮在唐僧脖子上。悟空將那臭蟲撚下來，心想：「既然你先使詐，那休怪俺老孫耍把戲了。」遂飛到虎力大仙跟前，變成一條七寸長的蜈蚣，照著他的鼻孔就叮了一下。虎力大仙驚慌失足，直接從高臺上掉了下來，差點摔死。這次比試唐僧再次獲勝。

國王見狀，要放唐僧四人西去，鹿力大仙站出來說：「陛下，我師兄有風疾，今天風大，才成全了那唐僧。讓我們再比試比試，就比那『隔板猜物』。」於是，按照鹿力大仙的安排，幾個侍衛抬了一個紅漆櫃子來。國王叫一位娘娘放了一件寶貝在裡面，然後讓鹿力大仙和唐僧猜櫃子裡是什麼東西。

悟空化作一隻飛蟲，順著櫃子的縫隙鑽進去，發現是一套宮衣，隨即吹了一口氣，將那衣服變成了一口破鐘，然後飛回唐僧耳邊說：「師父，你就說那裡面放著一口破鐘。」唐僧上前一步，正要開口，鹿力擋住他說：「我先猜，櫃子裡放著一套宮服。」唐僧說：「不對，櫃子裡放著一口破鐘。」聽完這話，國王氣憤地說：「這和尚，竟然笑話我車遲國沒有寶貝？快把櫃子打開看看。」一旁的小兵奉旨打開櫃子，裡面竟真的是一口破鐘。國王啞然無語，但他不信這個邪，命人去御花園摘了一個大桃子來，重新讓兩邊猜。悟空再次化成一隻飛蟲，將那桃子吃得只剩一個桃核。結果，羊力大仙也敗下陣來。

虎力大仙走到國王跟前，偷偷地說：「陛下，剛才這和尚使了法術，這次我們在裡面放個活人，看他怎麼變。」於是，國王讓一個小道士藏到櫃子裡，讓兩人猜。悟空照舊飛到櫃子裡，見是個道童，於是化成一個老道士的模樣，將小道士的頭髮剃掉，變成了一個小和尚。虎力大仙也敗下陣來。

虎力大仙說：「隔板猜物這種把戲不算什麼，你們幾個和尚，可有人敢跟我們三人比試砍頭、剖腹、下油鍋？」聽完這話，悟空笑著說：「好，次次都不服輸，這次老孫陪你們玩玩，看你們還有什麼本事。」

悟空首先來到斬頭臺，讓那劊子手把頭砍了下來。虎力大仙見狀，念動咒語，幾個膽小的土地神遂暗中將悟空的頭按在了地上。悟空招不回腦袋來，索性又從胸腔裡長出來一個，一旁的人既害怕又不禁讚歎悟空法力高強。輪到虎力大仙砍頭了，只見劊子手手起刀落，虎力大仙的頭一下子滾出去三十多步遠。悟空見狀，忙拔下一根毫毛，變成一條黃狗，將虎力大仙的頭給叼走了。虎力大仙找不見腦袋，一會兒就斷了氣，變成了一隻無頭黃毛虎。

第二番比試剖腹挖心，悟空不等劊子手動手，自己拿了把短刀，將肚子劃開，把肚子裡的腸子扯出來梳理了一番，又放回肚裡，叫了聲「變」，肚子便又合上了。鹿力大仙隨即來到刑場，任憑那劊子手剖腹挖心，倒也輕鬆。悟空趁機變出一隻蒼鷹，將這妖道士的心腹叼走。沒了內臟，鹿力大仙掙扎了一會兒，便沒了呼吸，變成一隻死鹿。

第三番比試下油鍋。看著一鍋滾沸的熱油，悟空絲毫不懼，跳到裡面撩起熱油洗澡，如洗冷水澡一般。眾人一看，都驚呆了。之後，羊力大仙也跳到油鍋裡，倒也洗得自在。悟空心生疑慮，使了個隱身術上前一瞧，發現油鍋裡竟有一條冷龍降溫，於是用計將這條冷龍叼走。沒了冷龍降溫，羊力大仙一會兒就被炸得只剩一堆羊骨頭。

見此情形，國王跪在地上，不停地磕頭致謝，直喊唐僧是聖僧下凡。除掉妖怪，唐僧師徒帶好通關文牒，收拾好行李，繼續往西趕去。

第三十回 大戰金魚精

離開車遲國，唐僧師徒曉行夜宿，不知不覺間已經到了秋天。一天傍晚，四人正趕路，突然聽到前邊水聲四起。唐僧說：「看來又有河水擋路，我們怎麼過河？」悟空說：「師父莫急，讓我去前方瞧瞧。」悟空縱步向前，果然看到一條大河擋路，一眼望不到盡頭，河邊立了一塊石碑，上書三個大字：通天河。下面還有一行小字：徑過八百里，亙古少行人。悟空隨即將師父和師弟都叫過來，看那石碑。

唐僧不禁唉聲歎氣，八戒在一旁說：「師父，你有沒有聽到鐘鼓聲，想必這附近應該有些人家，我們找一戶休息一晚，明天再想辦法過河吧。」師徒四人循聲找去，果然看到前方有四五百戶人家，隨即找了一戶人家住了下來。

吃過齋飯，唐僧對主人說：「老施主，剛才我看你們家裡有和尚念經，還擺著香案和水果，這是在做什麼齋事？」老者歎了口氣說：「是在做『預修亡齋』。」八戒笑著說：「你家又不曾死人，怎麼還做『亡齋』呢？」

老者回答說：「幾位有所不知，我們這裡住著幾百戶人家，歸車遲國管轄，名叫陳家莊。離村子不遠，是一條寬八百里的大河，名叫通天河。沿著河往上游走幾里地，有一座靈感大王廟，裡面的靈感大王能夠呼風喚雨，可保我們這裡風調雨順，魚米滿倉。只是，他每年都要吃一對童男童女，算做我們的貢品；要是不給，他便降禍生災，攪得我們寢食不安，性命難保。按照順序，今年正輪到我們家送出兩個孩子了。」悟空說：「那你有幾個孩子？」老者垂淚說：「只有一個兒子和一個女兒，女兒今年八歲，名叫一秤金；兒子今年七歲，名叫陳關保。」

悟空說：「看你家境不錯，應該有些田產家業，既然你捨不得兩個孩子，為何不花些銀兩，買一對童男童女充數？」老者說：「施主不知，那靈感大王對我們的情況瞭若指掌，只有村民的親生兒女，他才肯吃，不然，一樣會禍害我們。」悟空說：「既然這樣，你把那小兒和小女都抱出來給我瞧瞧。」於是，老者命人將兩個孩子抱出來。

兩個孩子倒不怕生，見到唐僧四人又蹦又跳，十分可愛。悟空笑了笑，搖身一變，變成關保的模樣。老者嚇了一跳，慌忙說：「老者不知聖僧神通，還望原諒。」悟空變回原身說：「怎麼樣，俺老孫變得像吧。你別著急，今天我就變成你兒子給那大王，也算給你們家留下一個香火。」老者感激萬分地說：「感謝神仙相助，只是我就只有一個女兒，倘若讓她去送死，我活著也沒什麼快樂可言了。」

悟空說：「這好辦。」說完，把八戒叫到跟前說：「呆子，你變成這小女兒的模樣，明天一早我們就給那妖怪送早飯去。」八戒說：「猴哥啊，你淨說些玩笑話，俺老豬只會變些大山、壯漢，怎麼可能變成嬌小的女孩。」悟空說：「呆子別狡辯，先試試再說。」於是，八戒搖身變成一個女孩模樣，看著倒和一秤金差不多，只是肚子大得像是懷胎七個月一樣。悟空笑了笑，往八戒肚子上吹了一口氣，轉眼之間，一個和一秤金一模一樣的小女孩，已經站在了眾人面前。悟空滿意地說：「這下好了，那妖怪縱有俺老孫的眼力，一時半會兒恐怕也看不出破綻來了。」

正說著，突然從外面闖進來一幫村民，喊道：「陳老漢，時辰到了，快把你們家的童男童女交出來，免得惹靈感大王生氣。」聽完這話，悟空急忙變成關保的模樣，和八戒湊到一起，等著鄉人來抓。

一幫人把悟空和八戒各自綁在一頂轎子裡，舉著火把，帶著豬羊等祭品，一路往靈感大王廟趕去。到了大王廟，村民們燒過紙錢紙馬，磕了幾個響頭，便匆匆離去了，只剩悟空和八戒留在廟裡。

悟空正端詳廟裡的擺設，突然聽到廟外陰風大作。八戒忙說：「猴哥，那妖怪倒是麻利，這麼快就來吃我們了。」悟空笑著說：「呆子別說話，過會兒看我怎麼對付他。」話音未落，一個妖怪已經來到廟裡。悟空仔細看去，見那妖怪配著金盔金甲，腰纏寶帶，腳下生煙，面容凶惡。妖怪問道：「今年是哪家的孩子？」悟空笑著說：「是村頭的陳老漢家。大王別客氣，快快準備碗筷，填飽肚子再說。」妖怪說：「你這小孩兒倒是機靈。往年我都是先挑男孩兒吃，這次先把這女孩吃了再說。」說完，就撲過來吃八戒。八戒急忙變回原身，揮起釘耙朝那妖怪打去。

妖怪躲閃不及，被八戒打了一釘耙，朝廟外逃去，地上留下兩片銅盤大小的魚鱗。兩人追出寺廟，妖怪只想著來吃東西，沒帶什麼兵器，赤手空拳躲在雲裡叫道：「你們是哪裡來的和尚，到這裡戲弄我，敗壞我的名聲？」悟空說：「看來你這臭妖怪還不知道你爺爺的來歷，俺老孫是奉命保唐僧西天取經的齊天大聖！你這妖孽，年年吃小孩兒，做些傷天害理的事，你要能讓被你吃掉的男女都活過來，我可饒你一條性命；否則，頃刻將你打成肉醬。」聽完這話，妖怪化成一陣狂風，朝通天河逃去。八戒正要去追，悟空攔住他說：「八戒別急，他必是那通天河裡的怪物，逃不到哪裡去，我們明天再捉他也不遲。」

妖怪回到水底的洞府，跟一幫小妖說了自己的遭遇，並聲稱要吃唐僧肉。一旁的鱖魚婆走出來說：「大王，要想吃唐僧肉也不難，你會降雪結冰嗎？」妖怪說：「當然，但這有什麼用處？」鱖魚婆說：「這就簡單了，趁著現在天黑，你使些法術，在這通天河附近颳一陣寒風，降一場大雪，把通天河凍個結實。明天一早，你派些手下變成路人，在冰面上行走。那唐僧取經心切，見到河面被冰封住，又有路人往來，必然催著涉冰趕路。到時候，我們守在河中央，見唐僧騎馬過來的時候，把冰捅裂。那唐僧是個肉體凡身，難道還能逃出大王的手掌嗎？」聽完鱖魚婆的話，妖怪非常高興，決定依計行事。

第二天清晨，八戒被凍醒過來，說：「猴哥，天怎麼這麼冷？」悟空說：「你這呆子，出家人寒暑不侵，哪裡會冷？」唐僧在一旁說：「徒弟，今早確實很冷，我們出去看看吧。」唐僧師徒穿好衣服，出門一看，外面竟積滿厚厚的雪。唐僧找到陳老漢說：「老施主，你們這裡可分春夏秋冬，怎麼這時節下起雪來了呢？」老者說：「往年這裡八月間就有霜雪，聖僧莫要奇怪。」

傍晚時分，唐僧師徒正在陳家用齋，忽然聽到外面有人喊：「好冷的天，把通天河都給凍上了！」次日清晨，唐僧領著徒弟到河邊一瞧，果然見到河面已經被凍了起來。唐僧說：「這河面上有些行人，估計冰凍得很厚，我們不如趁此機會，涉冰過河吧。」悟空雖然有些猶豫，但也沒拒絕師父。

聽說唐僧要走，陳老漢給四人準備了一些銀兩和布匹，然後去河邊送他們過河。辭了陳老漢，唐僧四人沿著河邊，朝西而去。走了三四里遠，水底突然傳來一陣冰層碎裂的聲音，唐僧驚恐地說：「徒弟啊，這冰下怎麼有響聲？」八戒說：「師父，想必是這河全都凍結實了，撐的。」正說著，冰面忽然開裂。悟空眼疾手快，飛身躲開，唐僧三人則全都掉到了水裡，靈感大王趁亂將唐僧拖入水底。悟空這才知道中計了。

八戒、沙僧還有白龍馬都識水性，在水面上尋了半天，不見師父的蹤影，便游上岸來。兄弟三人回到陳老漢的家裡，換了身乾衣服，將馬匹和行李寄存在陳老漢家中，逕直往通天河趕去。這次，幾個人直接潛入水中，朝水底游去。游了一段，看到前面有一座樓臺，上面寫著「水黿之地」四個大字。沙僧說：「想必這就是那妖怪的住處。」悟空隨即說：「你們倆先在這裡等一會兒，讓我先進去探探情況。」說完，變成了一隻長腳蝦婆，朝水府游去。悟空找到一個小妖，問道：「聽說大王要吃唐僧，不知那唐僧現在關在哪裡？」小妖說：「在宮後的石匣裡關著。等到明日，若唐僧的徒弟還不找上門來，你我都能分上一口唐僧肉吃。」

悟空回去找到八戒說：「師父果然被關在裡面，你快去把那妖怪引出來。」八戒握著釘耙，闖到門口喊道：「臭妖怪，快點放了我師父！」靈感大王聞聲趕來，手持一杆九瓣銅錘，和八戒打了起來。沙僧在一旁看了一會兒，禁不住也拿起寶杖上前助陣。最後，連悟空也上來助陣。靈感大王抵不過悟空三人，敗陣而逃。

靈感大王逃回水府，氣憤地說：「外面幾個臭和尚倒是有兩下子，特別是那個毛臉雷公嘴，拿了一根鐵棍子，也不知道有多沉，我用銅錘擋了一棒，竟震得我雙手酸痛。」一旁的鱖魚婆說：「大王逃回來就對了，那猴和尚本是大鬧天宮的齊天大聖，當年十萬天兵都拿不住他，你要再跟他鬥上幾回合，只怕連性命都難保。」話音未落，門外小妖來報：「大王，那幾個和尚又在門前叫戰呢。」靈感大王下令說：「把門給我關緊了，用石頭和泥塊堵嚴實，讓他們在那裡喊吧，我們這就準備吃唐僧肉。」

八戒喊了半天，不見妖怪出來，趕到門前一陣猛打亂砸，把門打了個稀爛，結果往裡一瞧，門裡堆滿亂石和泥塊，根本進不去。悟空說：「你們兩個在這裡守著，我去南海一趟。」說完，縱起筋斗雲，往普陀山趕去。半個時辰工夫，悟空已經來到了南海落迦山普陀崖，早已等候在那裡的木叉行者、善財童子以及捧珠龍女等人，迎上來說：「大聖在此等候片刻，菩薩今早去竹

八戒握著釘耙，闖到門口喊道：「臭妖怪，快點放了我師父！」靈感大王聞聲趕來，手持一杆九瓣銅錘，和八戒打了起來。沙僧在一旁看了一會兒，禁不住也拿起寶杖上前助陣。

林，說知道今天你會來，讓我們在此迎候。」悟空說：「等什麼等，再等我師父就讓妖怪吃了。」說完悟空不顧眾仙阻攔，去竹林找菩薩了。

見到悟空，菩薩提著剛剛編好的一個竹籃說：「猴頭莫急，我這就跟你去救唐僧。」兩人趕到通天河，只見菩薩手提竹籃，說：「死的去，活的來。」如此反覆念了幾遍，一條金魚已經被收進了籃子裡。菩薩隨即說：「這河裡的妖怪本是我蓮花池裡的金魚，它每日聽我誦經，修仙得道，偷偷逃到凡間惹是生非。現在妖怪已除，你快去救你師父吧。」悟空謝過菩薩，隨即把師父救了出來。

妖怪被除掉，陳家莊歡聲雷動，村民紛紛給唐僧師徒準備貢品，並打算給他們做一條船渡河。正在這時，通天河裡浮出一隻巨龜來。這隻巨龜本是通天河的河主，幾年前被金魚精奪走了府邸，躲在水底的爛泥裡生活，如今聽說妖怪被除掉，特來渡唐僧師徒過河。唐僧感激道：「老龜累你，我們也沒有什麼好酬謝你的。」老龜說道：「不勞賜謝，只想請師傅到了西天，幫我問問如來佛祖，我還能活多少年歲。」唐僧忙應道：「好的，我一定幫你問問。」於是，唐僧四人告別了陳家莊父老，坐在老龜背上，不到半天工夫，就已經到了通天河對岸。他們謝過老龜，奔著大路，繼續往西趕去。

第三十一回　法力無窮的金剛圈

唐僧師徒過了通天河，繼續往西趕了幾個月，已經到了嚴冬。一天傍晚，四人來到了一座山腳下。唐僧看到有一處樓臺亭舍，便說：「前面有處亭臺，還有香火，像是一處寺院，我們去那裡化些齋飯，吃完再走吧。」

悟空往那邊瞧了瞧，然後說：「師父，這一路妖魔鬼怪眾多，他們善於使用障眼法，哄騙過路人，趁機取人性命。我看前面那片樓臺房舍陰氣逼人，怕是妖精變的，最好不要去。」

唐僧說：「那今晚的齋飯怎麼辦？」悟空說：「師父別急，你先下馬在原地等一等，我去找些吃的。」臨行，悟空還不放心，用金箍棒圍著唐僧周圍畫了一個圓圈說：「師父，老孫畫的這個圈，強似銅牆鐵壁，虎豹狼蛇什麼的全都別想進來，你們在這裡面等著，不要亂走，我去去就來。」一說完乘雲而去。

唐僧在圈裡等候多時，見悟空一直沒有回來，加上八戒在一旁絮絮叨叨，有些按捺不

住，便帶著兩個徒弟往樓閣趕去。三人穿過大廳和穿堂，來到一座木樓裡。八戒見裡面有一座象牙床，掀開帷幔往裡一瞧，竟是一堆白骨，又在一張桌子上看到了三件納錦背心。八戒見背心漂亮，便慫恿沙僧和師父各穿一件，唐僧堅決不穿。八戒和沙僧剛把背心套在身上，不料那背心竟化成了一捆繩子，將兩人綁了個嚴實，唐僧慌忙喊「救命」。

原來，這樓閣果然是妖精變出來的。聽到外面有人喊叫，洞裡的妖怪命人將三人抓了起來。得知白淨的和尚是唐僧，妖怪興奮地說：「聽說吃一塊唐僧肉就能長生不老，今日他是不請自來啊！小的們，把這幾個和尚捆起來，等我抓住唐僧的大徒弟，我們一起喝酒吃肉，人人活上十萬八千歲。」

悟空化齋回來，卻不見了唐僧和師弟們的蹤影，自感不妙，慌忙去山上找。走到半道，看到一個手持龍頭拐杖的老翁，於是上前問道：「老公公，這附近可有什麼妖魔，住在什麼地方？」老翁說：「長老不知，這座山叫金兜山，山上有個金兜洞，洞裡面有個獨角牛大王，神通廣大。你要找過去，只怕你性命難保。」悟空隨即說：「休要胡說，我這就去找他算帳。」說完，一溜煙往那金兜洞飛去。

悟空轉過一座山崖，見到亂石堆裡有兩扇石門，到跟前一瞧，正是金兜洞，隨即在門口高聲喊叫：「臭妖怪，快放我師父出來！」獨角牛精聽到外面的喊聲，知道是孫悟空找上門來了，命人取來一根丈餘長的點鋼槍，出門迎戰。兩人在洞外一番惡鬥，打了三十回合也未分勝負。獨角牛精自覺打不贏悟空，於是把洞裡的小妖全喊出來助陣。悟空見狀，將金箍棒往空中一丟，變出千百根金箍棒來，雨點似的朝妖怪頭頂砸去。妖怪們個個魂飛魄散，抱頭鼠竄。

牛精在一旁看不下去了，從袖子裡取出一個寒光逼人的金剛圈來，喊了一聲「收！」轉眼間，一百多根金箍棒已經被收到了圈子裡。悟空被收了武器，一時沒了辦法，翻了個筋斗逃走了。

悟空越想越不對勁兒，暗自思忖道：「這妖怪竟然能把俺老孫的金箍棒收去，一定不是凡間的小妖，待我去天宮裡問問。」說完，縱起筋斗雲，往天宮飛去。見到玉帝，悟空說明了來由，然後詢問玉帝天庭裡可少了神仙童子。玉帝命人仔細地查了一遍，天王星宿全在，大小仙官一個也沒少，於是說：「悟空，我給你派些天兵天將，幫你抓了那妖怪吧。」悟空說：「玉帝，那妖怪神通廣大，一般的天兵天將怕是奈何不了他。您直接讓托塔李天王和哪吒太子跟我走一趟吧，省得我再來打攪您。」玉帝點頭稱是。悟空又說：「對了，再借俺兩個雷公用，到時候俺老孫把那妖怪引出來，雷公照著他的腦袋劈一下，保準讓他動彈不得。」玉帝依舊點頭應允。

悟空帶著一幫天兵天將，趕到金兜洞前，再次把獨角牛精引了出來。隨後，哪吒腳踩風火輪，上前和那牛精較量。打了一陣，哪吒化作三頭六臂，把斬妖劍、除妖刀、縛妖索、降魔棍、繡球和火輪六件寶貝全都使出來，打得牛精疲於招架，節節敗退。牛精見勢不妙，再次取出金剛圈，眨眼工夫，已經將哪吒的寶貝全部收了進去。

托塔李天王在半空看得明白，對悟空說：「他的寶貝善套萬物，但想必套不了水火。」於是，悟空趕到彤華宮，叫來幾位火神助陣。火神趕到金兜洞前，擺好陣勢，取出火具，把金兜洞燒得如同一塊爐子裡的紅鐵。獨角牛精再次取出金剛圈，將火神的火具也收走了。悟空不信邪，又

哪吒化作三頭六臂，把斬妖劍、除妖刀、縛妖索、降魔棍、繡球和火輪六件寶貝全都使出來，打得牛精疲於招架，節節敗退。牛精見勢不妙，再次取出金剛圈，眨眼工夫，已經將哪吒的寶貝全部收了進去。

去請來黃河水伯，將金兜洞澆了個透。獨角牛精見狀，用金剛圈抵住洞門。結果，洞裡一滴水也沒灌進去。悟空氣急不過，赤手空拳地來到洞口，扯下一把猴毛，變出一群小猴來，和那牛精較量。鬥了一通，牛精使出金剛圈，連猴毛也收走了。

悟空找到眾仙說：「這妖怪沒什麼大本事，只是他那金剛圈厲害，要是能把那寶貝偷來，那妖怪只有受死的份兒。」雷公說：「大聖，想當年你偷仙丹，飲御酒，我看要論偷那妖怪的寶貝，也就只有你能勝任了。」悟空說：「既然你們這麼說，那我就去洞裡探探情況。」說完悟空化成一隻蒼蠅，往金兜洞飛去。悟空進到洞裡，見牛精和一幫小妖飲酒吃肉，便趁機四處尋覓。見金箍棒立在洞裡的牆壁上，悟空興奮不已，立刻變回原身，取了金箍棒，一路打出洞去。

不一會兒，獨角牛精帶著小妖們衝出金兜洞，找孫悟空算帳。悟空掄起金箍棒，和那牛精又大幹一仗。這一次，牛精倒沒使金剛圈，打了一陣子，抵不住悟空的攻勢，狼狽地逃回了山洞。夜裡，悟空趁牛精睡覺的空兒，變成一隻蟋蟀，再次溜進了金兜洞。

只見牛精躺在洞裡的一張石床上，鼾聲如雷，在他的左胳膊上，套著一個寒光閃閃的圈子，正是那金剛圈。悟空化成一隻跳蚤，在牛精胳膊上叮了一口。牛精瘙癢不已，迷迷糊糊地翻身子撓癢。悟空趁機往下擼那金剛圈，無奈圈子套得太緊，擼不下來。悟空反覆試了幾次，都沒成功。

悟空見偷不成寶貝，轉而去其他地方探情況。他悄悄來到一扇鎖著的門洞前，輕吹一口氣，將門鎖打開，發現妖怪收來的兵器和寶貝，全在裡面放著。悟空想了想，拔下一撮毫毛，變出一群小猴來，將洞裡的武器全部悄悄運了出去。之後，悟空點了把火，逃出了山洞。可憐一大幫小妖，睡夢之中就丟了性命。獨角牛精被濃煙嗆醒，見洞裡火光四起，濃煙撲鼻，慌忙喊人滅火。等到把火撲滅，牛精四下一瞧，見石壁被烤得黑如木炭，手下小妖死的死、傷的傷，一片鬼哭狼嚎，數里之內都瀰漫著一股燒烤味。牛精派人盤點了一下洞中之物，發現之前收來的寶貝全都沒有了，倒是唐僧和八戒還被綁在洞裡。

牛精帶上僅存的一幫小妖，出洞找孫悟空算帳。悟空和各路天神早已在洞外等候，見牛精衝出來，天神們各使神通，想打牛精一個措手不及。牛精面色不改，將金剛圈往空中一扔，不管是天王刀還是金箍棒，又全都收了過來。

悟空見狀說：「既然各路仙官也拿他沒辦法，那我就去西天問一問如來佛祖，讓他查查這妖怪究竟是從何而來，金剛圈到底是什麼寶貝，定要捉住這妖怪。」說完，悟空縱起祥雲，往靈山飛去。

到了靈山腳下，悟空突然聽到有人喊道：「孫悟空，你從哪裡來，又要往哪裡去？」悟空低頭一瞧，原來是比丘尼[1]尊者，於是說明了來意。在比丘尼的引領下，悟空找到了如來。如來佛祖說：「我雖然知道那妖怪的來歷，但不能直接告訴你，只怕你漏了風聲，惹得那妖怪來找我算帳，生出些不必要的麻煩。我給你十八粒金丹砂，到時候你引那妖怪出洞打鬥，叫羅漢們將金丹砂灑在洞口，那妖怪只要陷進去，就再也別想拔出腳來，任憑你處置就是了。」悟空笑著說：「好極了，那我趁早回去救我師父吧！」說完，領著十六位羅漢往金兜洞趕去。

到了金兜洞，悟空將獨角牛精引出洞來，和他鬥了幾個回合，便讓眾羅漢拋灑金丹砂。那金丹砂果然厲害，一著地就朝那牛精聚攏過去，轉眼之間，牛精就被困住了。眾人正要叫好，只見牛精取出金剛圈，將金丹砂吸走了。托塔李天王不禁感歎說：「這可如何是好，連如來的金丹砂都拿他沒辦法。」這時，一旁的羅漢站出來對悟空說：「大聖，如來告訴過我們，如果金丹砂降不住這妖怪，就讓你去兜率宮找太上老君尋妖怪的蹤跡，到時候就有辦法抓這妖怪了。」一聽完這話，悟空說：「可氣可氣，如來這不是要俺老孫嗎，早知如此，我還在這裡跟那妖怪鬥什麼，待我去兜率宮一趟！」說完，悟空縱起一道筋斗雲，直衝兜率宮飛去。

到了兜率宮，悟空也不顧仙童阻攔，逕直往宮裡闖，結果和太上老君撞了個滿懷。老君笑著說：「大聖，你不保唐僧西天取經，怎麼跑我這裡閒耍來了？」悟空說：「取經遇阻，來你這兒找些線索，等我找到蹤跡，再跟你算帳。」老君說：「我這裡就一座仙宮，除了一些丹藥銅爐，有什麼好找的？」悟空沒有搭理老君，來到牛欄跟前，見童子酣睡，欄中無牛，於是把太上老君叫過來，問道：「好你個老頭，你那牛兒跑哪兒去了？」

老君一看牛不見了，驚訝地喊道：「這孽畜什麼時候不見了？」說完忙將童子叫醒詢問情況，童子哭著說：「弟子在丹房裡撿了一粒丹，吃下之後就在這裡睡著了。」老君說：「恐怕吃的是『七返火丹』，吃一粒能睡七天，這樣算來，那孽畜已經下界七年了。」悟空說：「你還好意思說，你那頭牛現在住在金兜洞裡，抓了我師父要吃肉，天兵天將都降不了他，只因他手上那能收萬物的金剛圈。」

聽到這話，太上老君摸了摸口袋，說：「不好，那孽畜把我的金剛鐲❷給偷走了。這鐲子著實是個寶貝，水火不侵，能收乾坤❸。不過大聖別急，幸虧我還有個芭蕉扇，你在前面帶路，我這就去幫你收了那孽畜。」

孫悟空帶著太上老君趕到金兜洞口，太上老君在半空中喊道：「牛兒還不快跟我回家。」牛精聽出主人的聲音，慌忙趕出山洞。太上老君取出芭蕉扇，對著獨角牛精一扇，那金剛鐲便從牛精手腕上脫了下來，一直飛到了老君的袖子裡；老君又扇了一下芭蕉扇，那牛

---

❶【比丘尼】即尼姑，又名比呼尼、除女、沙門尼。女子滿二十歲，出家入佛，都可以稱為比丘尼。

❷【金剛鐲】太上老君的眾多法寶之一，實際上共有一對兩隻：一個在太上老君手裡，一個變成了孫悟空頭上的金箍。

❸【乾坤】「乾」代表天，「坤」代表地。乾、坤本是八卦中的兩卦，後來泛指「天地」。

精頓時渾身無力，現了原形，原來是一頭青牛。老君取出金剛鐲，吹了口仙氣，將它穿在牛鼻子上，又解下袍帶，繫在鐲子上，隨後手牽袍帶，辭別悟空等人，往空中飛去。

悟空和眾仙送走老君，殺到金兜洞裡，救出唐僧、八戒還有沙僧。隨後，眾仙也不停留，各回各府了。唐僧四人謝過眾仙，收拾了馬匹行李，繼續向西趕去。

第三十二回　女兒國唐僧遇險

唐僧師徒離開金兜洞，翻山越嶺，趕到了一條清澈的小河旁。唐僧口渴，見河水清澈，便取了缽盂喝了幾口，剩下的都讓八戒喝了。誰想，喝完不久，唐僧和八戒便覺得腹痛難忍，肚子變大，像懷了身孕一樣。

悟空問過一位老奶奶才知道，這裡是西梁女國，國中盡是女子。在西梁女國城外，有一座迎陽館馹❶，馹門外有個照胎泉，唐僧取水的那條河叫做子母河。女兒國的女子過了二十歲，就會取子母河的水喝，三天之後去照胎泉看看自己的影子，如果泉裡出現兩個身影，喝水的人就會懷孕生子。幸得老婆婆的指點，孫悟空去附近的解陽山破兒洞，取了一些落胎泉泉水給唐僧和八戒喝下，兩人才消了腹痛，肚子也恢復了原狀。

隨後，唐僧師徒往西趕了三四十里地，來到一座城池外面，唐僧坐在馬上說：「徒弟

❶【馹（ㄖˋ）】原指古代驛站裡專用的一種車，後泛指驛馬。書中借指驛館。

們，前面想必就是西梁女國，我們盡快去城裡倒換關牒，繼續趕路，切莫亂了性情，敗壞了佛門清規。」悟空三人點頭稱是。

說話的空兒，四人已經走到了城門下面，只見那裡擠滿了人，個個長裙短襖，粉面油光，果然全是女子。唐僧帶著徒弟過了城門，很快引來一大幫女子的注意，堵得師徒四人寸步難行。悟空說：「呆子，快把你的大耳朵撩起來，看他們還敢不敢打你主意。」於是，豬八戒裝出一副凶惡的模樣，沙僧也擺出一副惡臉。婦女們驚恐萬分，紛紛躲避，唐僧四人這才得以繼續趕路。

四人趕了一陣路，來到一座衙門外，門上寫著三個大字：迎陽馹。門口站著一名女官，對唐僧師徒說：「你們幾個人，不能擅自進入西梁女國，請到館馹登記姓名，我好替你們報奏朝廷，放你們過城。」唐僧說：「那老人家的話看來都是真的，果然有迎陽馹。」四人跟著女官進了衙門，悟空說：「我們是西天取經的和尚，我叫孫悟空，是唐僧的大徒弟，另外兩個是我的師弟，豬八戒和沙悟淨。我們只是中途路過此地，只要倒換了關文，馬上上路，不會在這裡惹是生非。」女官說：「你們在這裡稍事休息，我這就去啟奏女王，替你們倒換關文，送你們西去。」說完，就往城中趕去。

聽說東土來了幾位和尚，西梁國的女國王高興地說：「我國開朝立代以來，還從來沒有來過男人。我願意交出一國的財富和權勢，招他為西梁國國王，我做皇后，共同生養兒女，永傳帝業。」說完便派了太師等人，趕去迎陽驛通報聯姻之事。

唐僧四人正在館驛飲茶用飯，只聽外面喊道：「當朝太師駕到。」唐僧慌忙出去接迎。唐僧說：「貧僧一個出家人，怎麼敢麻煩太師前來看望？」太師說：「西梁女國向來沒有男人，我奉女王的旨意，特來求親。只要你肯留下來，女王願意將此國的王位讓給你，你做國王，她做王后。」唐僧低頭不語。悟空見狀，插話說：「師父，我看這樁婚事十分合適，你不如就留在這裡。到時候，我們徒弟三人倒換了關文，去西天取經，回來的時候路過此地，再和你一起返回大唐，也算對唐王有個交代。」太師連連點頭稱是。

送走太師，唐僧生氣地說：「你這猴頭，怎麼替我擅作主張，我一心去西天取經，怎麼能夠留在這裡？」悟空笑著回答說：「你要是不答應那太師的話，我們別說倒換關文了，只怕已經被他們抓起來了。師父放心，今天你答應了他們，女王一定會痛快地替我們倒換關文，而且會給我們三位徒弟送行。到時候，我在城門口使個定身術，將她們全都定住，我們再繼續趕路。這樣既耽誤不了行程，又不會傷了這裡百姓的性命，不是兩全其美嗎？」唐僧點頭稱是。

太師返回宮裡說明了情況，樂得國王合不攏嘴。太師隨即說：「唐僧答應成親，只是他的二徒弟豬八戒說要先吃一桌喜宴。」女王說：「這還不好辦。」女王便命令宮女準備酒食。之後，女王命人準備了轎子，親自去迎陽驛接唐僧師徒進宮。

見到唐僧，女王一把拉住唐僧的袖子，嬌聲細語地說：「御弟哥哥，快和我坐上龍車，去金鑾寶殿喝喜酒，好結為夫妻。」唐僧閉目不語。悟空在一旁說：「師父不要害羞，快和師娘進宮，我們三個還急著倒換關文趕路呢。」唐僧這才答應上轎。

到了宮裡，八戒見那麼多的美食，也顧不上師父的教誨了，狼吞虎嚥，大吃一通。女王命人取來筆墨，在唐僧的關文上簽上名字，又命人取來御印，在關文上用力一按，隨即把關文交給孫悟空。

悟空說：「既然已經倒換了關文，那我們也不在這裡久留了，就此告辭吧。」唐僧說：「女王陛下，希望您能陪我去城外送一送我這三位徒弟。再怎麼說，我們也算是師徒一場，有些話要叮囑他們。」女王也沒多想，命人給悟空三人準備了一些盤纏，帶著宮裡的大官小官，一起去給悟空他們送行。到了城外，唐僧對女王說：「陛下，你們回城吧，我和徒弟們要一起去西天取經去。」女王大驚失色地說：「御弟哥哥，我願意將以一國的財富交出來，與你成親，現在你怎麼又變卦了？」說完就要拉唐僧，八戒見狀，揮起釘耙說：「我們和尚家和你成什麼親，快快放我們師徒上路。」就在這時，人群裡突然閃出一個女子，喊了一聲：「唐御弟，哪裡走，和我一起去吧！」說完，化成一股狂風，轉眼就把唐僧卷走了。

悟空見狀，急忙打了個呼哨，飛到半空，手搭涼棚，發現那股妖風朝著西北方向飛去了，於是說：「師弟，快快駕上祥雲，和我一起去救師父。」隨後，兄弟三人騰雲駕霧，朝著狂風的方向一路猛追，趕到了一座高山腳下，只見風沙全無，一時找不到那妖風的蹤跡。正疑惑時，三人突然看到前方不遠處有一塊巨石，放出耀眼光芒。三人尋光趕過去，才看出是兩扇石門，門上寫著六個大字：毒敵山琵琶❷洞。

八戒正要舉起耙子砸門，悟空制止說：「八戒別急，讓我先去裡面探探情況。」說完，悟空化成一隻蜜蜂，從石門縫裡鑽進了洞。飛過兩扇石門，悟空看到洞中央有一座花亭，裡面坐著一個女怪，旁邊有幾個丫鬟伺候著。不一會兒，兩個丫鬟端著兩盤麵食趕過來說：「奶奶，麵食準備好了，一盤是人肉餡的饃饃❸，一盤是紅豆餡的饃饃。」女怪笑著說：「把唐御弟領出來，讓我陪他吃些點心。」於是，幾個女童走到後房，將唐僧扶了出來。只見唐僧臉色煞白，眼神裡滿是恐懼。

妖怪把兩盤饃饃端到唐僧跟前，細聲說：「唐御弟，我知道你在宮裡沒吃什麼東西，於是特意讓人做了兩盤饃饃，請你品嘗。不知你喜歡吃葷的還是吃素的？」唐僧本想閉口不答，但

---

❷【琵琶】東亞地區的傳統彈撥樂器，被譽爲「民樂之王」、「彈撥樂器之王」，源於印度，南北朝時期傳入中國。木製樂器，音箱呈半梨形，上面裝有四根弦，多用鋼絲、尼龍製成，彈奏時泛音豐富，穿透力強，聲音清脆悅耳。

❸【饃饃】即饅頭，漢族傳統麵食，又名餑餑、炊餅，鬆軟可口，中國北方的主要麵食之一。

又怕因此惹怒了妖怪，於是說：「吃素的吧。」

悟空在一旁看了半天，擔心師父亂了真性，於是變回原身，舉起金箍棒喊道：「孽畜看棍！」妖怪見眼前突然跳出個猴臉和尚來，嚇了一跳，急忙握起一柄三股鋼叉，跳出花亭，痛罵道：「你這個毛臉和尚，竟敢私自闖入我家，偷窺我的容貌，吃老娘一叉！」悟空急忙舉棒招架。兩人從洞裡一直打到洞外。八戒和沙僧正在洞外等候，突然見到大師兄和妖怪一路打出來，隨即各自取出武器，上前助戰。女妖和悟空三人鬥了幾個回合，漸感體力不支，縱身一躍，飛到半空使了個回馬槍，瞧準悟空的頭皮扎了一下。悟空頓覺疼痛難忍，大喊一聲：「好疼！」敗陣而逃。八戒和沙僧打得正酣，忽然

悟空急忙舉棒招架。兩人從洞裡一直打到洞外。八戒和沙僧正在洞外等候，突然見到大師兄和妖怪一路打出來，隨即各自取出武器，上前助戰。

看到大師兄逃走，也慌忙收了武器，一起逃走了。

悟空跑到山後面，捂著頭皮，坐在地上不住地喊疼。八戒隨即說：「你不是說你這頭是修煉過的嗎，怎麼現在被一個妖怪弄成這樣了？」悟空說：「我也納悶呢。我自從吃了蟠桃，飲了御酒，又在太上老君的煉丹爐裡待了七七四十九天，這頭就變得刀槍不入，雷劈不怕，火燒不著，不知今天這女妖使得什麼武器，竟把老孫的頭弄傷了。」沙僧說：「現在大師兄頭疼得厲害，我們不如就在附近找個避風的地方休息一夜，第二天早上再找那妖怪算帳。」悟空和八戒點頭稱是。第二天清晨，悟空將八戒搖醒，對沙僧說：「師弟，你留在這裡看好行李和馬匹，我和八戒這就去抓那妖怪。」

到了琵琶洞口，悟空讓八戒守在門口，再次化成一隻蜜蜂，去洞裡打探情況。悟空逕直飛到花亭下面，見女妖正縮在廳裡睡覺，正端詳時，隱約聽到唐僧的叫喊。悟空循聲找去，發現師父被綁在一根柱子上，正在那裡無助地叫喊。悟空落到唐僧頭頂，輕聲說：「師父莫怕，我是悟空。那妖怪有意將你納為夫君，怎麼現在卻把你綁在這裡了呢？」唐僧歎了口氣說：「昨天夜裡那女妖非要與我同床共枕，我不從她，就被綁在這裡了。」悟空說：「師父在這裡再綁一會兒受苦，我這就去抓了那妖怪，救你出去。」

悟空飛出琵琶洞，跟八戒說明了洞裡的情況。八戒氣急不過，揮起釘耙就去砸門，嚇得丫鬟慌忙找到女妖說：「奶奶，不好了，昨天那兩個和尚又來了，把門都砸壞了。」女妖命人取來三股鋼叉，衝出琵琶洞，對悟空和八戒喊道：「潑猴，野豬，這般無禮，竟敢砸壞我家大門！」八戒罵道：「少廢話，快放了我師父，否則別說你家大門，就算你這琵琶洞也保不住！」女妖怒火中燒，揮起鋼叉便刺了過來。三人在琵琶洞前又是一通惡戰，那妖怪趁機往八戒的嘴上扎了一下，轉身逃回山洞。可憐八戒的豬嘴，立刻腫得像一個饅頭一樣。

豬八戒叫苦連天，悟空也一籌莫展。正在這時，山裡突然走出一個老奶奶，手提竹籃。悟空定睛一瞧，見那老人祥光蓋頂，香霧籠身，一看就不是凡人，隨即說：「八戒快快磕頭，菩薩來幫我們了。」菩薩見悟空認出她的真身，於是變回原來模樣，說：「悟空，這妖精原是隻蠍子精，十分難對付。她那股鋼叉，本是她的兩隻鉗角，而在她的身後，有一個致命的毒鉤，你們沒有被她蜇死，已經算是造化了。你去東天門光明宮找昴日星官，他自有辦法幫你收妖。」

悟空按照菩薩的指示，找來昴日星官。星官先是在悟空和八戒被蜇的地方各吹了口仙氣，替他們消了疼痛，然後來到琵琶洞口，讓悟空將蠍子精引出來。女妖出洞後，昴日星官化成一隻六七尺高的大公雞，衝著女妖叫了一聲，那女妖聽到雞鳴，立時變成一隻黑蠍子，轉眼就被公雞吃掉了。

悟空和八戒謝過昴日星官，將師父救出琵琶洞，讓洞裡無辜的丫鬟們返回了西梁國，又一把火將琵琶洞燒了個乾淨。之後，唐僧三人找到沙僧，收拾了行李，繼續往西趕去。

第三十三回　真假美猴王

唐僧四人離開琵琶洞，一路西行，轉眼到了夏季時分。這天傍晚，悟空嫌白龍馬走得慢，在馬屁股上拍了一巴掌，驚得白馬馱著唐僧飛奔二十多里地，才漸漸地慢下來。唐僧驚魂未定，誰想突然從路旁衝出一幫強盜，大喊道：「騎馬的，把盤纏留下。」唐僧向來不曾說謊，但轉念一想，還是騙強盜說：「幾位大王先別著急，我有幾位徒弟在後面，一會兒就到。他們身上有些銀兩，到時候我讓他們全交給幾位就是。」

一幫強盜信以為真，就將唐僧綁在樹上，重新躲到樹叢裡去了。不一會兒，悟空三人趕到這裡，見唐僧被綁在樹上，正要去救，那幫強盜叫喊著又衝了出來。悟空問明了情況，隨即對強盜們說：「銀子都在我身上帶著，讓我的師父和師弟先走，我留下來給你們分發錢財。」聽完這話，強盜們竟真讓唐僧三人走了。

悟空見師父走遠了，這才罵道：「你們這幫不知死活的毛賊，趕快滾開，否則丟了性命，別怪俺老孫無情！」一幫強盜哪裡知道悟空的厲害，舉起手中的鐵棍、砍刀就朝悟空衝

了過來。悟空揮了幾下金箍棒，頃刻打死兩個毛賊，剩下的人當即奪路而逃。趕走強盜，悟空駕起祥雲，片刻工夫就趕上了師父。

師徒四人又趕了一陣路，來到一戶人家外面。唐僧正要叫門，就見裡面走出一個老者，看唐僧幾人風塵僕僕的樣子，熱情地請他們到家中休息。吃過齋飯，唐僧與老者聊起天來，這才知道，老人有個不肖的兒子，淨幹些偷盜搶劫的營生，已經連續四五天沒有回家了。唐僧哪裡知道，這位老者的兒子，正是那幫強盜的頭兒。

當天夜裡，老者的兒子帶著幾個弟兄回家睡覺，看到唐僧師徒睡在自己家裡，歹意頓生，決定殺了唐僧，為死去的幾個弟兄報仇。不過，這話被老者偷聽到了，老者悄悄地溜到後院，將情況告訴了唐僧。悟空不想惹事激怒師父，於是勸師父趁夜逃跑。誰想，那幫強盜連夜追趕，鐵了心要取唐僧性命。悟空氣急不過，對著一幫強盜一通亂打。結果，強盜們死的死，傷的傷，包括老者兒子在內的一大幫人頃刻就見了冥王。

唐僧得知悟空將老者的兒子打死，氣得大怒，當即念起緊箍咒，疼得悟空就地打滾，不停地喊：「師父莫念！」唐僧念了十餘遍緊箍咒，才停下來說：「你這潑猴太過凶惡，不能做取經人。你快走吧，免得我再念緊箍咒。」悟空無奈地說：「莫念莫念，我走就是！」說完縱起筋斗雲，轉眼消失不見了。

悟空飛了一陣子，本來想回花果山，但一想這次又被唐僧貶回去，要是讓小猴們知道，恐怕丟了面子。他思前想後，直奔南海找觀音菩薩去了。見到菩薩，悟空訴苦說：「自從被菩薩救出五指山，俺老孫有意保護唐僧西天取經，歷經坎坷，不辭辛苦。可這唐僧雖一心向善，卻不分青紅皂白，剛才我打死了幾個要殺他的強盜，反被他責罵，他還念緊箍咒折磨我。現在他已經不認我這個徒弟了，我走投無路，因此來這裡找您幫忙。」菩薩說：「那一夥強盜雖然有罪，但也不至於因此丟了性命，這裡面確實有你的一些過失。不過你不必著急，你先在我這裡待幾天。那唐僧沒了你的幫助，必然會來找你。」悟空一時也沒有更好的方法，只好侍立在寶蓮台旁邊，等候消息。

唐僧趕走了悟空，和八戒、沙僧一起又趕了四五十里路，饑餓難忍，口乾舌燥，於是讓八戒去討些吃的回來。過了許久，沙僧不見二師兄回來，對唐僧說：「師父，八戒許久沒回來，怕是又要偷懶耍滑，我看你口渴難耐，先去給你討些水來。」唐僧點頭應允。

沙僧走後，唐僧正坐在路邊休息，突然聽到有人叫他「師父」，扭頭一看，竟是悟空。只見悟空將一瓢水端到唐僧跟前，說：「師父，快點喝了它吧。」唐僧餘怒未消地說：「我口渴關你什麼事，我已經不是你師父了，你別再來纏我，快點離開。」聽完這話，「悟空」憤怒地說：「你這狠心的臭和尚，吃我一棒！」說完便揮起金箍棒打了過來。唐僧一個肉體凡身，哪受得了這一棒，當即昏死過去。隨後，「悟空」帶上唐僧的行李，一溜煙就消失不見了。

沒過一會兒，沙僧和八戒趕回來，見師父昏死在地上，慌得八戒捶胸頓足，嚷著要給師父買棺材，然後分道揚鑣❶。沙僧上前摸了摸唐僧的臉，然後說：「呆子別亂說，師父身體尚溫，口中有氣，還沒死呢！」隨後，兩人將唐僧抬到一戶農人家裡。過了許久，唐僧才漸漸地甦醒過來，將之前的經過告訴了八戒和沙僧。聽完師父的話，八戒說：「我前年去過一趟花果山，認得那裡的路。我去找那猴子算帳，保管把行李取回來。」唐僧說：「你口無遮攔，惹怒了那潑猴怕要亂中生亂，還是讓沙僧去吧。」沙僧說：「既然師父這麼說，那就讓我去吧。」沙僧說完駕起祥雲，直奔東勝神洲而去。

飛了三天工夫，沙僧忽然聽到一座山前有水聲傳來，循聲瞧去，發現「孫悟空」和一幫小猴正坐在山崖上嬉戲，好不熱鬧。沙僧收了祥雲，飛到「悟空」跟前說：「大師兄，你不隨師父西天取經也就算了，可為何要打傷師父，搶走我們的行李呢？」「悟空」說：「這等小事不要再提，我何苦跟那臭和尚一起去西天取經？你不知道，我已經另選了一位唐僧、豬八戒還有沙僧。等哪天合適，我們就出發，取回真經，揚名萬代。」說完，竟真讓小猴們帶來三個人。沙僧一看那個假沙僧，大怒道：「這假和尚真是不知好歹，吃俺一杖！」假沙僧躲閃不及，當即被打死，原來是一隻小猴。

「悟空」見沙僧打死小猴，忙命人捉拿沙僧。沙僧見他們人多勢眾，急忙抽身逃跑，直奔南海求助菩薩去了。到了南海，沙僧見悟空竟站在菩薩跟前，舉起寶杖便打，悟空不明緣由，縱身一躲，也不還手。沙僧罵道：「你這個臭猴子，如今倒學會惡人先告狀了！你不去西天取經便罷，為何要加害師父，偷我們行李？」悟空更加摸不著頭腦，菩薩也是一頭霧水，便讓沙僧說明情況。於是，沙僧把事情的前後經過說了一遍。菩薩隨即說：「悟淨，不要肆意誣陷，悟空在我這裡已經待了四天時間了，從未離開，怎麼可能打傷你師父，搶走你們行李。你和悟空現在就去水簾洞瞧瞧，看那悟空究竟是什麼妖孽變的。」

悟空得知有人冒充他，還把師父打傷，十分生氣，立即和沙僧往花果山趕去。到了花果山，悟空老遠便瞧見一個猴子與自己打扮得一般模樣，坐在山崖上和一群小猴飲酒作樂。悟空頓時怒火中燒，手握金箍棒，站在山崖上大聲喊道：「你這妖孽，竟敢變成俺老孫的模樣，還不快現出原形！」妖怪哪肯讓步，也變出一根金箍棒，和悟空打了起來。

兩人一路從花果山打到了南海落迦山。悟空隨即找到菩薩，讓菩薩辨個真偽。菩薩見兩個悟空站在跟前，無論外貌長相還是衣著打扮，都一模一樣，難辨真假。菩薩讓木吒和紅孩兒一人拽住一個悟空，然後口念緊箍咒，想借此分辨兩人的真假。誰想，緊箍咒一念，兩個悟空同時手抓金箍，疼得在地上打滾。菩薩一時沒有辦法，說：「悟空當年曾做過天宮裡的弼馬溫，大鬧天宮時，更是讓十萬天兵天將都記住了他的模樣，你們去天宮看看吧，或許那裡有人分得出你們誰真誰假。」兩個悟空聽了，同時點頭拜謝。

❶【分道揚鑣】「鑣」，指馬嚼子兩端露出嘴外的部分。分道揚鑣指從此各走各的路，互不干擾。

真假美猴王一路拉拉扯扯，逕直趕到南天門外。守門的四大天王見兩個悟空同時來到天宮，慌亂不已，急忙將情況轉告了玉帝。玉帝將兩人召到靈霄寶殿一看，頓時也傻了眼。這兩個悟空，無論長相還是神態，都如出一轍，真假難辨。玉帝瞧了半天也沒看出不同來，於是命令托塔李天王取來照妖鏡，照照這兩個悟空到底誰真誰假。李天王取來照妖鏡，仔細照了照。結果，兩人的金箍、衣服包括毛髮全都一模一樣，難辨真假。

兩個悟空同時笑了笑，其中一個對另一個說：「走，我和你去見師父！」唐僧除了念緊箍咒，也沒有什麼方法分辨兩個徒弟，兩個悟空依舊真假難辨。悟空說：「弟兄們，照顧好師父，我去冥王殿查查生死簿去。」隨後，兩人一路拉拉扯扯，往冥王殿趕去了。

兩人走後，八戒對沙僧說：「沙師弟，你告訴我說那個假八戒挑著我們的行李，為何不趁機搶過來？」沙僧說：「那假悟空見我殺了假沙僧，十分生氣，要取我性命，我見他們人多勢眾，於是就逃走了，哪有工夫搶回行李？」八戒說：「我熟悉那水簾洞的機關，趁著假悟空不在，我去把行李奪回來。」說完，縱起祥雲，往花果山奔去。

真假美猴王吵鬧著闖進冥王殿，非要察看生死簿，但真悟空肯定忘了，當年他大鬧閻羅殿，將生死簿上猴屬的所有名字全都塗抹掉了，怎麼查？正當眾人無計可施時，一旁的地藏王菩薩說：「我手下有一隻神獸諦聽，善查萬物，洞悉真假，讓他來辨個明白吧。」諦聽伏在地上聽了一會兒，然後起身說：「我雖認出誰真誰假，但不能說，只怕眾人的法力降不了這假悟空，你們兩個還是去雷音寺找如來分辨真假吧。」兩個悟空隨即異口同聲地說：「說的是，去找西天佛祖。」說完，各自縱起祥雲，一路往靈鷲仙山雷音寺奔去。

到了靈山，兩人在金剛和羅漢的引領下見到了佛祖。佛祖雙手合十，對身旁的菩薩說：「觀音尊者，你看這兩個行者，到底哪個是真，哪個是假？」菩薩說：「弟子之前曾見過兩位，不能分辨真假。」如來笑著說：「你神通廣大，洞悉世間

悟空頓時怒火中燒，手握金箍棒，站在山崖上大聲喊道：「你這妖孽，竟敢變成俺老孫的模樣，還不快現出原形！」妖怪哪肯讓步，也變出一根金箍棒，和悟空打了起來。

萬事，卻不能遍識世間萬物啊。這世上有五仙，即天、地、神、人、鬼；有五蟲，即蠃、鱗、毛、羽、昆；除此之外，還有四種猴類，不在上面十種之內，分別是靈明石猴、通臂猿猴、赤尻馬猴和六耳獼猴。那六耳獼猴，善於聽音和模仿，能察覺細微的變化。那假悟空，就是一隻六耳獼猴變的。」

聽完這話，六耳獼猴知道詭計被識破，轉身便逃。如來見狀，命四大菩薩、八大金剛、五百羅漢❷、三千揭諦將那獼猴團團圍住，將手邊的金鉢往外一扔，便把那獼猴壓在了金鉢底下。如來說：「悟空，假悟空已經抓住了，我自有處置，你去保唐僧繼續取經吧。」悟空拜謝說：「如來不知，我因之前打死幾個強盜，惹怒了唐僧，他現在已經不認我這個徒弟了。」如來說：「這事不難，我命菩薩陪你走一趟，讓唐僧饒你一次。」

經過菩薩的勸說，悟空重新回到了師父身邊，八戒也從花果山取回了行李。師徒四人再次團聚，奔向西方。

---

❷【五百羅漢】即佛祖跟前聽佛講道的五百個弟子。佛教中常用「五百」、「四萬八千」等形容數目眾多，因此五百羅漢可能是虛指。但到了五代時期，中國已經開始出現五百羅漢堂、五百羅漢像，「五百羅漢」遂成實指。

第三十四回　三借芭蕉扇

唐僧師徒一路向西，從炎炎夏日一直走到三秋時節。一天，四人正在趕路，忽然覺得前方熱浪撲面，燥熱難當。唐僧說：「現在已經是深秋時節，天氣怎麼還是這麼熱？」

幾人正走著，突然看到前面有一座莊院，紅瓦紅牆，紅門紅窗，從裡面走出一個老者，手拄一根拄杖，面似紅銅。悟空上前問道：「老人家，我們是東土來的和尚，想要前往西天取經。請問這裡是什麼地方，怎麼這麼炎熱？」老者回答說：「這裡名叫火焰山，無春無秋，一年四季都這麼炎熱。你們往西再走六十多里地，就會進入火焰山腹地，那裡寸草不生，方圓八百里都是一片火焰。你們縱有銅腦袋、鐵身子，恐怕也要化成汁了。」

這時，從一旁走來個賣糕的少年，對唐僧他們說：「鐵扇仙有一柄芭蕉扇❶，一扇熄火，二扇生風，三扇生雨。你們要是借得來那扇子，就能穿過火焰山。」聽完這話，悟空急

---

❶【芭蕉扇】羅剎女的法寶，和太上老君的芭蕉扇是一對，一柄至陽，一柄至陰。

忙追問道：「那鐵扇仙住在哪裡？」一旁的老者接話道：「在前面西南方，有一座山叫翠雲山，山裡有一仙洞，名叫芭蕉洞，那鐵扇女就住在裡面。不過，那座山離這裡足有一千四百多里地，往返至少要花一個多月時間。」悟空說：「區區一千多里，扭扭身子就到了。師父，你在這裡歇息片刻，我去去就來。」說完，悟空縱起筋斗雲，朝西南方向飛去。

到了翠雲山，悟空正要找那芭蕉洞入口，突然聽到下面傳來伐樹的聲音，悟空一看，原來是一個樵夫。悟空湊上前問道：「這裡是不是翠雲山？」樵夫點頭稱是。悟空又問：「那是否有個琵琶洞，洞裡住著個鐵扇仙？」樵夫回答說：「芭蕉洞是有，洞裡住著個鐵扇公主，又名羅剎女，是牛魔王的妻子，不知是不是你說的鐵扇仙？」聽完這話，悟空暗想道：「這可好，前陣子我剛收服她的兒子紅孩兒，做了菩薩身邊的善財童子，這鐵扇仙一定以為我已經害了她兒子，這可怎麼借扇子用？」樵夫見悟空一臉愁苦，於是說：「長老莫愁，你順著這條小路往東走個五六里地，就到芭蕉洞了。」悟空謝過樵夫，順著小路往東趕去。

趕了一會兒，果然見前面有一座洞府，石門緊閉。悟空站在門前喊道：「牛大哥，快開門！」不一會兒，從門裡走出來個女童，上前問道：「你是什麼人？」悟空說：「我叫孫悟空，是你們主人牛魔王的好兄弟。」童女把悟空的話轉告給了鐵扇公主，鐵扇公主隨即生氣地說：「這潑猴坑害我的兒子，我還沒找他算帳，他如今反倒自己送上門來了。」說完叫人取來披掛，手持兩把青鋒寶劍，往洞口趕去。

見到悟空，鐵扇公主罵道：「你這個潑猴，口口聲聲說是我夫君的兄弟，為何還要陷害我兒子？」悟空說：「嫂子不要生氣，想必是你誤會了。你兒子想要吃我師父，幸得觀音解救才逃過一劫。他現在已經做了菩薩身邊的善財童子，得了正果，與天同壽。你應該感謝俺老孫才是，怎麼還來責怪我呢？我今天來，就想借你的芭蕉扇一用，扇滅火焰山的大火，好讓我師父過山，用完之後一定立刻還你。」鐵扇公主說：「少跟我耍嘴皮子，先讓我砍上幾下再說。」說完就舉著寶劍，要砍悟空的頭。悟空見狀，也不躲閃，把頭往鐵扇公主身邊一斜，任由她砍。只見兩把寶劍在悟空頭頂叮叮噹噹砍了一陣，火光直冒，卻不曾砍下悟空一根毫毛。鐵扇公主見勢不妙，轉身要逃。悟空喊道：「頭你也砍完了，怎麼還不借我芭蕉扇。別跑，吃俺老孫一棒！」鐵扇公主慌忙舉劍招架。

兩人鬥了一會兒，鐵扇公主體力不支，從口中取出芭蕉扇，衝著悟空扇了一下。一時間，狂風大作，悟空被吹得像風中殘葉一般，在空中翻滾了一天一夜，才落在一座山上。悟空定睛一看，不禁驚歎道：「這不是靈吉菩薩居住的小須彌山嗎？這裡離芭蕉洞不知有幾萬里路呢，我還是找菩薩問一問路吧。」

找到靈吉菩薩，悟空將自己的遭遇說了一遍，靈吉菩薩隨即說：「那芭蕉扇是天地初生時誕生的一個靈物，善滅火，能將人扇出八萬四千里，我這裡離那火焰山有五萬多里，你因為有留雲定風的法術，所以才在這裡停了下來。你別著急，我這裡有粒定風丹，是當年如來佛祖賜

悟空見狀，也不躲閃，把頭往鐵扇公主身邊一斜，任由她砍。只見兩把寶劍在悟空頭頂叮叮噹噹砍了一陣，火光直冒，卻不曾砍下悟空一根毫毛。

給我的，你把他吞下去，那扇子就扇不動你了。你順著西北方走，就可以回到那琵琶洞了。」悟空謝過菩薩，吃了定風丹，卯足了勁，一個筋斗往西北方向翻去，轉眼工夫就回到了琵琶洞。

悟空用力地敲了敲門，喊道：「嫂子開門，快快借我芭蕉扇一用！」鐵扇公主聽到悟空的喊聲，嚇了一跳，心中暗想道：「我這扇子能把人扇出八萬多里路，他怎麼頃刻工夫就趕回來了？這次我連扇他三下，教他永遠找不著路回來。」便帶好芭蕉扇，出了洞門。

見到悟空，鐵扇公主罵道：「好你個潑猴，飛得倒快，奪子之仇還沒報，你就想跟我借扇子，先扇你幾扇再說！」說完變出芭蕉扇，衝著悟空扇了三下。結果，悟空巋然不動，笑著說：「任憑你怎麼扇，老孫要是動一下，絕不再跟你借芭蕉扇。」鐵扇公主又扇了幾下，悟空果然紋絲不動，嚇得她急忙跑進琵琶洞，將洞門關了起來。

悟空見狀，搖身一變，化成一隻小飛蟲，飛到琵琶洞裡。只見鐵扇公主衝著旁邊的女童喊道：「渴死我了，快給我倒杯茶來！」一個女童取來茶壺，給鐵扇公主倒了一杯熱茶。悟空瞅準時機，飛到茶碗裡，被鐵扇公主喝進肚子裡去了。悟空喊道：「嫂子，我現在在你肚子裡呢，你快把扇子借我用一用，否則我就在你肚子裡住下了，餓了就吃你肚子裡的肉！」聽完這話，鐵扇公主可嚇壞了，急忙說：「孫大聖饒命啊，你快點出來吧，我把扇子借給你就是了。」悟空趴在鐵扇公主的嗓子眼一看，果然見到公主把芭蕉扇變了出來，這才縱身飛出公主的嘴，拿過扇子，高興地說：「謝謝嫂子，用完了我就還你。」說完，縱起一個筋斗雲，找師父去了。

唐僧等了半天，見悟空帶著扇子回來，非常高興，立即起身上馬，帶著徒弟往西趕路。趕了四十多里，果然看到一片連綿不絕的山丘，被大火燒得通紅。悟空讓師父躲在一邊，站在火焰山跟前，用力地扇了一下。誰想，這一扇不要緊，火不但沒熄滅，反而燒得更凶了。悟空又接連扇了兩下，火焰瞬間長到一千丈高，凶猛地朝悟空撲來。悟空連忙收起扇子，喊道：「師父快逃，火燒過來了。」

眾人往東逃了二十多里地，才逃離了火勢。悟空疑惑地說：「我扇了三下，火不但沒停，反而燒得更凶了，這是怎麼回事呢？」幾人正爭論不休，一個手持龍頭杖的老人走過來說：「我是這火焰山的土地神，大聖你被羅剎女騙了，那扇子是假的。」悟空又氣又急，問道：「那怎麼才能借來真的？」土地神說：「你該去找那牛魔王才對。」悟空又問：「難不成這火焰山的火是那牛魔王燒的？」土地神說：「實不相瞞，這把火正是你孫大聖放的。」悟空生氣地說：「你竟敢誣陷我！」土地神回答說：「小神不敢，大聖不知，當年你大鬧天宮時曾踢翻太上老君的八卦爐，蹬下幾塊紅磚，掉到這裡來，才有了這座火焰山。我本是兜率宮守爐的道童，因此對這事兒一清二楚。」

悟空改口問道：「你要我去找牛魔王，怎麼講？」土地神說：「牛魔王是羅剎女的丈夫，現在住在積雷山摩雲洞，你只有把他找來，羅剎女才會借芭蕉扇給你用。」於是，悟空跟土地神問明了摩雲洞的去路，一路朝摩雲洞趕去。

見到牛魔王，悟空笑著說：「牛魔王大哥，還記得小弟孫悟空嗎？」牛魔王罵道：「你這猴子，害了我兒子，竟然還跟我說笑。」悟空說：「牛大哥不要生氣，我今天就想來借你的芭蕉扇用用，用完就還給你，沒別的意思。」牛魔王說：「先比試比試再說。」說完牛魔王便舉起手中的鐵棍，朝悟空打過來。

兩人在半空打了百十個回合，難分勝負。牛魔王說：「猴子，改天再跟你算帳，我急著去赴會，懶得理你。」說完，收了兵器，換了一身衣服往遠方趕去。悟空想了想，化成一隻飛蟲，一路追著牛魔王來到了一座水晶宮裡。只見牛魔王將坐騎金晶獸綁在一根石柱子上，就去水晶宮和老龍王喝酒了。

悟空腦筋一轉，變成牛魔王的模樣，解開金晶獸的轡繩，坐在獸背上，一路朝琵琶洞飛去。結果，羅剎女沒有辨別真偽的本領，真把悟空當成夫君接進了琵琶洞。悟空故作熱情地陪鐵扇公主喝了幾杯酒，然後問芭蕉扇的下落。鐵扇公主不知有詐，將真扇子遞給悟空說：「在這兒呢。」悟空接過芭蕉扇，變回原身，大笑道：「羅剎女，你好好看看我是誰！」公主一看是悟空，氣得捶胸頓足，悟空卻早翻了個筋斗，找師父去了。

牛魔王喝完酒找不著金晶獸，料到悟空使了障眼法，騎著他的坐騎騙芭蕉扇去了，於是慌忙趕回琵琶洞。不出所料，扇子已被悟空騙走了。牛魔王想了想，變成豬八戒的模樣，追孫悟空去了。悟空只顧高興，見牛魔王遠遠趕過來也沒多想，結果又讓牛魔王把扇子騙回去了。

悟空發現自己被騙，惱羞成怒，找來八戒一起打牛魔王。牛魔王鬥不過兩人，狼狽地逃回了摩雲洞。兩人一路追到摩雲洞，將石門打了個稀巴爛。牛魔王見無處躲避，只好重新出來應戰。三人在空中一番惡鬥，牛魔王漸漸招架不住，變成一隻天鵝，朝空中飛去。悟空見狀，連忙變成一隻蒼鷹，飛身去捉牛魔王。最後，牛魔王現出原形，變成了一隻千餘丈長、八百丈高的大白牛。悟空不甘示弱，喊了一聲「長」，隨即變成一萬多丈高。兩人在山間一番惡鬥，打得山搖地動。兩人打鬥時，托塔李天王領著哪吒、巨靈神等一幫神仙趕了過來。李天王喊道：「牛精快住手，我奉玉帝的旨意前來捉拿你！」

牛魔王不服氣，轉而和哪吒打了起來。哪吒使出六件兵器，打得牛魔王疲於招架。托塔李天王趁機取出照妖鏡，照出牛魔王的本相，牛魔王動彈不了，只好乖乖就擒。哪吒取來縛妖繩，一頭繫在牛脖子上，一頭牽在手中，騎著牛魔王去要芭蕉扇。鐵扇公主見牛魔王被抓，慌忙將芭蕉扇交了出來。

悟空帶著芭蕉扇趕回師父身邊，將事情的前後經過細細說了一遍，隨即趕到火焰山前扇了三下，果然一扇熄火，兩扇生風，三扇下雨。土地神見狀說：「大聖，既然你有心滅火，不如斬草除根。你連扇四十九下，這火焰山就再也不會著火了。」

於是，悟空依照土地的話連扇了四十九下，才將扇子還給鐵扇公主。隨後，師徒四人打點了行李，穿過火焰山，繼續往西趕去。

第三十五回　黃眉怪吃西瓜

一天，唐僧師徒正趕路，突然看到前面一座高山，高聳入雲。四人小心地沿著山路前行，翻過一座山嶺，看到西邊的山坳裡有一座樓臺，霧氣靄靄，隱約有鐘磬❶聲傳來。悟空飛到半空，手搭涼棚仔細一瞧，說：「師父，前面是座寺院，看起來有點像雷音寺，但卻沒有祥光，有些凶氣，不像是好地方，我們還是繼續趕路吧。」

唐僧說：「既然是雷音寺，那豈不是到靈山了嗎？你別疑神疑鬼，我們這就去那裡拜佛取經。」悟空說：「師父盡說瞎話，靈山我去過幾次，哪裡是這種模樣。」唐僧不聽，執意要去寺裡探個究竟。無奈，悟空只好跟著師父，朝寺廟趕去。

到了寺廟門前，唐僧見門上寫著「小雷音寺」四個字，隨即說：「雖然不是雷音寺，但也一定有個佛祖在裡面，我們進去拜一拜吧。」四人穿過兩扇門，來到如來大殿，只見殿外

❶【鐘磬】古代打擊樂器，佛教法器。「磬」是石製樂器。

擺著五百羅漢、四金剛、八菩薩等眾仙的塑像。唐僧見狀，急忙跪在地上磕頭行禮。悟空站在後面，早看出這一堆塑像是妖怪所變，大喊道：「你們這幫臭妖怪，竟敢假借佛祖之名哄騙過路人，先吃俺一棒！」說完掄棒就打。

正如悟空所說，坐在蓮花臺上的如來、觀音等人全是一幫妖怪變的，見悟空揮棒打過來，慌忙變回原形，將唐僧師徒圍了個水洩不通。悟空正要解救師父，突然從空中落下一副金鐃❷，將悟空罩在了裡面。妖怪頭兒命人將唐僧三人綁起來，然後將金鐃放在一座寶臺上，說：「這猴和尚眼力倒挺好，不過現在被罩在我的金鐃裡，三天之內就會化成水。」

悟空被罩在黑洞洞的金鐃裡，渾身燥熱，大汗淋漓，左突右撞，卻怎麼也逃不出去。悟空先是變出金箍棒，在裡面一通亂打，金鐃絲毫未破；隨即又變成千百丈高，金鐃也隨他變大；情急之下，悟空拔下兩根毫毛，變成一個梅花頭五瓣鑽，在金鐃上鑽了一千多下，只聽鑽頭嗡嗡地響了半天，金鐃依舊嚴絲合縫。悟空無計可施，隨即口念咒語，將暗中保護他們西天取經的五方揭諦、六丁六甲召喚到了身邊，尋求幫助。

眾仙在外面連掰帶撬，金鐃仍舊紋絲不動。金頭揭諦無奈地說：「大聖，這金鐃不知是什麼寶貝，小神們力氣有限，掰不開它，我還是去求玉帝派人來幫你吧。」說完，金頭揭諦命人暗中看好唐僧，縱起祥雲往靈霄寶殿奔去。來到天宮，金頭揭諦向玉帝說明了來意，玉帝隨即命令二十八星宿去救孫悟空。

眾星宿趁老妖怪熟睡來到寺裡，果然看到一對金鈸擺在臺子上。悟空聽到外面響聲，隨即喊道：「各路神仙，快點兒把這金鐃打碎，老孫在裡面熱得受不了了！」眾仙回答說：「大聖不行啊，我們在這裡叮叮噹噹地砸鐃，必定會驚醒那老妖怪，還是想些其他的方法吧。」

這時，一旁的獨角龍走出來說：「大聖，我這根尖角還算鋒利，讓我來試試吧，看看能不能給你鑽出個縫來。」說完，將尖角對準金鐃的細縫，用力插了進去。結果，尖角倒是插進去了，卻拔不出來了。悟空在裡面喊道：「你忍著疼，我在你的角尖上鑽一個縫，藏到你的角裡，然後你再想辦法把角拔出去。」獨角龍等悟空鑽進自己角裡，在一旁眾仙的幫助下，費了老大的力氣才把尖角拔了出來。

悟空從角裡鑽出來，立刻將金箍棒變成碗口那麼粗，狠狠朝金鐃砸去。這一次，金鐃倒不堅硬了，瞬間被砸成一堆碎片，聲響吵醒了老妖怪。妖怪聞聲趕過來，見一幫人圍在寶臺跟前，氣憤地說：「小的們，把門都給我關好了，今天一定要抓住這幫惡人！」悟空急忙帶著眾仙飛出了寶殿。

---

❷【鐃（ㄋㄠˊ）】銅製打擊樂器，又名鉦、執鐘。起初用於軍隊傳播號令，後逐漸演變成一種樂器。流行於商朝晚期。

老妖怪手持一根狼牙棒，衝出殿門，大聲喊道：「孫悟空，你要是條好漢，就下來跟我鬥上幾個回合。」悟空仔細端詳了一番，見妖怪尖牙方口，額前兩道黃眉，隨即說：「你到底是什麼妖怪，敢在這裡冒充佛祖。」妖怪說：「看來你還不知道本仙的來歷。我自幼修行，得了正果，名喚黃眉老佛，人們都管我叫黃眉大王。你今天要是能打贏我，我就放了你們師徒；否則，連你也抓來下酒。」悟空勃然大怒，和黃眉精打了起來，眾仙站在半空，隨時準備助戰。

悟空和黃眉怪打了五十多個回合，黃眉怪見悟空人多勢眾，便不敢久戰，一手握著狼牙棒，一手從腰裡掏出一個白布兜兒來，往空中一扔，瞬間就把悟空連同半空的眾仙全都收進了口袋。黃眉怪接住口袋，叫人取來幾十根麻繩，將布袋裡的人一個接一個拉出來，綁得結結實實。一群人被黃眉怪的口袋一裝，像吃了迷藥一樣，全都沒了力氣，只能束手就擒。

這天夜裡，悟空趁著黃眉怪昏睡，使了個縮身術，鬆了繩子，找到唐僧輕聲說：「師父，我來救你了。」說完悟空替師父解了繩索。唐僧忙說：「悟空，都是為師不好，才釀成這個後果。以後師父都聽你的，再也不擅作主張了。」悟空笑著說：「很好很好。」隨後，又挨個兒救了二十八星宿等眾仙。一群人正要撤走，悟空突然說：「差點忘了，師父的行李還在妖怪身邊放著，裡面有錦襴袈裟、紫金缽盂，不能不拿。你們先走，我稍後就趕上你們。」說完，變成一隻蝙蝠，飛到黃眉怪睡覺的地方，一眼便瞅見一個包袱射出光芒，趕過

悟空從角裡鑽出來，立刻將金箍棒變成碗口那麼粗，狠狠朝金鐃砸去。這一次，金鐃倒不堅硬了，瞬間被砸成一堆碎片……

去一看，正是師父的包袱。

悟空高興地拿起包袱，結果不小心將缽盂掉到地上，驚醒了黃眉怪。悟空怕又被黃眉怪收進布兜兒，慌忙撿起缽盂，朝寺外飛去。第二天清晨，二十八星宿等眾仙重整旗鼓，趕到寺院降妖。黃眉怪見一幫人又趕了回來，吹了個哨子，叫來四五千大小妖精，和眾仙一番惡鬥，直殺得天昏地暗，難解難分。悟空正奮力地打小妖怪，突然看到黃眉怪在掏布袋兒，慌忙喊了一聲：「大家快跑！」隨即翻了一個筋斗，轉眼飛到九霄雲外去了。一幫神仙反應稍慢，再次被布口袋收了進去。

悟空遠遠看著眾仙落入黃眉怪的口袋，暗自說道：「這妖怪的袋子倒是個寶物，看來要去找高人才行。不過眾仙已經被黃眉怪收走，我再去天庭找玉帝也不好交代。聽說武當山有個蕩魔天尊，不如請他來救一救眾仙和師父吧。」

找到蕩魔天尊，悟空說明了來意，然後請求天尊幫忙。天尊想了想說：「大聖不遠萬里來這裡求助，我不能不幫，只是我降魔除妖也要奉旨行事，因此不能擅自跟你去抓那黃眉怪。不過你別著急，我派龜蛇二將和五大神龍，幫你收服那妖怪就是。」

悟空帶著龍蛇龜相，一路趕到小雷音寺。聽說悟空又帶了援兵過來，黃眉怪揣好布袋，提著狼牙棒，衝出山門，大聲喊道：「潑猴，我以為你叫來什麼高人，原來是幾隻動物。我倒要看看你們能搞出什麼把戲來。」聽完這話，五條神龍呼風喚雨，龜蛇二將起風揚沙，孫悟空揮起金箍棒，又和黃眉怪打了起來。打了半個多鐘頭，黃眉怪沒了耐性，扯出腰間的白布袋兒，把龍蛇龜相全都收了進去。悟空身手麻利，翻了個筋斗，再次逃過一劫。

悟空正懸在半空愁眉不展，突然聽到下面有人喊他大聖，低頭望去，原來是日值功曹。悟空沒好氣地說：「你這小毛神，沒事兒溜到這裡來幹什麼？」功曹說：「大聖，小神聽說盱眙山的國師王菩薩神通廣大，你可以去那裡尋求幫助，相信他有辦法幫你收服妖怪。」悟空一時想不出更好的辦法，於是跟功曹問清了路線，往盱眙山飛去。

見到菩薩，悟空將來由細說了一遍，菩薩說：「你說的事兒關係到佛教的名聲，按理我該親自陪你去捉拿妖怪。不過前陣子我剛剛收服了水猿怪，我怕這次跟你去了，他趁機報復，濫發洪水，因此必須留在這裡。我派四大神將和小張太子幫你收服妖怪吧。」於是，悟空領著五人趕往小雷音寺。黃眉怪再次使出無所不收的布口袋，將五人收了進去。

悟空徹底沒了辦法，不知再往哪裡尋求幫助。正想著，突然從西南方向飛來一片祥雲。一時間，寺廟上空大雨傾盆。悟空正看著出奇，這時從半空傳來一個聲音：「悟空，還認得我嗎？」悟空抬頭一看，見一個敞衫和尚從天上飛了下來，趕到跟前，悟空才認出是彌勒佛[3]來，於是急忙下拜說：「佛祖，你這是要去哪裡？」彌勒佛笑意盈盈地說：「我是來幫

---

❸【彌勒佛】即彌勒菩薩，佛教八大菩薩之一，又名阿逸多菩薩。是釋迦牟尼佛的繼任者，法力高強。

你收那黃眉怪的。」悟空說：「很好，不過那妖怪有個白布袋，厲害得很，你有什麼妙計收他？」彌勒佛笑著說：「這黃眉怪本來是我身邊敲鐘的童子，趁我赴會的空檔跑了出來，下界成妖。他那布袋原本是我身邊的『人種袋』，善收各種生物。」悟空於是說：「你這笑呵呵的和尚，這麼粗心大意，瞧給我們師徒惹了多大的麻煩，你究竟打算怎麼收服他？」彌勒佛滿面笑容地說：「我在前面山坡下變一座草棚，種一地西瓜。到時候你把那黃眉怪引過來，然後你就變成一個大西瓜，我想辦法讓他吃下去。到了他的肚子裡，你想怎麼擺弄他就怎麼擺弄他，他哪有不投降的道理？」

悟空說：「這個方法好是好，但你怎麼知道他一定會追我來草棚這邊？」彌勒佛說：「這好辦，你過來。」說完把悟空叫過來，在他的手上寫了一個「禁」字，叫悟空當著妖精的面，將「禁」字舉給他看。悟空按照彌勒佛的指點找到黃眉怪，果然將他引到了瓜田。

趁妖怪不注意，悟空變成了一個熟西瓜，彌勒佛則變成一個種瓜的老頭，坐在草棚底下扇扇子。黃眉怪一路追到瓜田邊，不見悟空的蹤影，卻看見一地的西瓜。黃眉怪不禁眼饞起來，找到彌勒佛變的老頭問：「這瓜是誰種的？」彌勒佛說：「正是老夫。」黃眉怪說：「有熟的沒有，挑一個給俺解解渴。」彌勒佛隨即將悟空變的大西瓜交給了妖怪。黃眉怪接過西瓜，想都沒想就嘰哩咕嚕地啃了起來。結果，剛吃了幾口就感到腹痛難忍，疼得在地上打起滾來。彌勒佛見狀，隨即變回原身，說道：「孽畜，你還認得我嗎？」黃眉怪仔細一瞧，邊磕頭邊說：「主人，饒了我吧，小童再也不敢了。」彌勒佛取回「人種袋」，然後說：「悟空，快從裡面出來吧，饒他一命，我自有處置。」悟空在黃眉怪的肚子裡踢了幾腳，才飛了出來。

悟空領著彌勒佛回到小雷音寺，替彌勒佛收回了金鐃碎片，趕走了寺裡的小妖，救了師父以及各路神仙。送走眾仙，師徒四人在小雷音寺住了一宿。次日清晨，悟空放了一把火，將小雷音寺燒成灰燼。隨後，師徒四人沿著山路，繼續往西方趕去。

第三十六回　孫悟空偷鈴鐺

唐僧師徒連日趕路，不知不覺已經到了炎熱的夏季。這一天，四人正頂著驕陽西行，突然看到前方有一座城池。悟空用火眼金睛一瞧，見城樓上掛著一面旗子，正隨風搖曳，上面寫著三個大字：朱紫國。

唐僧說：「既然如此，那我們就去城裡倒換一下關文再趕路吧。」師徒四人往城中趕去，走到近處見到一座牆門上寫著「會同館」三個字。唐僧說：「會同館是接待使者的地方，我們可以去裡面問問倒換關文的事情。」四人進到裡面，見兩個大使正忙著接待各國的使節。唐僧上前說明了來歷，然後詢問怎樣倒換關文。

兩位使者將四人帶到後面的一間廂房，讓人取來一些米麵和蔬菜，又說：「西邊房間裡有柴火和爐灶，我看你們一路奔波，一定也餓了，你們可以自己做些飯吃。關文的話，你們還得自己去找國王倒換，我們萬歲久病在床，已經很久沒上早朝了。今天是黃辰吉日，他正在殿裡和文武百官商議貼皇榜、徵神醫的事情。你要想倒換關文，就趁早去吧，過了今天，

還不知他什麼時候能上朝呢。」唐僧點點頭，隨即說：「悟空，你們先在這裡吃些齋飯，不要到處亂走。我去宮裡倒換關文，然後我們就繼續趕路，不可在這裡久留。」說完，唐僧逕直往城中的金鑾殿趕去。

唐僧走後，沙僧對悟空說：「大師兄，那西房裡雖然有爐灶和柴火，卻沒有油鹽醬醋什麼的，沒法炒菜啊。」悟空叫過八戒來說：「呆子，跟我出去買些調料回來。」八戒連連搖頭，一臉的不情願。悟空隨即哄他說：「你個豬頭，街市上好東西多著呢，米鋪、酒館不用說，大燒餅、熱饃饃到處都有，糖糕、點心、蜜餞❶、油酥❷一應俱全，你既然不去，那我就自己去了。」八戒慌忙扯住悟空的袖子，說：「猴哥帶我去吧，剛才我是跟你說笑話呢。」

兩人出了會同館，一路尋找賣調料的雜貨鋪，走了一陣子，突然看到一面城牆跟前擠滿了人。悟空上前一瞧，見牆上貼著一張皇榜，正是國王藉以用來廣招天下神醫替自己治病

---

❶【蜜餞】即果脯，指將桃、杏、棗或者冬瓜、生薑等蔬菜用糖或蜂蜜醃漬加工而成的食品，是常見的小吃。

❷【油酥】一種小吃，做法是將食用油和入麵粉，後將麵團烙熟食用。常見的油酥類小吃有蛋塔、油酥餅等。

的。悟空趁人不備，彎腰取了一把土，往空中一拋，然後口念咒語，一時間風沙滿天，迷得人睜不開眼睛。悟空趁亂將皇榜撕下來，偷偷地塞到八戒懷裡，然後飛回了會同館。

風沙散盡後，守榜的太監一看皇榜被撕，急忙去找，最後發現在豬八戒的懷裡掖著。八戒這才知道中了悟空的圈套，慌忙解釋說：「皇榜不是我撕的，是我大師兄孫悟空撕的。」太監說：「別頂嘴，既然說是你大師兄撕的，那就帶我們去見見他。」八戒和太監們一路爭吵，趕到了會同館。

悟空笑著說：「實不相瞞，這皇榜確實是俺老孫揭下來的，我有法子治好你們國王的病，不過要請他親自來這裡一趟。」太監說：「既然你這麼說，那我就去稟告國王。」

唐僧趕到金鑾殿，說明了自己的來歷，正與國王談話，突然見一名太監急匆匆地趕到國王面前，說：「陛下，城中有一個名叫孫悟空的和尚，自稱是唐僧的徒弟，能治好你的病，不過他要您親自去會同館看病。」得知悟空是唐僧的徒弟，國王欣喜地說：「想不到聖僧的徒弟竟有這般神通，我這就請他來替我看病。不過我現在身子虛弱，怕是不能親自迎他了。」說完，命身邊的幾位眾臣去迎接悟空。

悟空來到金鑾殿，見國王臉色蠟黃，雙目無光，隨即說：「國王患的是『雙鳥失群症』。」一旁的官員好奇地問道：「什麼叫『雙鳥失群症』？」悟空解釋說：「兩隻飛鳥，一雌一雄，因為一場風雨被迫分開，彼此誰也見不到對方，時間一長，憂思成疾，這就是

『雙鳥失群症』。」國王一聽來了精神，高興地說：「真是神醫啊，不知您準備用什麼藥治我這病？」悟空說：「這好辦，你把世間的八百味藥，每味給我買三斤，磨成粉末送到會同館去，到時候我自然會給你調配出解藥來。」一旁的太醫對此頗有微詞卻不敢明說，只好按照悟空的指示購置草藥去了。

這天夜裡，悟空等會同館的人都睡熟了，便叫上八戒去後房製藥。八戒好奇地問：「猴哥，你一味藥要人家湊齊八百味中草藥，是不是想開藥鋪啊？」悟空說：「別胡說，我是怕那國王猜出我解藥的配方來，你去給我取一些大黃❸和巴豆❹來。」八戒照做了。悟空又說：「你再給我取些鍋底的黑灰來。」八戒說：「要那玩意兒幹什麼？」悟空說：「你不知道，鍋底灰又叫『百草霜』，能治百病。」八戒於是又刮來一勺鍋底灰，碾碎了，遞給悟空。悟空隨即說：「你再給我舀些白龍馬的馬尿回來，我要用它和藥捏藥丸。」八戒說：「猴哥你這不是戲弄人家嗎，哪裡有用馬尿和藥丸的？」悟空說：「你這呆子知道什麼，白龍馬本是西海龍太子，他的尿，魚喝了能變成龍，草得了能長成靈芝❺，你快去取些回來。」八戒只好照做。

❸【大黃】多年生草本植物，可入藥，莖紅色，味苦而微澀，有清濕熱、祛瘀解毒等功效。
❹【巴豆】大戟科巴豆屬植物，可入藥，果實黃白色，味道辛辣，可祛痰、通便。

第二天，悟空帶著揑好的藥丸趕到金鑾殿，讓國王和水吞下。國王吞下藥丸，不久就覺得渾身發熱，腹中像是有異物攪動，隨即張口便吐，吐出一團糯米來。吐完之後，立即感到神清氣爽、氣血順暢、精神抖擻，於是跪在唐僧師徒跟前，答謝他們的救命之恩。唐僧忙扶國王起來。

國王坐回龍椅，歎了口氣說：「幾位高僧，實不相瞞，三年前的端午節，我和後宮的嬪妃去御花園裡吃粽子、飲雄黃❻酒，突然狂風驟起，從半空飛下來一個妖怪，自稱賽太歲，住在麒麟山獬豸❼洞，說要帶走我的正宮夫人，否則就把我們朱紫國的所有臣民全部吃掉。我心憂社稷，就讓他把夫人帶走了。由於驚慌害怕，我不小心將一個粽子卡在了喉嚨裡，之後又日夜思念夫人，茶飯不思，隨即落下這身毛病。」悟空問道：「那妖怪自從帶走你的正宮夫人，是否曾經回來過？」國王說：「他每隔幾個月就會來我這裡抓幾個宮女嬪妃。為了提防他，我命人建了一座避妖樓，只要聽見風響，我們就立刻躲起來。」

正說著，只見城南飄來一片烏雲，頓時狂風大作，鎮妖樓上的風鈴聲陣陣。國王和朝中的宮女慌忙找地方躲藏。悟空讓唐僧也躲起來，叫住八戒和沙僧，一起等妖怪出現。沒過多久，一個妖怪從半空閃了身來。悟空喊道：「你這臭妖怪，來朱紫國幹什麼？」妖怪說：「我是獬豸洞大王的座下先鋒，奉命抓兩名宮女回去服侍娘娘，你們是什麼人，敢在這裡阻攔？」說完就提起長槍向孫悟空刺過來。妖怪哪裡是悟空的對手，打了幾個回合就招架不住，倉皇逃走了。

悟空找到國王說：「剛才一個妖怪要來抓宮女，被我趕走了。我怕他回去說明情況，引來那老妖怪禍害朱紫國，你知不知道那妖怪住在哪裡，我去把他滅掉，斬草除根，救回你的正宮夫人。」國王拜謝說：「感謝大聖幫忙，那妖怪住在南邊的一座山洞裡，離這裡有三千多里地，路途遙遠，來回要走五十多天。」悟空笑著說：「好說好說，三千里眨眼工夫就到，等我消息吧。」說完，縱起筋斗雲，往南邊飛去。

飛了一會兒，悟空看到前面有一座高山，山中間有一個洞口，冒出一股股的火光來。悟空正要下去瞧看，突然看到一個小妖走出洞來，舉著黃旗，敲著鑼。悟空變成一個道童，趕過去問：「你這是要去哪裡？」小妖說：「我去朱紫國下戰書。」悟空又問：「朱紫國的正

---

❺【靈芝】多孔菌科植物，又名靈芝草、神芝、瑞草，在中國江西一帶分布廣泛。是一種名貴的中藥材，藥用價值很高，可增強人體免疫力、調節血糖、控制血壓、促進睡眠等。

❻【雄黃】砷硫化物礦物，又名石黃、雞冠石，質地鬆脆，淺橘紅色，加熱到一定溫度後可被氧化為三氧化二砷，即砒霜。有藥用價值，可解毒殺蟲，燥濕祛痰。書中指雄黃酒。

❼【獬豸（ㄒㄧㄝˋㄓˋ）】傳說中的上古神獸，又名解廌或解豸，俗稱獨角獸。體形類似麒麟，渾身長滿黑毛，富有靈性，剛正威猛，據說專吃貪官污吏，被視為公正和勇敢的象徵。

老妖精不知有詐，欣然答應下來，不一會兒就喝得爛醉如泥。悟空趁機偷來金鈴，又變了一串假鈴鐺放在妖精的懷裡，然後跑到洞外叫戰。

宮娘娘，是否曾和你們大王生育孩子？」小妖說：「大王接過她來後，有一個神仙送給她一身衣服。娘娘穿上後，渾身上下像長滿了針刺，誰都不敢碰一下，上哪兒生孩子去？」悟空隨即變回原身，大喊道：「看看你爺爺是誰！」說完就將小妖一棒打死了。

悟空回到朱紫國，找到國王說：「你的夫人有什麼心愛的東西留在宮裡給我找一件，我拿給她看好讓她相信我。」國王取來一串黃金手串，交給悟空。悟空回到獬豸洞，變成小妖的模樣混進洞裡，對那老妖精說：「朱紫國千軍萬馬、枕戈待旦，就等著大王過去送死呢。」老妖精笑笑說：「不用怕，就他們那些破爛武器，怎麼可能傷著我。你去跟娘娘說一說，她一直反對我攻打朱紫國，這或許能讓她高興一會兒。」

悟空找到娘娘，將黃金手串交給她，娘娘見是國王的信物才相信了悟空。悟空問道：「這妖怪手裡有寶貝，能夠放火、生煙、起沙，究竟是什麼東西？」娘娘說：「是三個金鈴鐺，一晃起火，二晃生煙，三晃起沙。」悟空說：「他有這個寶貝，我就很難對付他，你假裝取悅他，趁機把那寶貝偷過來，我好收了那妖精。」娘娘點點頭，便趁那妖精熟睡之時，幫悟空偷來了金鈴鐺。

悟空飛出獬豸洞，好奇地把玩著金鈴鐺，見鈴鐺口上塞著一團棉花，於是拔了一團下來，結果鈴鐺立刻噴出一股火焰，將獬豸洞洞口變成了一片火海。老妖精聞聲趕出來，氣憤地說：「這猴子竟敢偷我寶貝。小的們，快把他給我拿下！」悟空慌忙將鈴鐺往地上一丟，去和一幫小妖打起來。

老妖精趁機取回金鈴鐺，然後跑回洞裡，命人將洞門關緊。悟空化作一隻飛蟲，重新找到娘娘，說：「剛才老孫粗心大意，被那妖怪把金鈴鐺奪回去了，這次你再幫我騙一次金鈴鐺，我保證將那妖怪抓住，送你回朱紫國。」娘娘讓孫悟空變成她的一個貼身丫鬟，然後帶著她去見妖精。

見到大王，娘娘說：「大王，聽說你把那臭猴子趕走了，我倆不如喝幾杯酒解解乏，慶賀慶賀。」老妖精不知有詐，欣然答應下來，不一會兒就喝得爛醉如泥。悟空趁機偷來金鈴鐺，又變了一串假鈴鐺放在妖精的懷裡，然後跑到洞外叫戰。

老妖精醉意醺醺，直到天亮時分才拿著鐵棒衝出山洞，喊道：「你這臭猴子，又來這裡嚷嚷什麼，吵得你爺爺睡不著覺！」悟空輕蔑地笑了笑，取出金鈴鐺，說：「別以為只有你有鈴鐺，看看這是什麼寶貝？」妖精見悟空手裡拿了個和自己一模一樣的金鈴鐺，詫異地問：「你那金鈴從哪裡來的？」悟空說：「太上老君八卦爐裡煉的。你那鈴鐺是母的，我這鈴鐺是公的。母的見了公的，就不好使了。」妖精不信，氣憤地拔下鈴鐺上的棉花，鈴鐺果然沒有動靜。悟空笑著說：「輪到我了。」說完，拔下鈴鐺上的棉花，瞬間風沙四起，火光沖天，那妖怪走投無路，眼看就要被燒死。

正在這時，觀音菩薩乘著蓮花寶臺趕到，用淨瓶裡的水滅了大火，息了風沙，喊道：

「孽畜，還不現回原形！」那妖怪見菩薩降臨，隨即抖抖身子，變成了一隻望天犼❽。菩薩說：「妖怪已經替你收了，快還我金鈴鐺，不然我就念緊箍咒了。」悟空無奈，只好將鈴鐺交還菩薩。

送走菩薩，悟空帶著娘娘飛回朱紫國，拒絕了國王的盛情挽留，倒換了關文，跟隨師父繼續往西邊趕去。朱紫國舉國相送。

---

❽【望天犼】即犼。據說是龍王的九個兒子之一，喜歡遠眺和守望，因此常常被雕刻於屋頂、華表等地方。

第三十七回　七隻蜘蛛精

離開朱紫國，唐僧師徒一路向西，翻山越嶺，從冬季走到了初春。一天，唐僧正在馬上趕路，突然看到前面有一片樹林，隱約可見幾處屋簷。唐僧翻身下馬說：「我看前面似乎有一戶人家，我去化些齋飯來給大家吃。」悟空隨即說：「哪裡有師父給徒弟化齋的說法，還是我去吧。」

唐僧說：「平時化齋沒遠沒近的，師父想去也找不到地方，這次農家就在前面，就讓為師去一次吧。」沙僧跟著說：「猴哥，你就讓師父去吧，他的脾氣你也不是不知道，你要堅持去化齋，他到時候肯定不肯吃。」悟空無奈地點點頭。

於是，悟空三人坐在路邊休息，唐僧則帶著缽盂，朝林子裡走去。唐僧沿著林間小路走了一會兒，穿過一座石橋，看到橋邊有一座茅草屋，門前坐著四個年輕的女子，正在那裡做針線活兒。

唐僧見前面全是女子，猶豫了一會兒，但轉念一想，又不想空手而歸，於是硬著頭皮繼續往前走。只見茅草屋旁邊還有一座涼亭，亭子下面有三個女子正在踢球玩耍。唐僧上前說道：「各位女菩薩，貧僧今天路過這裡，想化些齋飯吃，不知各位能否施捨一點？」七個女子見忽然來了一個俊俏的和尚，全都湊了過來，客氣地說：「不知長老來到，有失遠迎，快屋裡請。」

唐僧不好推辭，跟著七位女子進了茅屋。只見裡面放著石桌石凳，陰氣森森。一個女子請唐僧坐下，然後問：「長老是從哪裡來的？」唐僧

唐僧上前說道：「各位女菩薩，貧僧今天路過這裡，想化些齋飯吃，不知各位能否施捨一點？」七個女子見忽然來了一個俊俏的和尚，全都湊了過來，客氣地說：「不知長老來到，有失遠迎，快屋裡請。」

說：「我是東土大唐來的和尚，奉旨去西天取經，路過這裡饑餓難忍，所以來化些齋飯吃。」眾女子隨即說：「好，我們這就去給你準備齋飯。」說完，四個女子趕到廚房裡，給他熬了些人肉，做成麵筋的樣子；又用人腦煎了幾塊豆腐，端到桌上請唐僧吃。唐僧聞出一股腥膻味，察覺出不對勁，始終不肯吃。眾女子湊到唐僧跟前，問道：「長老，是不是嫌這飯菜太粗淡了？」唐僧慌忙說：「不是不是，出家人只吃素食，我是怕破了戒。既然你們沒有素飯，我還是走吧。」說完就要出門。

眾女子一把拉住唐僧，喊道：「送上門來的肥肉，還想跑？」說完，眾女子就用繩子將唐僧捆起來，吊在屋頂上面。唐僧噙著眼淚，暗自心想：「我怎麼這麼命苦，化個齋飯都會碰上妖怪。徒弟們，快來救我啊！」唐僧正唉聲歎氣，突然見到七個女子將身上的外衣脫了下來露出肚臍，從裡面飛出一股鴨蛋粗細的蛛絲來，將茅草屋纏了個嚴實。

悟空在路邊等了半天，不見師父回來，自感不妙，飛到半空一瞧，只見前面的茅草屋纏滿蜘蛛網，雪白一片，隨即喊道：「不好，師父怕是被妖怪抓走了，你們在這裡守著，我去去就來。」說完奔著茅草屋飛去。趕到茅草屋前，悟空心想：「這蛛絲又黏又軟，我要是不管不顧地往裡面鑽，怕要被它纏住，讓我先問問土地神吧。」說完念了一句咒語，將金箍棒在地上一掄，土地神轉眼就從土裡鑽了出來。

「我問你，這裡是什麼地方，有什麼妖怪。」悟空問道。土地神回答說：「大聖，這座山嶺名叫盤絲嶺，嶺下有個盤絲洞，裡面住著七個蜘蛛精。」悟空又問：「那蜘蛛精厲害不厲害？」土地神回答說：「小神不曾和她們鬥過，不知她們的本領高低。不過，離這兒三里有一處溫泉，本來是天上的仙姑沐浴的地方，自從那七個妖精來到這裡，就搶了仙姑的溫泉，天天去那裡沐浴。這麼看來，她們應該有些神通。現在已經快到中午，估計她們很快就要去溫泉裡洗澡了。」悟空說：「既然這樣，你先回去吧。」

土地神走後，悟空變成一隻蒼蠅，落在路旁的草葉上，等待蜘蛛精出現。沒過多久，屋子裡果然走出七個年輕女子，有說有笑地朝南邊走去。悟空趁機飛到一個女子的頭頂，落了下去。七個女子趕了一陣路，來到一座石門前，最前面的一個女子輕吹一口氣，石門應聲打開。悟空定睛一看，裡面果然有一處溫泉，煙霧繚繞，如同仙境一般。

七個妖精將衣服脫了，搭在溫泉旁邊的一座涼亭裡，下水洗澡。悟空落在涼亭裡，暗自想道：「只要把金箍棒變成一根大鐵棍，在這溫泉裡攪動一番，保準她們頃刻斃命。不過，俺老孫再怎麼說也是一條好漢，不能幹這種陰險的事情。不打死他們，先將她們困住再說。」說完，悟空就變成一隻老鷹，將妖精們的七套衣服全都叼走了。

找到八戒和沙僧，悟空將七套衣服往旁邊一丟，將事情的經過說了一番，然後催促兩人去救師父。沙僧說：「猴哥，妖精就是妖精，不管男女都要除掉才是。現在我們放過那七隻蜘蛛精，到時候取經回來路過此地，估計她們還會找我們麻煩。我看今天不如斬草除根，滅了那幫妖怪，免得她們再生禍患。」悟空說：「這樣也好，那我們就先把那七個妖精除掉，再救師父。」

聽說要去溫泉除女妖怪，八戒十分興奮，趕在前頭說：「猴哥，你們在溫泉旁邊守著，看我怎麼收拾那七隻女妖精。」三人趕到溫泉邊，見七個妖怪正在罵老鷹叼走了她們的衣服。八戒跑到水邊，笑著說：「幾位女菩薩，在這裡洗澡啊，不如讓我和你們一起洗洗吧。」妖怪們紛紛罵道：「你這個豬頭醜八怪，竟敢打我們的主意，是不是活得不耐煩了！」八戒不顧妖精的咒罵，變成一條鯰魚，鑽到了溫泉裡。妖精們見狀，慌忙去抓，無奈鯰魚太滑，怎麼抓也抓不住。

八戒在水裡耍了一會兒，跳到岸邊，變回原身，罵道：「你們這幫妖精，竟敢捉我師父，我師父是隨便能吃的嗎？看耙！」說完揮起釘耙，朝七個妖精打去。妖精們亂成一團，也顧不上赤身裸體了，捂著羞處跑到岸邊，從肚臍裡放出蛛絲來，將八戒纏得動彈不了。隨後，七個妖怪轉身便逃。八戒好不容易從蛛網裡掙脫出來，便和悟空一起去找蜘蛛精算帳。

兩人趕到茅草屋，發現屋子已經變成了一間石洞，正是土地神提過的盤絲洞。兩人正要衝進洞裡，突然從裡面飛出無數的馬蜂、蝗蟲、牛虻❶、蜻蜓。這些昆蟲都是蜘蛛精的手下，奉命出來阻撓悟空和八戒。見到這麼多飛蟲，八戒慌亂地說：「猴哥，這些蟲子叮在身上可不好受啊，我們還是另找個入口吧。」悟空說：「呆子，看好了。」說完，拔下一撮毫毛輕輕一吹，變出一大群麻雀、白鷹、雲雀[2]來，一會兒工夫就把飛蟲吃光了。

悟空和八戒趕到洞裡救下師父，卻怎麼也找不到妖怪的蹤影。八戒說：「猴哥，既然找不到妖怪，讓我用耙子把這洞給砸了，叫那些妖怪無處安身。」悟空說：「這還不簡單，放一把火就好。」於是，八戒找來一些樹枝、乾草，一把火將盤絲洞燒了個乾淨。

師徒四人繼續趕路，半天工夫就來到了一棟樓閣面前。唐僧翻身下馬，趕到門前，發現上面寫著「黃花觀」三個字，隨即說：「看來是一處道觀，我們不如進去歇息歇息，一來餵餵馬匹，二來討些齋飯。」四人過了兩扇門，見正殿大門緊閉，東邊的走廊裡有一個道士正在製作藥丸。唐僧趕過去說：「道長，貧僧有禮了。」道士抬頭一看是四個和尚，急忙放下手中的藥丸，說：「各位長老，有失遠迎，快快進殿歇息。」

到了正殿，道長命兩個小童給唐僧師徒沏茶、洗水果。兩個小童左右忙活，驚動了後房裡的蜘蛛精。原來，那七個妖精和道長在一起學藝，蜘蛛精們從盤絲洞逃走後無處安身，就找到黃花觀來了。蜘蛛精們叫住一個小童問：「外面來的是什麼人？」小童說：「是四個和

---

❶【牛虻（ㄇㄥˊ）】一種昆蟲，俗稱「瞎碰」、「瞎虻」。多白天活動，飛行迅速，好吸食牛馬等動物的血液。

❷【雲雀】又名告天子、朝天子。體型較小，類似麻雀，以植物種子、昆蟲等爲食，啼叫聲婉轉動聽。

尚。」蜘蛛精大驚失色，追問道：「是否有一個白臉和尚，還有一個長嘴大耳朵的？」小童點頭稱是。蜘蛛精於是說：「你們倒茶的時候給道長使個眼色，讓他來後面找我們。」

道長來到後房，蜘蛛精說：「師兄你不知道，前面的那個白臉和尚是東土大唐來的聖僧，吃他一塊肉能長生不老。我們本來想抓他吃一塊肉，不料他的幾個徒弟趁我們洗澡，偷走我們衣服，調戲我們，還要將我們趕盡殺絕。我們要不是逃得快，早就讓他們打死了。」道士勃然大怒，說：「這幾個和尚原來如此凶殘，等我用毒藥毒死他們，替你們出這口惡氣。」說完，從袖中掏出一包毒藥，把小童叫到後面，將毒藥倒進茶壺裡，然後去給唐僧四人斟茶。

唐僧、八戒還有沙僧不知茶中有藥，一口將茶水喝進肚裡，頓時腹痛難忍、眼中流淚，不一會兒就昏倒在地上。悟空見茶湯顏色暗黃，料到可能被下了毒藥，正要勸師父幾人不要喝，卻見他們昏死在地上了。悟空將手裡的茶水潑到道士臉上，大罵道：「你這個臭道士，竟敢給我們下藥，先吃俺老孫一棒！」說完從耳朵裡掏出金箍棒，變成碗口一般粗，朝道士掄了過去。道士慌忙躲閃，取出一口青光寶劍，和悟空打鬥起來。

兩人打了幾十回合，未分勝負。七個蜘蛛精聽到打鬥聲都前來助戰。悟空見狀，拔下一撮猴毛，變出幾十個小悟空助陣。七個蜘蛛精招架不住，紛紛變回原形，跪地求饒。悟空打死七隻蜘蛛精，去追那妖道士。道士和悟空又打了五十多個回合，漸漸手腳無力，於是脫了袍子，張開雙臂，肚子上露出一千隻眼睛，放出耀眼金光，令人頭暈目眩。一時間，悟空什麼也看不見，跌跌撞撞繞了半天，然後鑽進土裡，才僥倖逃脫金光的照射。

悟空正無計可施，突然從路邊走來個老婦人，對他說：「那道士的金光厲害得很，一般人對付不了。南邊離這裡一千里地有一座紫雲山，山上有個千花洞，洞裡有個毗藍婆，能降此妖。」說完，消失不見了。悟空料到老婆婆是菩薩變的，便謝過菩薩，朝千花洞飛去。

找到毗藍婆，悟空說明了來意，毗藍婆從衣袖裡掏出一根繡花針，說：「我有方法降那妖怪，你在前面帶路。」悟空好奇地問：「你難道要用這根繡花針破那妖怪的金光？」毗藍婆說：「這可不是普通的繡花針，是用我兒子昴日星官眼睛裡的光芒煉出來的。」

趕到黃花觀，悟空引出那妖道，毗藍婆用手中的繡花針一扎，道士發出的金光瞬間不見了。悟空正要掄棒打死道士，毗藍婆慌忙制止說：「大聖息怒，我那千花洞正好少一個看門的，就讓這道士替我看守洞口吧。」悟空說：「這到底是個什麼妖怪？」毗藍婆笑了笑，輕輕地揮了揮衣袖，道士隨即撲在地上，變成了一隻七尺多長的大蜈蚣。毗藍婆從袖子裡掏出三粒解毒丸，讓悟空和水給唐僧三人服下，隨後手捏蜈蚣精，乘雲而去。

八戒醒過來，聽說妖怪是一隻蜈蚣精，驚歎道：「那毗藍婆倒是厲害，毒蜈蚣都降服得了。」悟空說：「她是昴日星官的母親，原身是一隻母雞，當然可以降服蜈蚣了。」師徒四人放火燒掉黃花觀，繼續往西趕去。

第三十八回　獅駝洞三魔頭

離開黃花觀，唐僧師徒行進多日，來到一座高山下面。正走著，突然從山坡上走出一個白髮蒼蒼的老者，脖子裡掛著一串佛珠，手裡握著一根龍頭拐杖，衝著他們喊道：「趕路的四位長老，不要再往西走了，前面的山裡住著一群妖怪，專門吃過路人。」

悟空上前問道：「你說的可是真的？」老頭回答說：「你不知道，這座山名叫獅駝嶺，中間有座獅駝洞，洞裡住著三個魔頭，神通廣大。除此之外，他們手下的小妖也是不計其數，南嶺有五千，北嶺有五千，東西各有一萬，把門的有一萬，燒火做飯的小妖都有七八千個。他們遍布獅駝嶺，專抓路人來吃，就你們幾個人，怎麼過山？」

悟空笑笑說：「看來你不知道俺老孫的神通，當年我大鬧天宮的時候，十萬天兵都不放在眼裡，區區四五萬小妖怪算得了什麼，你不要再說了。」說完，返回唐僧跟前說：「師父，不要害怕，那老頭嚇唬我們呢，我們繼續趕路就是。」正說著，沙僧喊道：「猴哥，那老頭怎麼消失不見了？」悟空往山坡一瞧，果然沒了老頭的蹤影，於是說：「你們在這兒等

一等，我去探探情況。」

悟空翻了個筋斗，飛到半空見前方有一朵彩雲往天宮飛去，飛身趕過去發現竟是太白金星。悟空扯住太白金星，罵道：「你這糟老頭，有什麼話直接跟俺老孫說不就行了，為何變成一個布衣老兒哄俺？」太白金星說：「大聖別生氣，剛才我可沒說一句假話，這裡的三個魔頭的確神通廣大，你們還是小心為妙。」悟空說：「好好好，謝謝金星老頭提醒，老孫真要降服不了這裡的妖怪，還要找你們幫忙呢。」說完辭別太白金星，回到了唐僧身邊。

悟空說：「師父，剛才的那個老頭是太白金星變的。前面山裡確實有些妖怪，你和八戒、沙僧三人先在這裡歇息片刻，我去山裡探探妖怪的底細，去去就回。」說完，悟空打了個呼哨，縱起筋斗雲，往最近的一座山頭飛去。剛到山頂，悟空突然看到一個小妖從山後繞了出來，左手敲梆子❶，右手搖鈴鐺，肩上背著一個「令」字旗。悟空搖身一變，也變成了一個小妖，朝對方走去。小妖見到悟空，驚奇地問：「你怎麼跟我的打扮一模一樣？我是大王手下的『小鑽風』，專門負責巡山，你是什麼人？」悟空變出一個刻有「總鑽風」的金牌兒，遞給小鑽風看。小鑽風慌忙說：「長官，剛才多有得罪，希望你不要責怪。」

❶【梆子】又名梆板，打擊樂器，由兩根長短不一、粗細不同的實心硬木棒組成，是戲曲演奏的重要樂器之一。

悟空叫小鑽風把一幫巡山的全找過來，說：「我是大王剛剛冊封的總鑽風，是你們的長官。大王聽說大鬧天宮的孫悟空已經來到了附近，因此特地派我來盤查你們。那孫悟空有七十二般變化，我問你們幾個問題，誰要是答不上來，誰就是孫悟空變的。」小妖們慌忙點頭。悟空問：「我們的三位大王，都有什麼本事？」一個小妖搶著說：「我們大大王善於變化，能變大能縮小，大口一張比城門還大，能吞萬物。」另一個小妖說：「我們的二大王身強體壯，鼻子像一條蟒蛇，又粗又長，捲誰誰死。」小鑽風最後說：「我們的三大王名喚雲程萬里鵬❷，不是凡間的怪物，飛起來的時候，翅膀遮天蔽日，日行萬里。他有個『陰陽二氣瓶』，一般人掉進裡面，不出幾個鐘頭就會化成一灘膿水。」聽完眾妖的話，悟空變回原身，將一幫小妖打死，隨即變成小鑽風的模樣，朝獅駝洞趕去。

進了獅駝洞，繞過三層洞門，悟空遠遠看到三個老妖怪坐在洞中央，面目猙獰。悟空仔細看了看它們的長相，發現三個妖怪分別是一個青毛獅子怪，一頭黃牙老象，還有一隻尖喙大鵬鵰。

悟空趕到跟前，叫了一聲「大王」，三個妖怪隨即問道：「小鑽風，打聽到孫悟空的消息了嗎？」悟空說：「那孫悟空正站在懸崖邊上磨鐵棒呢，那棍子有十數丈長，看著比巨靈神的開山斧還嚇人。」妖怪慌忙讓小妖去關洞門。悟空隨即說：「關門有什麼用，我聽說那孫悟空精通變化，他要變成一隻蒼蠅，還不直接從門縫裡飛進來了。」說完，偷偷地拔下一根猴毛，變出了一隻蒼蠅。

妖怪見洞裡果然有隻蒼蠅，急忙讓小妖們拿著掃帚等東西打蒼蠅，洞裡一時亂作一團，悟空在一旁偷偷地笑。大鵬鵰看到小鑽風不對勁兒，於是命人將他綁起來，脫去他的衣服一看，發現「小鑽風」一身猴毛。原來，悟空變飛禽走獸時和原物一模一樣，但變人卻只能變出個頭和臉來。

獅子怪命小妖們拿出大鵬鵰的「陰陽二氣瓶」來，將悟空裝了進去。陰陽瓶裝滿陰陽二氣，所以特別沉，三十六個小妖才抬得動。悟空被裝進瓶子裡，剛開始覺得冷颼颼的，笑著說：「我當什麼寶貝，原來是個乘涼的地方。」結果，悟空話音未落，瓶子裡就燃起了大火。原來，這瓶子是有靈性的，一旦聽到瓶裡有聲響，就會著火。

悟空念了避火咒，在火裡坐了半個時辰；隨後，瓶裡又冒出幾十條毒蛇來，被悟空掐死了；緊跟著，瓶裡又變出三條火龍來，這三條火龍著實厲害，雖然有避火罩護著，但悟空依舊感到渾身燥熱難當，大汗淋漓。悟空快要支撐不住時，突然想到，當年菩薩在蛇盤山，曾經賜給他三根救命的毫毛，叫他在最危急的時候用。想到這裡，悟空摸摸後腦勺，果然摸到

❷【鵬】即古印度神話中的「迦樓羅」，眾鳥之王，翅膀展開有三百三十六萬里，以龍為食，一天可以吃掉一個龍王和五百個小龍。

三根堅挺的毫毛，於是拔了一根下來，變成一個金剛鑽，在瓶底鑽了個洞，逃了出去。

悟空回去跟師父說明了獅駝洞的情況，隨即帶著八戒重新回去找妖怪算帳。獅子怪見寶瓶被鑽了個窟窿，憤怒地提著把鋼刀出洞迎戰。三人大戰二十多回合，獅子怪體力不支，便變成一頭巨獅，張開大嘴吞咬悟空和八戒。八戒見狀，慌忙滾到旁邊的草叢裡躲避，悟空則被獅子怪吞進了肚子裡。

回到洞裡，獅子怪喊道：「兄弟們，那孫悟空已經被我吃進肚子裡了，快快把我的藥酒拿過來，我要毒死他！」悟空在妖怪肚子裡暗笑道：「自從吃了老君的仙丹，飲了御酒，俺老孫百毒不侵，今天我倒要好好嘗嘗這藥酒的滋味。」不一會兒，小妖們取來藥酒，獅子怪連喝七八盅，全都灌進了悟空的肚子裡。

喝完藥酒，悟空發起酒瘋來，開始在獅子怪肚子裡又蹦又跳，扯腸子盪秋千，照著心肝打拳擊，疼得獅子怪死去活來，滿地打滾。獅子怪邊打滾邊喊：「大聖爺爺，放過我吧！」悟空問道：「你肯不肯送我師父過山？」獅子怪說：「願意願意，你出來吧，我這就命人準備轎子，將你們師徒四人抬過山去。」悟空這才從獅子怪肚子裡蹦出來，逕直往洞外飛去。

回到師父身邊，悟空一把揪住八戒的耳朵，罵道：「你這呆子，是不是又嚷嚷著散夥分行李呢？」八戒說：「猴哥，你不是被那獅子怪吃了嗎，怎麼又跑回來了？」悟空繼續罵道：「你這個不爭氣的膿包就知道逃，還好意思問。快快收拾行李，我已經把那三個魔頭打敗了，他們一會兒就抬轎子送我們過山。」

獅駝洞裡，白象精將獅子精扶起來，說：「大哥，咱們就這麼放了唐僧，豈不是便宜了他們？你在洞中歇著，我這就帶三千小兵去會一會那孫悟空，看看他還有什麼本事。」說完，帶著三千個精壯的小妖，找唐僧去了。

八戒見白象精趕過來，大罵道：「你這臭妖怪，說好送我們師徒過山，現在又來滋事，吃你豬爺爺一耙！」說完，八戒揮起釘耙，朝白象精劈過去。兩人在山腰鬥了幾十回合，白象精趁機變出象鼻子，將八戒捲回了獅駝洞。

悟空趕到獅駝洞，偷偷地救出八戒，然後和白象精惡鬥一場，最終將金箍棒插進了白象精的長鼻子，疼得白象精跪地求饒。悟空牽著白象精，找到獅子怪和大鵬鵰，罵道：「派

說完，八戒揮起釘耙，朝白象精劈過去。兩人在山腰鬥了幾十回合，白象精趁機變出象鼻子，將八戒捲回了獅駝洞。

個長鼻子大象就想打敗我們，你們未免也太小瞧我們了。別再想什麼鬼點子了，趕緊給我們準備轎子，送我們過山！」獅子怪連連點頭，悟空這才放了白象精。

悟空走後，大鵬鵰對獅子怪說：「大哥，我們送唐僧他們過山就是。你別忘了，從這兒往西四百里，就是我的獅駝國，咱們把他們引到那兒去。到時候，在我的地盤，他們只怕插翅也難逃。」獅子怪點頭稱是。

按照計畫，獅子怪命人將唐僧師徒抬到了獅駝國。剛趕到城邊，獅子怪就將唐僧抓進城裡，然後連同二弟和三弟，和悟空三人鬥了起來。六個人從中午一直打到傍晚，未分勝負。隨後，獅子怪現了原形，將八戒吸進了肚子，白象精則把沙僧捲住，捆了起來。悟空雖然厲害，但也鬥不過三個妖怪，翻了個筋斗想要逃命，不想那大鵬鵰一扇翅膀飛出九萬里，頃刻將悟空也抓了回來。

三個妖怪將唐僧師徒四人抓到獅駝國，準備蒸了他們。悟空使了個分身術，從蒸籠裡逃出來，念了一聲咒語，將北海龍王叫過來說：「我師父現在被困在蒸籠裡。我怕他性命難保，因此叫你過來護著點，別讓妖怪把水燒開了。」龍王點點頭，變成一條冷龍，飛到了籠底的水鍋裡。

當天夜裡，悟空趁妖怪熟睡的空兒，將師父三人從蒸籠裡救出來，牽上白龍馬準備逃走。誰想，獅駝國宮殿裡的前門全部鎖著，唐僧一個凡夫俗子，無法出去。悟空無奈，準備將師父馱過牆去。不巧，夜裡起了一陣涼風，將獅子怪凍醒了。獅子怪隱約聽到外面有聲響，感覺不妙，趕出去一瞧，發現竟是唐僧四人，隨即叫醒二弟和三弟一同捉拿唐僧師徒。唯獨悟空逃得快，才沒有被妖怪抓住。

悟空無計可施，直接飛往靈山尋找佛祖去了。見到佛祖，悟空說明了來意，如來說：「你別急，那三個妖怪我都認識。獅子精和白象精，原是文殊菩薩和普賢菩薩的坐騎，趁機溜到凡間作亂，我讓兩位菩薩幫你收了便是。但那大鵬鵰，卻需由我親自來收。」悟空隨即問道：「怎麼講？」

如來說：「鳳凰是百鳥之王，育有二子，分別是孔雀和大鵬。孔雀已被我收服，做了大明王菩薩；大鵬卻還未收服，因此給你們造成了現在的麻煩。那大鵬不是凡妖，因此需要我親自收服。」悟空點頭稱是。

悟空帶著如來他們趕到獅駝國，自己去城中引妖怪，如來、文殊、普賢菩薩還有四大金剛等人則懸在半空靜靜等候。不一會兒，三個妖怪被悟空引了出來，文殊和普賢各施法術，將坐騎收回自己身邊。大鵬鵰見狀，丟了武器轉身就逃。如來安坐半空，將手往大鵬鵰的方向一指，大鵬鵰瞬間就像被繩子捆住了一樣飛不動，變成了一隻大鵬金翅鵰。如來將大鵰召回身邊，帶著文殊菩薩等人返回靈山去了。

悟空送走如來一行，返回獅駝國王宮救出師父三人。師徒四人在宮裡飽餐一頓，隨即收拾好行李，繼續往西趕去。

第三十九回　比丘國除怪救嬰兒

離開獅駝國，唐僧四人趕路數月，早到了隆冬時節。一天，四人正悶頭趕路，突然看到前面有一座城池，趕到城門邊，發現有一個老人正窩在牆邊睡覺。悟空叫醒老人，問道：「爺爺，我們是西天取經的和尚，路過此地，不知地名，因此特地問問你。」老者隨即說：「幾位長老，這裡原來叫比丘國，現在改叫小子城了。」唐僧在一旁疑惑地說：「既然是比丘國，為何又改名叫小子城呢？」悟空說：「師父，我們還是去城裡仔細問問吧。」於是，四人謝過老者，往城裡趕去。

經過三層城門，師徒四人來到了一處集市，只見城裡店鋪林立，酒旗飄飄，倒也十分繁華。奇怪的是，在每家店鋪的門前都擺著一個鵝籠，上面蒙著一塊布，不知裡面裝著什麼。唐僧問道：「徒弟們，這裡的人家怎麼都把鵝籠放在門口啊？」悟空說：「師父，讓俺老孫去瞧瞧。」說完，悟空變成一隻蜜蜂，鑽進了一個鵝籠裡。進去一瞧，發現裡面竟坐著一個小孩兒，正在那裡自顧自地玩耍，隨即又鑽進其他幾個鵝籠瞧了瞧，發現裡面全是小孩兒，

約莫四五歲的樣子，有的玩耍，有的哭鬧，還有的在睡覺。

悟空隨即飛出鵝籠，對唐僧說：「師父，那籠子裡關的全是小孩兒。」唐僧既驚訝又好奇，正疑惑時，突然看到前面有一處館驛，於是說：「徒弟們，我們去裡面瞧瞧吧，一來可以找個住的地方，二來也順便問問鵝籠的事。」見到驛丞，唐僧問道：「今天能否去朝裡倒換關文？」驛丞說：「今天恐怕來不及了，你還是等明天早朝吧。你們今晚可以住在這裡，我去給你們準備齋飯。」唐僧連連稱謝。

吃過齋飯，唐僧四人和驛丞在後房閒聊，唐僧問道：「我有一件事疑惑不解，想跟您請教一下。中午的時候我路過城中集市，見每個店鋪前都放了一個鵝籠，籠子裡面裝著小孩兒，這是為什麼呢？」驛丞慌忙說：「長老不要打聽這件事了，不要管它。你們明早倒換了關文，抓緊離開這裡吧。」唐僧聽出這裡面有隱情，於是說：「施主莫怕，我們不會走漏風聲的。」

驛丞無奈，將一旁的閒雜人等驅散出去，把門關緊，才說：「長老有所不知，三年前有一個老道士帶著一名年輕貌美的姑娘來到我們比丘國，並將那女子獻給了我們的國王。國王被女子的美貌所吸引，封她做了皇后，沒日沒夜地跟她在一起尋歡作樂，不理朝事。時間一長，國王漸漸地面容消瘦、茶飯不思、性命堪憂。我們的國丈自稱有一副海外秘方，不僅能夠治好國王的病，還能讓他長命千歲。只是那藥引子十分嚇人，說要取一千一百一十一個小孩的心肝做藥引子。現在關在鵝籠裡的小孩兒，就是等著用來做藥引子的。」

唐僧聽完大驚失色，說：「這個昏君，為了治病不惜殺害這麼多無辜的小孩兒，罪過罪過。」悟空說：「師父，你先睡下，等明天早上我陪你去朝裡一趟，看看那國丈是不是妖怪變的。鵝籠裡的小孩兒，我自有辦法保護。」說完，打了個呼哨，就往門外飛去。

飛到半空，悟空念了幾句咒語。不一會兒，附近的土地神、山神連同五方揭諦、六丁六甲等暗中保護唐僧的神仙，全部趕了過來。悟空說：「比丘國的國王要用小孩兒的心肝做藥引子，一會兒我把小孩兒全都吹到城外的山林裡去。你們每人看管一批小孩兒，定時給他們水和食物，不要讓他們哭鬧。等我把比丘國的妖怪抓住了，再把小孩兒帶回來，希望各位幫幫老孫。」眾人紛紛點頭。於是，悟空吹了一口氣，比丘國瞬間狂風大作，一千多個鵝籠像氣球一樣飛到空中，不一會兒就消失在山林中了。

第二天清晨，悟空對唐僧說：「師父，我跟你去金鑾殿看看。」唐僧說：「你一身猴毛，嚇到那國王怎麼辦？」悟空說：「這好辦。」說完悟空就變成一隻飛蟲，落在唐僧的帽子上。

見到國王，唐僧說明了來歷，隨後請求倒換關文。國王顫顫巍巍地在唐僧的關文上蓋上印章，正要詢問唐僧西天取經的事情，突然聽到有人奏報：「國丈大人到。」國王慌忙命人扶他站起來，迎接國丈。

悟空趴在唐僧頭頂，看見一個老道士拄著一根盤龍拐杖，步履輕盈地走進了金鑾殿。唐僧起身行禮說：「國丈大人，貧僧有禮了。」國丈看了看唐僧，沒有回禮。唐僧說：「陛下，關文已經倒換了，沒有什麼事的話我先告辭了。」說完，轉身離去。悟空悄悄地說：「師父，你先回去，我留在這裡探探情況。」

唐僧走後，國王對國丈說：「昨天晚上一陣狂風，把城裡的小孩兒全都吹走了，沒了藥引子，我豈不是要坐著等死了嗎？」國丈說：「陛下不要擔心，讓你長命千歲的藥引子沒了，讓你長生不死的藥引子卻送上門來了。」國王不解地問：「這話怎麼講？」國丈說：「剛才那個唐僧和尚，是十世才出一個的僧人，如果用他的心肝做藥引子，比一千多個小孩兒的心肝還管用。」國王隨即說：「你怎麼不早說，我已經給他倒換了關文，剛剛又放走了他，到哪兒找他去？」國丈說：「不必擔心，你剛才說在光祿寺給他準備了齋飯，這一會兒他頂多剛吃飯，陛下立刻下令封鎖比丘國所有城門，看他能往哪裡跑？」

唐僧趕回驛館，正要吩咐徒弟們去光祿寺用齋上路，悟空趕回來說：「師父，大事不好，那國丈要用你的心肝做藥引子。」唐僧嚇得癱坐在地上，說：「我一個凡人，如果被挖了心肝，還怎麼活？」悟空說：「師父莫怕，我自有辦法。」說完轉身對八戒說：「呆子，你去後院和些稀泥回來。」八戒極不情願地去後院刨了些土，四下找不到水，索性撒了泡尿，和了一團泥巴交給悟空。

悟空聞到一股騷味，猜到八戒是用尿和的泥，一時又不好戳穿，只好佯裝不知情，往唐僧的臉上塗了一些，然後輕吹一口氣，轉眼間唐僧已經變成孫悟空的模樣，真假難辨。隨後，悟空搖身一變，化成了唐僧的模樣。沒過多久，一幫官兵來到驛館，押著「唐僧」往金鑾殿趕去。

見到比丘國國王，「唐僧」故作不解地問道：「殿下，突然把貧僧叫過來，有什麼急事嗎？」國王笑著說：「朕得了一種怪病，久治不癒，幸得國丈的一副神奇藥方，藥餌全都準備好了，唯獨少一味藥引子，所以才把您叫過來。」「唐僧」說：「我一個窮和尚，什麼東西也沒帶，哪裡有什麼藥引子？」國王說：「長老放心，這藥引子你肯定帶了，我想要的是你的心肝。」「唐僧」說：「這好辦，不過貧僧心臟多的是，不知您想要哪一顆呢？」國王說：「就要你那顆黑心。」

「唐僧」不慌不忙，命人取來一把尖刀，從肚子裡取出一堆心臟來，說：「我這裡有慈心、善心、愛心，就是沒有你要的黑心。」悟空說完現出本相，衝著一旁的國丈大喊道：「看看我是誰！」國丈認出是孫悟空，轉身就逃。悟空邊追邊喊：「妖怪哪裡跑！」悟空一個箭步追上道士，揮棒就打，道士急忙用手中的盤龍拐杖招架。兩人鬥了二十回合，道士招架不住，化成一道寒光，飛到後宮帶上皇后，一同往遠方逃去。

悟空趕回館驛，將師父變回原身，隨後帶上八戒，一起去找比丘國國王。悟空問道：「你這不分好壞的國王，貪戀美色、聽信妖怪讒言。你快告訴俺老孫，那妖怪到底是什麼來歷，好讓我斬草除根，滅掉那妖怪。」國王惶恐地說：「他曾告訴我說自己住在柳樹坡清華

國丈認出是孫悟空，轉身就逃。悟空邊追邊喊：「妖怪哪裡跑！」悟空一個箭步追上道士，揮棒就打，道士急忙用手中的盤龍拐杖招架。

莊，在南邊七十多里遠的地方，其他的我就不清楚了。」

聽完國王的話，悟空和八戒駕起祥雲，朝城南飛去。飛了不久，果然看到一片柳樹林，但怎麼也找不著清華莊。悟空口念咒語，將土地神召出來，問道：「聽說這柳樹坡有個清華莊，我們為什麼找不到呢？」土地神說：「大聖，在這柳樹坡的南邊，有一棵九叉頭柳樹，那清華莊就在柳樹根下面。你找到那棵樹，左轉三圈，右轉三圈，然後連喊三聲『開門』，那清華洞府就會出現了。」

悟空按照土地的指示往南走，果然找到一棵九叉柳樹。悟空讓八戒躲到一旁，圍著柳樹左轉三圈，右轉三圈，然後連喊三聲「開門」。瞬間，一股青煙從柳樹根部冒出來，煙霧散盡後，果然有兩扇石門從地裡鑽了出來。悟空上前一瞧，見門上刻了四個大字：清華仙府。

老道士正在洞裡摟著皇后作樂，忽然聽到洞口一聲巨響，叫道：「不好，想必是孫悟空識破了洞府的機關找上門來了，我去洞外面會會他。」說完，取來盤龍拐杖，朝洞口奔去。

見到老道士，悟空不由分說，舉起金箍棒便打，兩人又是一場惡戰。八戒在一旁觀望了一會兒，舉起釘耙上前助戰。道士鬥不過兩人，再次化成一道寒光奔東而逃，悟空和八戒立即去追。就在這時，天上突然飄下來一朵祥雲，悟空定睛一看，原來是壽星老兒。只見壽星一揮袖子，一個金光罩瞬間就把那道士罩住了。

悟空說：「好久不見，您老怎麼想起給我們捉妖來了？」壽星笑著說：「實不相瞞，這妖怪原本是我的坐騎，趁我不注意偷偷跑到凡間作亂，幸好時間不長，沒鬧出大亂子來。」悟空說：「你這老頭兒倒會說笑，俺老孫要晚來個一天半日，這比丘國一千多個孩子的心肝就要讓這妖怪給吃了！我也不跟你計較了，你讓我看看，這究竟是個什麼妖怪。」壽星隨即收了金罩，對著老道士喊道：「孽畜，快快現出原形。」老道士在地上打了個滾，變成了一隻白鹿。悟空說：「原來是一隻鹿。你先別走，等我把皇后抓住，我們一起去比丘國，讓那昏頭昏腦的國王看看妖怪的本來面目。」說完，悟空帶著八戒來到柳樹旁，對著樹根一陣亂打。皇后無處藏身，從樹洞裡鑽出來，被八戒一耙子打死，變成了一隻狐狸。

三人牽著白鹿、提著死狐狸找到國王，跟國王說明了情況，國王又驚又喜，跪在地上說：「多謝長老除魔。」壽星頷首一笑，縱起祥雲，轉身要走。悟空一把拉住壽星，說：「你好事做到底，這國王患病多年，一直找不到治病的藥方，你給他幾粒仙丹吃吧。」壽星說：「這次出門匆忙，不曾帶什麼仙丹，不過帶了幾顆紅棗，就送給國王吧。」說完，壽星從衣袖裡掏出幾顆紅棗來。國王將那幾顆紅棗吃下，不一會兒就渾身冒汗，熱了一陣子後立刻神清氣爽，精神煥發起來。

悟空送走壽星，飛到半空念了一陣咒語，那裝著小孩的一千多個鵝籠轉眼又飛回了比丘國。百姓抱著自家的孩子，紛紛跪在唐僧四人面前，不停地喊「活菩薩」。師徒四人在比丘國住了幾天，才辭別國王和百姓，繼續往西趕去。

第四十回　無底洞裡的老鼠精

唐僧四人離開比丘國，朝西行進多日，轉眼寒冬已盡，又到了山花競放的季節。一天，唐僧正和徒弟們閒聊著趕路，抬頭一望發現前面有一片黑松林，藤蔓橫生、遮雲蔽日。

唐僧翻身下馬，說：「悟空，這裡倒是個陰涼的地方，我們就在這裡歇息一會兒吧。你去化些齋飯來，我們吃完再趕路。」悟空取來缽盂說：「師父在這兒坐一會兒，我去去就來。」一說完，悟空縱起筋斗雲，往空中飛去。

悟空走後，唐僧坐在林中閉目誦經，突然聽到有人喊「救命」，隨即說：「荒山野嶺的是什麼人在喊叫，我們過去看看吧。」三人穿過一片松林，見一個女子上半身被藤蔓緊緊地纏住，下半身則埋在土裡。唐僧上前問道：「女菩薩，你怎麼被綁在了這裡？」女子見到唐僧，立刻淚如雨下，說：「我家住在貧婆國，離這裡有二百多里地。今年清明節，我們一家老小來到這片林子祭祖燒錢，誰知突然從林子裡衝出一群強盜，要搶我們的東西。我讓父母騎著馬逃跑了，自己跑得慢被強盜們抓住，綁在了這裡。」聽完，唐僧立刻說：「八戒，快把女菩薩救下來。」

悟空正要去化齋，突然看到松林裡冒出一股黑煙感覺不妙，於是飛回林子裡見八戒正要解那女子繩上的藤蔓，立刻將八戒拽到一邊，說：「你個呆子，就知道救人，難道看不出她是個妖怪嗎？」唐僧插話說：「悟空，你怎麼胡說，這明明是一個羸弱的女子，怎麼可能是妖怪呢？」悟空說：「師父，這一路走來你錯認了多少妖怪，你自己想想。」唐僧一時語塞，便擺手說：「算了算了，這一路你確實不曾看走眼，我們繼續趕路吧。」說完，幾人繼續往西趕去。

那女子果然是妖怪變的，等唐僧四人走遠了，妖怪暗罵道：「早就聽說孫悟空神通廣大，火眼金睛，今日看來果然名不虛傳。看我再給他們使上一計。」說完，口念咒語，說了幾句話，吹了一陣微風送到了唐僧耳邊：「長老，你放著一個弱女子的性命不救，還談什麼拜佛取經啊？」

唐僧聽見這話，隨即勒住白龍馬說：「悟空，快救那女子下來吧，我剛才聽到她跟我喊叫呢。我們一路趕往西天取經，卻連一個弱女子都不救，不行。」悟空知道唐僧中了妖怪的詭計，苦笑道：「好好好，我這就把那妖怪給你救下來，不過到時候遭殃的肯定還是我們。」唐僧說：「潑猴別胡說，快去救人。」

悟空把那女子救下來，唐僧可憐她無依無靠，決定帶她一起走出黑松林。五人沿著林中小路走了二三十里地，不知不覺間天色已晚。唐僧見前方不遠處有一座寺廟，於是說：「天快黑了，我們去那廟裡住上一晚吧。」

五人趕到寺門前，見門首刻著「鎮海禪林寺」五個大字，正端詳時從裡面走出個和尚詢問唐僧的來歷。唐僧說明了來歷，那和尚隨即帶著五人進了寺廟。當晚，師徒四人用過齋飯，和廟裡的方丈聊了一會兒，就各自睡覺去了。

第二天清晨，悟空來到師父床前，正要叫唐僧起床用齋，發現師父臉色暗紅，用手一摸他的腦袋有些發燙。唐僧摸著額頭，說：「悟空，我怎麼覺得頭昏腦脹，渾身無力啊？」悟空說：「師父，看樣子你是著涼了。既然這樣，我們就在這裡多住幾天，等你病好了再趕路吧。」唐僧無奈，只好點頭稱是。

一天，悟空去後房取水，發現一群小和尚正圍坐在地上哭泣，趕過去不解地問：「你們幾個在這兒哭什麼？」一個小和尚回答說：「你不知道，前幾天寺裡住進來個妖怪，每天夜裡都會吃兩個小和尚。今天是第四天，已經死了六個和尚了，到了晚上還不知道輪到誰遭殃呢。」悟空暗中一想，覺得很可能是黑松林裡救的那女子幹的，於是勸小和尚們不要再哭，然後舀了一瓢水就離開了。

當天夜裡，悟空命寺裡的小和尚們早早回房休息，然後讓沙僧和八戒照顧好師父，自己則變成一個小和尚，手敲木魚，趁著月光在寺廟裡四處遊蕩。二更時分，悟空睏意十足，轉了大半天也不見妖怪蹤影，正要回房休息，突然聽到一陣狂風吹來，月亮也被烏雲遮了起來。悟空四下觀望，突然看到佛殿裡閃出一個身影，定睛一看，正是前幾天救的那個女子。

女子邁著蓮步走過來，將手搭在悟空肩頭，嬌聲細語地說：「小和尚，這麼晚還念經，不如咱們去殿裡耍耍去。」悟空搖頭不肯，女子見狀張開嘴露出滿口尖牙，朝悟空咬過來。悟空低頭一躲，一個後空翻跳到一旁，罵道：「你這個女妖怪，好好看看我是誰！」女妖認出孫悟空，隨即說：「又是你這隻臭猴子，今天讓你嘗嘗老娘的厲害！」說完，從背後拔出兩把青光劍，和悟空打了起來。

兩人鬥了幾十回合，女妖趁機脫下一隻繡花鞋，變成自己的模樣，自己則化成一陣清風，趁八戒和沙僧不備，將唐僧捲走了。悟空和假女妖鬥了幾回合，瞅準時機將對方打死，卻見是一隻繡花鞋，這才知道中了女妖的詭計，慌忙回去找師父，發現師父已經被妖怪抓走了。

因為天太黑，無法追趕妖怪，悟空在寺廟裡坐到天亮，這才叫上八戒和沙僧，收拾好行李，出發去找師父。走了半天，悟空將師弟帶回了黑松林，八戒不解地問：「猴哥，你怎麼又把我們帶回這林子裡來了？」悟空說：「昨晚我見到那妖怪了，就是前幾天我們從樹上救下來的女子。」八戒說：「就算如此，這片林子這麼大，我們上哪兒找去？」悟空說：「你這呆子就知道抱怨，等我問問土地神再說。」說完，口念咒語，將金箍棒往地上一戳，轉眼之間，土地神從地裡冒了出來。

悟空問道：「土地老兒，昨晚有一個女妖把我師父抓走了，你可知道她的來歷？」土地神回答說：「大聖，那妖怪經常來這裡抓人吃，不過她的洞府不在這裡，而是在南邊一千多里外的陷空山。那裡有個無底洞，你師父現在就被關在那兒。」於是，悟空三人告別土地神，往南邊飛去。

行了半日，三人看到前方有一處斷崖，旁邊有一棟牌樓，雕梁畫棟。三人收了祥雲，來到牌樓旁，見上面刻著六個字：陷空山無底洞。悟空說：「牌樓在這裡，洞口應該不會遠了。」三人在附近找了一會兒，最後找到了一塊巨大的石頭，石頭中間有一個水缸那麼大的洞口，裡面黑乎乎的，深不見底。

悟空說：「這應該就是無底洞了。八戒，你去裡面瞧瞧，看師父在不在裡面。」八戒忙說：「猴哥淨瞎說，這洞又黑又窄，我這身子你又不是不知道，萬一在裡面卡住了可怎麼辦？」悟空笑笑說：「你這呆子，跟沙師弟在洞口守著，我去底下看看。」說完，悟空變成一隻蒼蠅，往洞裡飛去。

洞裡一片漆黑，悟空飛了半天，發現底下透出一絲亮光來，循著光飛去，頓時柳暗花明。沒想到這無底洞洞口雖小，洞底卻一片開闊，松竹掩映、房屋林立。悟空飛到一處門樓前，見女妖怪正在招呼手下的丫鬟準備宴席，說要和唐僧成親。悟空找了半天，發現唐僧被綁在東邊走廊的一根柱子上。

悟空飛到唐僧頭頂，輕聲說：「師父，我是悟空。」唐僧連忙喊道：「悟空，快點救我啊。」悟空說：「師父別著急，一會兒我把妖怪收了再救你出去。」唐僧問：「你想怎麼救我。」悟空說：「有一個方法絕對管用，不過需要你的幫忙。」唐僧問：「怎麼幫？」悟空回答說：「那女妖準備好酒菜，肯定會請你和她成親。到時候你佯裝與她親熱，帶她到後花園去。後花園裡有一棵桃樹，我變成一個大紅桃子，你摘給她吃就好了。」唐僧連連點頭稱是。

過了一會兒，宴席準備妥當，女妖果然來請唐僧。唐僧故作親熱地說：「娘子，你這仙府分外美麗，貧僧卻不曾細看，你帶我去後花園逛逛吧。」聽到唐僧喊自己「娘子」，女子樂得合不攏嘴，急忙命小妖們解開唐僧身上的繩索，帶他去後花園散步。

來到後花園，唐僧果然看到一棵桃樹，樹上的桃子都還沒熟，唯獨一根枝子上有顆桃子又大又紅。唐僧料到那桃子是悟空變的，於是摘下來遞給女妖吃。女妖也沒多想，咬了一口桃子，立即覺得腹痛難忍，疼得叫了起來。悟空在妖精肚子裡喊道：「妖怪，我是你爺爺孫悟空，現在在你肚子裡呢，你快點乖乖地放了我師父，否則我就把你的心肝脾肺全當作下酒菜吃了。」女妖連忙跪地求饒：「大聖，你快出來吧，我這就把你師父送出無底洞，再也不敢打他的主意了。」悟空說：「好，你現在就把我師父背出洞去，到了洞外我自然會從你肚子裡出來。」

妖怪縱起一道紅光，將唐僧背出了無底洞，悟空這才從妖怪肚子裡飛了出來。誰想，悟空剛飛出來，女妖就拔出身上的兩把寶劍，朝悟空砍了過來，罵道：「你這臭猴子，跑到別人肚子裡逞威風，算什麼好漢，吃我一劍！」悟空翻身一躲，變出金箍棒來迎戰。

兩人在洞口惡鬥一番，沙僧和八戒也上前助戰。女妖招架不住，故技重演，再次用一隻繡花鞋變了一個假身出來，和悟空三人打鬥，自己則化成一陣清風，將洞口的唐僧再次抓進

過了一會兒，宴席準備妥當，女妖果然來請唐僧。唐僧故作親熱地說：「娘子，你這仙府分外美麗，貧僧卻不曾細看，你帶我去後花園逛逛吧。」

了無底洞。

悟空揮棒打死女妖，發現是一隻繡花鞋，知道又中計了，惱怒不已，生氣地說：「你們這兩個呆子，看好師父就行了，上前湊什麼熱鬧，你們看師父還在不在？」八戒四處一看，果然沒了師父的蹤影，一時說不出話來。

悟空想了想說：「你們兩個在洞口守著，我去天宮裡走一趟。剛才我在洞底看到妖怪豎了兩塊牌位，分別是『尊父李天王位』和『尊兄哪吒三太子位』，我懷疑這女妖是托塔李天王的女兒，等我把他叫來收了她。」說完，縱起筋斗雲，往空中飛去。

找到托塔李天王，悟空說明了來意，托塔李天王稱兒女都在天宮裡，不曾下凡。這時，哪吒走出來說：「父王你忘了，三百年前有一個女妖，偷吃了如來的香花寶燭，如來派你我去捉拿。妖精被捉住之後本該被處死，但如來慈悲為懷放了她一條生路。女妖感激不盡，從此拜你為父，拜我為兄，並設牌位供奉。」

李天王恍然大悟，說：「我真是忘了，那本是一隻白毛老鼠精，我們當初放了她，是希望她改邪歸正，沒想到現在她又跑出來害人，我們這就去收服了她。」說完，李天王帶上哪吒，跟隨悟空往陷空山趕去。

見到托塔李天王和哪吒，老鼠精立即不敢造次，磕頭認罪。哪吒取出縛妖索將老鼠精捆住，押回天宮去了。悟空送走兩人，救出師父，繼續往西趕去。

第四十一回　滅法國亂殺和尚

唐僧師徒離開陷空山，匆匆往西趕路。一天，四人受不了炎熱的天氣，正要找一處柳樹蔭避暑，突然從柳樹後面走出一個老婆婆，身後帶著一個小孩兒，對唐僧師徒說：「幾位長老，不要再往前趕路了，趁早原路返回吧，否則恐怕性命難保啊。」

唐僧聽完，嚇了一跳，慌忙問道：「老人家，前面有妖魔鬼怪嗎？」老婆婆回答說：「再往前走五六十里地，就是滅法國的地界。那裡的國王不知為何與和尚結下了冤仇，兩年前突然聲稱要殺掉一萬個和尚。屈指算來，他這兩年已經足足殺了九千九百九十六個和尚，你們四個要是去了，不正好幫他湊齊一萬個和尚嗎？」唐僧問：「那我們如果執意西去，有什麼繞行的路沒有？」老婆婆笑著說：「沒有，除非你們會飛。」唐僧隨即哀聲連連，不知如何是好。

悟空認出婆婆和孩子是觀音菩薩和善財童子變的，便跪在地上說：「菩薩，悟空有失遠迎。」菩薩這才現出原身，踏起祥雲往南海飛去。唐僧見狀也慌忙下跪施禮。

送走菩薩，沙僧說：「猴哥，既然前面的滅法國亂殺和尚，我們可怎麼過城啊？」悟空笑笑說：「這有什麼好怕的，我們一路降妖除魔，不知遇到過多少神通廣大的妖怪，區區一國的凡人，怕什麼？」八戒說：「那我們抓緊進城吧。」悟空說：「你這呆子，說是不怕，也沒有像你這麼去送死的。你們先在這裡看著師父，我去城裡找一戶可靠的人家，我們到時候在那裡住上半晚，趁著天黑過城。」唐僧叮囑道：「那你可要小心。」悟空說：「放心放心。」說完縱起筋斗雲，就往城裡飛去。

悟空見城中商鋪林立，道路上行人眾多，因為天色已晚，各家店鋪前已經點起了燈火，映得街上行人滿面紅光。悟空轉過幾條小巷，見前面拐角處有一戶人家，門口掛著一個大燈籠在風中輕輕搖曳。悟空趕到門前，見燈籠下面豎著一個木牌，上面寫著「王小二店」四個字。悟空暗喜道：「原來是一處客棧，很好很好。」悟空透過客棧的後門往裡一看，見八九個人剛剛吃過晚飯，正收拾著準備睡覺。

悟空想了想，計上心來，暗自笑著說：「等這幾位睡了，我趁機把他們衣服偷來，給師父他們穿上再讓他們進城，省得被別人認出來。」說完，悟空就變成一隻飛蛾，順著門縫鑽進了客棧。

客棧裡的八九個住客洗過手腳，隨即脫衣睡覺去了，唯獨客棧的老闆娘，還在對著蠟燭做針線活兒。悟空等得不耐煩，吹了一陣冷風，將蠟燭弄滅，然後變成一隻大老鼠，叼著一大團衣服就往外跑。老闆娘在月光裡看到一隻大老鼠偷衣服，慌忙喊道：「不好了，老鼠成精了！」

悟空隨即現回原身，對趕過來的王小二說：「明人不做暗事，我是齊天大聖孫悟空，護送唐僧西天取經路過這裡。這幾套衣服我借來穿一穿，等我們師徒過了滅法國，一定給你們還回來。」王小二正要阻攔，悟空已經駕起祥雲，帶著衣服飛走了。

見悟空回來，唐僧忙問：「悟空，我們能不能過滅法國？」悟空說：「能過是能過，但不能像現在這樣光著頭。」八戒搭話說：「那我們就在這裡住上半年，等頭髮長出來再過城吧。」悟空罵道：「虧你想得出來，我們現在就要變成俗人。」悟空說完從身後取出偷來的幾套衣服，接著說：「快快換上這幾套衣服，我們一會兒去城裡找家客棧投宿，明天早上五更就起床趕路。如果真要有人認出我們身分，我們就說是大唐派來的欽差，估計他們也不敢阻攔我們。」沙僧隨即說：「猴哥說得對，我們就照師兄說的做吧。」

唐僧脫下僧衣，摘下僧帽，挑了一套合身的衣服穿上，然後用頭巾裹住了頭頂。沙僧也挑了一套衣服穿在身上，唯獨八戒頭大肚子圓，衣服勉強找了一身穿上，頭巾卻怎麼也找不到合適的。無奈，悟空只好變出一根繡花針來，將兩條頭巾縫在一起，才把八戒的禿腦袋遮了起來。到了城門下，悟空又說：「到了城裡，我們就不要喊『師父、徒弟』了，師父叫唐大官兒，八戒叫朱三官兒，沙僧叫沙四官兒，我叫孫二官兒。」三人紛紛點頭稱是。

進了滅法國，悟空帶著三人逕直趕到王小二的客棧。客棧裡走出個婦人，喊道：「幾位客官，裡面請。」師徒隨著婦人上樓，來到一間寬敞的屋子裡，月光透過窗櫺照射進來，在地板上灑下銀子一般的光芒。婦人正要點燈，悟空忙制止說：「月光這麼好，不用點燈了。」

過了一會兒，幾位丫鬟端著四碗清茶來到房裡，請唐僧師徒用茶。婦人隨即問道：「幾位客官，不知你們想要什麼服務呢？」悟空笑笑說：「你先說來聽聽。」婦人回答說：「我們這裡分上、中、下三種服務，上等的服務有酒要肉，還有歌女伴舞，每人要收五錢銀子；中等的服務有果盤、熱酒，每人兩錢銀子；下等的服務沒有酒，只提供一些粗茶淡飯，每人給幾文錢就好。」八戒忙說：「那就要下等服務吧，讓俺老豬吃上幾鍋飯，再美美地睡上一覺就行。」悟空隨即說：「兄弟怎麼這麼節儉，我們在江湖上混了這麼長時間，誰身上沒帶著幾兩銀子，就照著最上等的服務伺候我們就行。」婦人聽完，急忙吩咐樓下的廚子殺雞宰鵝，準備酒肉。

唐僧聽完，拉住悟空說：「悟空，他要給我們燉肉呢，這可怎麼辦啊？」悟空於是叫住婦人說：「忘了告訴你們，今天我們幾個正趕上齋戒，不能吃葷，你給我們準備一些素菜就好了。」於是，夫人又通知廚子們炒些木耳、豆腐、麵筋等素食給唐僧四人吃。

吃過齋飯，唐僧悄悄地問悟空：「我們今晚在哪裡睡覺？」悟空說：「就在這間屋子裡吧。」唐僧隨即說：「這樣恐怕不安全，今晚的月光這麼亮，等會兒我們脫了衣服，摘了頭巾一睡，半夜裡萬一有人闖進來，認出我們的和尚身分，不就糟了？」悟空想了想，覺得師父說的有理，便找到婦人說：「我三弟患有濕寒，四弟怕風，大哥睡覺怕光，因此你那間客房我們沒法睡，你再給我們找一間黑一點的屋子吧。」婦人想了想，無奈地搖搖頭說：「沒有。」

這時，婦人的女兒走過來說：「母親，我們家有一個地方，絕對不透光。」婦人隨即說：「哪裡。」女兒說：「前幾天父親不是做了一個大櫃子嗎？四尺寬，七尺長，裡面能裝得下六七個人，叫他們睡那裡面不就行了。」悟空在一旁說：「好好好，今晚我們就睡那櫃子裡了。」於是，婦人叫人把櫃子抬到房間裡。悟空讓師父和兩個師弟帶著行李都鑽進櫃子，自己最後一個鑽進櫃子裡，對外面的婦人說：「把櫃子鎖上吧，明天早上再給我們開鎖。」婦人隨即將櫃子鎖了起來。

悟空哪裡知道，這家客棧的廚子和挑水燒柴的雜役都是些財迷心竅的主兒，聽說悟空身上有些銀子，便頓生歹意。當天夜裡，他們一夥兒二十多個人偷偷溜進唐僧住的房間，結果什麼東西也沒搜到，只在屋子中間看到一個木頭櫃子。一個賊掀了掀櫃子說：「這櫃子這麼重，想必藏著很多寶貝，我們不如趁天黑抬出城去，把裡面的東西分了。」眾人連連點頭，紛紛伸手抬櫃子。唐僧迷迷糊糊地感到櫃子晃動，便問悟空道：「櫃子怎麼左搖右晃的？」悟空輕聲笑著說：「師父莫怕，有人要把我們抬出城去，反倒不用我們自己走了。」

悟空讓師父和兩個師弟帶著行李都鑽進櫃子，自己最後一個鑽進櫃子裡，對外面的婦人說：「把櫃子鎖上吧，明天早上再給我們開鎖。」婦人隨即將櫃子鎖了起來。

一夥人將櫃子抬到城邊，和一群巡夜的官兵不期而遇，盜賊們見官兵眾多，忙將櫃子往地上一扔，四散而逃。官兵們聞聲趕來，見到一個大木頭櫃子，隨即將情況報告了巡邏長官。長官命人在櫃子上貼上封條，準備次日清晨抬到朝廷上去，聽候國王處理。

唐僧在櫃子裡聽到官兵與巡邏長官談話，不禁罵道：「你這猴子，弄巧成拙了吧。這下倒好，明天一早一見國王，哪裡還有活命的份兒？」悟空笑著說：「師父多慮了，俺老孫自有妙計。」

夜裡三更時分，悟空變成一隻小飛蟲，從櫃子縫裡鑽出來，逕直往皇宮飛去。繞過金鑾殿，悟空飛到了國王和王后的寢宮，只見兩人躺在被窩裡睡得正熟。悟空從左肩拔下一撮猴毛，輕輕一吹，瞬間變出一群小猴子來；又從右肩拔下一搓猴毛，變出了一百多把剃頭刀來。之後，一群小猴子一人拿著一把剃刀，將國王、王后連同後宮所有宮女、侍從、大官小官的頭髮全都剃了個乾淨。

第二天清晨，一群宮女天色未亮就起床洗漱，結果發現自己一根頭髮也沒有了，頓時哭喊起來。滅法國國王被外面的叫聲吵醒，看到身旁睡了一個女禿子，嚇得尖叫一聲。王后驚醒過來，見國王成了個禿子，同樣也十分驚恐。兩人各自指了指對方的頭頂，國王慌忙拿過鏡子來一瞧，才知道自己也變成了一個禿頭。

不一會兒，從外面進來幾個禿頭宮女，哭著跪在國王面前說：「陛下，我們都成尼姑了。」

國王說：「這件事不要外傳，一會兒早朝再說。」到了朝上，國王一看殿下的文武百官，全都成了禿頭和尚，隨即說：「因為有僧人惹怒了我，兩年前我曾發誓要殺掉一萬個和尚，不想現在我們卻全都變成了和尚。想必這是老天的懲罰，從今以後，我再也不敢濫殺和尚了。」

國王剛說完，殿下的官兵奏報說：「昨夜在城門口巡邏，從一夥強盜手裡搶來一個櫃子，還有一匹白馬，我們不知櫃子裡面藏的什麼，特地送給國王查看。」國王隨即命人將櫃子打開。

八戒第一個跳了出來，滿頭大汗，衝著一旁的官兵做鬼臉，嚇得眾人慌忙後撤。國王一看四個和尚從裡面走出來，慌張地問道：「幾位長老從哪裡來？」唐僧回答說：「我們是東土大唐來的和尚，前往西天取經，中途路過此地。」國王說：「原來是東土來的聖僧，我曾鬼迷心竅，濫殺了大批無辜和尚，現在有心皈依佛門洗清罪孽，希望高僧能夠收我為徒。」悟空在一旁說：「我們要去西天取經，哪裡有空留在這裡給你傳授經文，你快快給我們倒換關文，我們還急著趕路呢。」

國王無奈，只好替唐僧倒換了關文，隨即問道：「幾位長老，既然不肯留下來，就請賜我們一個新的國號吧。」悟空想了想說：「『法國』這個名字很好，只是『滅』字不吉祥，以後你們這裡就叫『欽法國』吧。」國王聽完，欣然答應下來，並命文武百官送唐僧師徒上路。四人告別國王，繼續向西而去。

第四十二回　狡猾的豹子精

離開欽法國，唐僧師徒繼續往西趕路，走了沒多長時間，又有高山擋住去路。唐僧看到山裡颳起一陣狂風，於是說：「悟空，前面那陣風有點不對勁，還有一些煙霧冒出來，附近怕是有妖怪吧？」悟空不禁笑著說：「師父，趕了這麼久的路，想不到你也學會觀察妖怪了，等俺老孫去山前瞧瞧。」說完，悟空縱起筋斗雲，往空中飛去。

悟空循著風飛去，發現是三四十個小妖怪站在山頂上作法生風。悟空正要拿金箍棒打死他們，轉念一想：「俺老孫就這麼打死他們，算不上什麼好漢，我還是先回去，叫八戒來收拾這一幫妖怪。倘若八戒把這些妖怪都收了，就算他的本領；倘若打不過這些妖怪，俺老孫再出馬也不遲。」

悟空飛回唐僧身邊，說：「師父，前面不遠處有一座村莊。村裡的人家正在蒸白麵饅頭呢，那些霧氣是蒸籠裡冒出來的熱氣。」八戒聽說前面有吃的，立即湊到唐僧跟前說：「師父，猴哥說前面有吃的，我們走了這半天，肚子也都餓了，你們先在這裡歇息歇息，我去村

裡帶些饅頭回來給你們吃。」唐僧隨即說：「難得八戒這麼勤快，那你快去快回，我們在這裡等著你。」

八戒邊點頭邊往山上趕，悟空拉住他說：「呆子，你長得這麼醜，別嚇著人家。」八戒想了想，搖身變成一個大肚子和尚，手裡敲著個木魚，嘴裡胡亂哼哼著，就往山上趕去。

走了幾里地，八戒看到山頂上有一群小妖正站在大路兩旁，似乎專門在等待過往的行人。八戒正不知如何是好，一群小妖已經趕過來，上前拉扯八戒的衣服。八戒慌忙說：「我是來這裡化齋的。」一個小妖隨即說：「你還想從我們這裡化齋？我們是專門吃人的。」說完就要綁八戒。八戒一把推開小妖，拿出九齒釘耙，大聲喊道：「你們這幫小妖怪，看來都不認識你們豬爺爺，吃俺一耙再說！」小妖們見狀，慌忙逃命。

小妖們找到山裡的老妖怪，報告說：「大王不好了，山裡來了個和尚，會變戲法，長著一張豬臉，手拿釘耙，厲害得很，我們打不過他。」老妖怪隨即說：「小的們別怕，把我的鐵杵拿過來，我去會一會他。」

老妖怪找到八戒，厲聲喊道：「你是哪裡來的和尚，快點報上名來！」八戒笑著說：「又來個不認識豬祖宗的孫子，你給我聽好了，我本是統領八萬天兵的天蓬元帥，奉旨下界保佑唐僧西天取經。」妖怪說：「原來是唐僧的徒弟。我早就聽說唐僧的肉好吃，沒想到今天你們倒送上門來了，你別跑，先吃我一杵。」八戒罵道：「拿個擀麵杖就想嚇唬你豬爺爺，吃我一耙！」說完，八戒揮著耙子打過去。兩人鬥了十幾個回合，老妖怪體力不支，隨即叫一幫小妖上前助戰。

悟空在山下等了一會兒，仍不見八戒回來，於是使了個分身術，飛到山頂找八戒去了。悟空來到山頂，見八戒正和一幫妖怪打得起勁，大喊一聲：「八戒別急，老孫幫你來了。」說完，悟空掏出金箍棒，從半空俯衝下來，照著妖怪一通猛打。老妖怪鬥不過悟空，狼狽地逃回了山洞。

八戒找到唐僧，氣急敗壞地說：「師父，猴哥盡拿我開玩笑，那山上哪有蒸饅頭的人家，竟是妖怪，要不是俺老豬本事大，早被他們抓走了。」聽說山上有妖怪，唐僧慌忙問道：「悟空，山上的妖怪厲害不厲害？」悟空說：「師父不要怕，幾隻虎豹狼蟲而已，有俺老孫在，保你平平安安地過山。」安慰過唐僧，悟空轉而對八戒說：「八戒，你剛才也探過路了，知道前面怎麼走。你在前面帶路，我們趁早趕過這座山去。」八戒估量著妖怪打不過他，壯了壯膽說：「好好好，我就在前面開路。」

老妖怪逃回洞裡，正坐在那裡生悶氣，座下先鋒從一旁站出來說：「大王，剛才那個豬臉和尚，是唐僧的二徒弟，名叫豬八戒；猴臉和尚叫孫悟空，是唐僧的大徒弟；還有一個叫沙僧，是唐僧的三徒弟。」老妖怪問：「我看那孫悟空有一些本事。」小妖說：「大王你不知道，孫悟空就是那五百年前大鬧天宮的齊天大聖，神通廣大，十萬天兵都拿他沒辦法。」老妖怪說：「既然這樣，唐僧肉看來是吃不成了，我們放他們過山吧。」小妖說：「大王，想吃唐僧肉不難，你只需使一個『分瓣梅花計』，那唐僧保管落到你手裡。」老妖怪急忙問：「怎麼講？」小妖說：「你挑三個精幹、能變化的小妖，全都變成你的模樣，去山裡把唐僧的三個徒弟引開。到時候，唐僧孤身一人，還不是手到擒來嗎？」老妖聽完高興地點點頭。

八戒正在前面引路，突然見草叢裡跳出一個妖怪，仔細一瞧，正是那老妖怪，八戒揮起耙子就打了過去。悟空正要上前助戰，身旁突然又跳出個妖怪來，悟空心想：「呆子眼神真是不好，妖怪跑這邊來了還不知道。」悟空揮起金箍棒，和妖怪打了起來，不知不覺間已經打到山坡後面去了。沙僧和唐僧守在原地，不想草叢裡又蹦出個妖怪，沙僧也沒多想，放下行李，提起寶杖追了過去。轉眼間，路邊只剩下唐僧一個人。真正的老妖怪浮在半空，將下面的一切看得清清楚楚，他趁悟空三人不在，使了一陣狂風，將唐僧抓回了洞裡。

悟空將假老妖趕跑，回到路邊卻找不到師父，知道中了圈套，十分惱怒。過了一會兒，八戒和沙僧才趕回來。悟空說：「我們就知道追妖怪，結果中了他的計。師父被抓走了。」八戒聽完，癱坐在一旁不住地歎氣，悟空說：「呆子快起來，那妖怪肯定住在這山裡，我們這就找他算帳去。」

老妖怪將唐僧抓回洞裡，立即命令小妖們挑水刷鍋，準備將唐僧蒸了吃肉。這時，座下先鋒又站出來說：「大王不可啊，你現在就把唐僧吃了，只怕那孫悟空找上門來，用他那金

八戒正在前面引路，突然見草叢裡跳出一
個妖怪，仔細一瞧，正是那老妖怪，八戒
揮起耙子就打了過去。

箍棒將我們的山洞戳個大窟窿，到時候我們連避風的地方都沒有了。依我看，我們不如先將唐僧綁在後院裡晾上幾天，一來圖個乾淨，二來也耗耗他那三個徒弟的耐心。等到他們三個打道回府，我們再安心地享用唐僧肉，不是更好嗎？」老妖怪笑著說：「很好很好，就依照先鋒說的做。」於是，一幫小妖抬著唐僧，將他綁在了後院裡。

唐僧被綁在後院的一棵樹上，正唉聲歎氣，突然從對面的一棵樹上傳來一個聲音：「長老，你也被抓了。」唐僧抬頭一看，見是一個中年男子，便問他來歷。男子說：「三天前我在山裡砍柴，不幸被妖怪抓了過來，估計不久就要被那妖怪吃掉了。長老不知，我自幼喪父與老母親相依為命。母親已經八十三歲了，腿腳不便，我要是一死，誰來照顧她啊。」說完就痛哭起來。唐僧慌忙安慰說：「樵夫別哭，我有三個徒弟，本領強大，他們很快就會趕來救我們出去。」

悟空三人在山裡找了二十多里地，在一處懸崖下面找到一個洞口。只見洞口堵著兩扇石門，洞頂刻著八個大字：隱霧山折岳連環洞。八戒不由分說，上前一耙將石門砸出個大窟窿，高聲罵道：「妖怪，快把我師父放出來，免得你豬爺爺把山洞砸個稀巴爛！」老妖怪聽到洞外面叫罵，準備出去迎戰，一旁的先鋒攔住他說：「大王，我們不必和他們糾纏，你只要讓人拿個假人頭出去，就說唐僧已經被我們吃了。如果他們相信，唐僧還是我們的；如果他們不信，我們再做打算也不遲。」老妖怪說：「去哪兒弄假人頭？」先鋒說：「這好辦。」說完，命人取來一把斧子，將一個柳樹根削成人頭的模樣，在上面淋了點人血，隨後命人將其扔出山洞去。

八戒正在洞口叫喊，忽然見一個小妖從門裡扔出個人頭來。小妖說：「幾位爺爺，自從你們師父被抓進洞裡，我們大王不敢動他，好吃好喝地伺候著，正準備將他還給你們。誰想一幫小妖不識好歹，偷偷把長老吃了，現在只剩這麼一個頭了。」小妖說完，慌忙跑回了洞裡。聽完小妖的話，八戒一屁股坐在地上，哭著說：「可憐的師父啊，沒想到你老人家就這麼不明不白地死了。」悟空說：「呆子別哭，這人頭分明是假的，我讓它現出本相來給你們瞧瞧。」說完，一棍子朝假人頭砸去，只聽啪嚓一聲，假人頭已經變成了一堆柳樹根。

守在洞口偷偷觀察的幾個小妖，慌忙回去報告老妖怪說：「大王，那孫悟空看穿了我們的把戲，把那柳樹根砸爛了。」老妖怪正苦無對策，先鋒說：「大王別急，那孫悟空能認出假人頭，這次我們給他扔出去個真人頭，看他怎麼分辨真假。」說完，那先鋒命人取來一個真人頭，將頭皮啃乾淨了，血淋淋地扔出了洞口。

悟空見是一個真的人頭，一時也被搞糊塗了，蹲在一旁歎氣。八戒見猴哥的樣子，噙著眼淚將師父的頭埋了起來。悟空說：「八戒，你跟我去洞裡抓妖怪，我一定要把那老妖抓出來碎屍萬段，替師父報仇。」八戒一下子來了勁兒，揮著釘耙將連環洞的石門打了個稀巴爛。老妖怪無處躲藏，只好提著鐵杵出洞迎戰。

三人打了三十多個回合，老妖怪招架不住，叫來二百多個小妖助戰。悟空見狀，拔下一撮毫毛，放在手上一吹，瞬間變出一群孫悟空來，打得一幫小妖無處藏身。老妖怪狼狽地逃回洞裡，命小妖用石頭將洞口堵了個嚴實。那先鋒躲閃不及，被悟空一棒打死，原來是一隻狼。

悟空正要去追老妖怪，見洞口被堵，於是對八戒說：「八戒，你在外面守著，我另找一個入口進去看看。」說完，悟空縱起筋斗雲，往洞後面飛去。悟空見一條溪流從洞裡流出來，隨即搖身一變，化成一隻水老鼠，往洞裡遊去。

到了洞裡，悟空又化成一隻飛蟲，來回飛了一圈，見洞後面有一道小門，裡面隱約傳來師父的聲音。悟空順著門縫鑽進去，果然看到師父被綁在樹上。悟空飛到唐僧面前說：「師父受苦了，你再在這裡堅持一會兒，等我把那妖怪除掉，立即救你出去。」說完，又朝洞中央飛去。

妖怪正在和一幫小妖商量怎麼吃唐僧，悟空飛到他們跟前，變出一把瞌睡蟲來，往妖怪身上一撒，不一會兒工夫妖怪們已經鼾聲如雷。隨後，悟空回到後院，將唐僧連同中年男子一起救出了連環洞。

悟空叫上八戒回到洞裡，將熟睡的老妖怪抬出山洞，然後一把火將連環洞燒了個乾淨。老妖怪在火光中醒過來，正要掙扎著逃跑，被八戒一耙打中腦袋，當場斃命，變成了一隻花斑豹子精。中年男子跪在唐僧師徒面前說：「感謝幾位的救命之恩，我家就住在西南不遠處，你們去我家吃些齋飯再走吧。」唐僧推辭不過，答應了下來。聽說唐僧的去處，男子說：「這裡離天竺國已經不到一千里了，願你們一路平安。」

吃過齋飯，師徒四人收拾了行李，辭別樵夫家，繼續往西趕去。

第四十三回　鳳仙郡悟空求雨

唐僧四人告別男子一家，下了霧隱山，趕了幾天路，突然看到前面有一座城池。唐僧問道：「悟空，你看前面又有一座城池，是不是西天極樂世界❶？」悟空笑著搖搖頭，說：「不是不是，如來居住的地方雖然是個極樂世界，但並沒有城池，而是一座高山，山上有很多亭臺樓閣，名叫大雷音寺，我們繼續趕路吧。」

四人趕到城外，經過三道城門，見城裡門庭冷落，行人稀少，十分荒涼。唐僧翻身下馬，見集市口站著幾個身穿青袍的人，於是上前問道：「貧僧是東土大唐來的和尚，奉命去往西天取經，今日路過寶地，不知這裡是什麼地方？」一人回答說：「這裡是天竺國外郡，名叫鳳仙郡❷，如今連年乾旱，郡侯❸無計可施，命令我們在這裡張榜，徵求能降雨救民的法師。」

悟空說：「那你們的榜文貼哪兒了？」那人回答說：「在我手裡，還沒張貼呢。」悟空隨即說：「快拿來給我看看。」那人於是將榜文懸起來。悟空湊到跟前，見榜上寫著：天竺國鳳仙郡郡侯上官，特製此榜尋找法師降雨，如果成功，願奉千兩黃金。悟空問：「郡侯上官是誰？」一人回答說：「我們的郡侯複姓上官。」唐僧說：「徒弟們，你們誰能給鳳仙郡的百姓求一場雨？如果能求，就是天大的善事；如果不行，我們還是繼續趕路吧。」悟空笑著說：「師父這是說的什麼話，俺老孫上天入地無所不能，區區一場雨還不好說嗎？」一旁的人聽說有人能求雨，慌忙找到郡侯說：「老爺，求雨的人找到了。」郡侯正在燒香祈福，急忙問：「是些什麼人？」小官回答說：「是東土大唐來的四個和尚，其中一個毛臉和尚說他能夠上天入地，區區一場雨算不上什麼。」

郡侯連忙整理了一下衣服，連轎子都不坐，逕直朝集市口趕去。唐僧四人正在榜前休息，突然聽到有人報奏：「郡侯老爺到。」郡侯見到唐僧，當即跪拜說：「我是鳳仙郡的郡侯上官氏，聽說聖僧的高徒能夠祈雨救民，求您大發慈悲，救救我們鳳仙郡的百姓吧！」唐僧說：「郡侯快快起身，這裡不是說話的地方，我們還是找一個寺觀細談吧。」郡侯說：「那聖僧就跟我去縣衙裡坐坐吧，那裡還算乾淨整潔。」

---

❶【西天極樂世界】佛教傳說中如來佛祖居住的地方，是一個清淨、平等、祥和的世界。

❷【郡】中國古代行政區域。始於戰國時期，秦代以前比縣小，秦代以後比縣大，隋朝一度被廢除，武則天時期被恢復。

❸【郡侯】正三品官職，一等侯爵。起源於兩晉南朝時期，明代之後被廢除。

唐僧師徒挑擔牽馬，跟隨郡侯趕到了縣衙。郡侯命人準備了齋飯，八戒見滿桌的食物，禁不住一番狼吞虎嚥。吃過齋飯，唐僧問道：「郡侯大人，你們這裡幾年沒有下雨了？」郡侯歎了口氣，緩緩地說：「長老，算起來鳳仙郡已經足足三年沒有下過雨了。現在縣裡的土地乾裂、寸草不生、餓殍遍野、民不聊生。如果聖僧真能幫忙求來一場雨，下官願意出一千兩黃金作為答謝。」

悟空聽完，笑著說：「你要執意給我們一千兩金子，這場雨是求不來了，我們不在乎那些金子，但如果你只說百姓受苦，這場雨老孫一定幫你求。」郡侯跪在悟空跟前，感激地說：「感謝聖僧的大恩大德。」悟空笑著說：「請起請起，我這就給你求雨去。」八戒和沙僧隨同悟空趕到衙門口，郡侯在一旁燒香，唐僧則坐著閉目念經。

悟空念了幾句咒語，往天上一指，不一會兒工夫東海龍王已經乘著烏雲趕到。龍王浮在半空，問道：「大聖叫小龍來，有什麼吩咐嗎？」悟空說：「沒什麼大事，這鳳仙郡已經三年沒有下雨了，河湖乾涸寸草不生，你先給我下一場大雨再說。」龍王說：「大聖，我雖然能夠下雨，但沒有上天的指示也不敢亂來。你如果堅持要幫鳳仙郡的百姓，就去天宮裡奏請玉帝，讓他下一道降雨的聖旨。我回龍宮叫些小龍來，只要收到天上的聖旨，我就立即遵旨降雨，片刻也不耽誤。」

悟空覺得龍王說得有理，隨即讓龍王暫時回東海，縱起筋斗雲，往天宮飛去。郡侯見悟空一溜煙不見了蹤影，嚇了一跳，忙問悟空去了哪裡。八戒笑道：「我師兄去找玉帝老兒

悟空念了幾句咒語，往天上一指，不一會兒工夫，東海龍王已經乘著烏雲趕到。龍王浮在半空，問道：「大聖叫小龍來，有什麼吩咐嗎？」

了。」郡侯聽完歡喜萬分，急忙讓百姓在家門前準備好清水缸，缸裡插上楊柳枝，家裡設上龍王的牌位，燒香祈雨。

悟空乘著筋斗雲，趕到西天門外，護國天王和幾個天丁❹、力士迎上來問道：「大聖取到真經了？」悟空說：「沒有，今天我們剛剛趕到天竺國的外郡鳳仙郡，快到靈山了。想是玉帝老兒犯了糊塗，那裡已經三年沒有下雨了，今天我特地來找玉帝，讓他下道聖旨，給鳳仙郡下場救命雨。」護國天王聽完，忙說：「大聖，那個地方不該下雨啊。我聽說那裡的郡侯撒潑，曾經冒犯了天庭，玉帝命人準備了一座米山、一座麵山，還有一把金鎖，只有把這三件事了斷了，才肯給鳳仙郡下雨。」悟空不解其中意思，直接趕往通明殿找玉帝去了，天王也不敢阻攔。

來到通明殿外，四大天師迎上前問：「大聖遠道而來，有什麼要緊事？」悟空說：「俺老孫想給鳳仙郡求場雨，但護國天王說那裡不該下雨，我去找玉帝問個明白。」四大天師說：「那地方確實不該下雨。」悟空笑著說：「該不該下雨，等問過玉帝再說，看看俺老孫的人情如何。」葛仙翁❺說：「那你的面子可要夠大才行啊。」許旌陽❻在一旁插話說：「別說笑了，讓大聖進去問個明白吧。」

四個天師引著悟空來到靈霄寶殿，啟奏說：「陛下，孫悟空路過天竺國鳳仙郡，想替那裡的百姓求一場雨，特來請旨。」玉帝回答說：「三年前的十二月二十五日，朕曾經下遊三界，恰好看到鳳仙郡的郡侯將祭天的供品推倒餵狗，並且口出狂言，冒犯我等。我隨即命人在披香殿準備了三樣東西，等那三件事情解決了，鳳仙郡自然會下雨。四位天師，你們領著悟空去披香殿看看吧。」

悟空跟著天師來到披香殿，看到迎面有一座十丈高的米山，旁邊有一隻公雞，正在那裡不緊不慢地啄米吃；米山旁邊是座二十丈高的麵山，旁邊拴著一隻金毛哈巴狗，正在那裡舔食麵粉；在披香殿左邊，立著一個鐵架子，架子上懸著一把金鎖，正下方放了一盞油燈，正在那裡灼燒金鎖。悟空莫名其妙地問道：「這是什麼意思？」天師回答說：「大聖，等雞吃完了米，狗舔完了麵，燈燒斷了鎖，鳳仙郡才會下雨。」悟空大驚失色，心想這要等到什麼時候。天師笑著說：「大聖不必煩惱，你只要勸說那鳳仙郡郡侯知錯歸善，米山、麵山自然會消除，金鎖也自然會斷。」悟空聽完思索了一番，縱起筋斗雲，往鳳仙郡飛去。

郡侯見悟空趕回來，急忙上前詢問情況，悟空罵道：「你這小官，還好意思求雨。我問

❹【天丁】「丁」，成年男子，「天丁」泛指天宮裡的雜役。

❺【葛仙翁】即葛洪，字稚川，號抱朴子。東晉時期道士、煉丹家、醫藥學家，著有《神仙傳》、《肘後備急方》。後被神化。

❻【許旌陽】晉朝道士，字敬之，汝南（郡治今河南汝南）人。因不滿晉朝動亂，棄官周遊江湖。傳說後來得道成仙，又名「神功妙濟眞君」，著有《石函記》、《靈劍子》等書。

你，三年前的十二月二十五日，你到底幹了什麼冒犯天地的事惹怒了玉帝，讓他不給你們鳳仙郡下雨？」郡侯回想了一下，不敢隱瞞，如實回答說：「三年前，我在衙門裡祭祀天地，因為家中瑣事和夫人吵了起來，一怒之下掀倒了供桌並罵了天地幾句。這件事一直在我心裡藏著，久久不能釋懷。但我沒想到會因此得罪了玉帝，導致鳳仙郡三年無雨。」

悟空說：「這麼說來，那玉帝也有牽強的地方。只是他已經在天宮披香殿立下三件事，事不成不下雨啊。」八戒問道：「哪三件事？」悟空隨即將米山、麵山、金鎖的事說了一遍，八戒笑著說：「猴哥，這還不好說嗎？俺老豬變個戲法，一頓飯就能把那米山、麵山全部吃乾淨；金鎖還用燒嗎，直接掰斷不就完了？」悟空說：「呆子別胡說，這三件事是上天安排好的，你區區一個天蓬元帥，怎能插手？」唐僧在一旁說：「那可如何是好？」悟空說：「其實不難，天師說只要郡侯知錯作善即可解咒。」郡侯聽完，忙跪在地上說：「任憑聖僧指教，下官唯命是從。」悟空說：「你要是誠心向善，就趁早念佛誦經，我還能替你跟玉帝求求情；要是知錯不改，那我也沒有什麼辦法，鳳仙郡百姓的性命就全毀在你手裡了。」郡侯聽完，連連點頭，發誓願意皈依。

郡侯找來當地的一些和尚，在衙門裡設好道場，隨僧人們一起誦經拜佛，同時命令縣裡的家家戶戶也燒香拜佛，虔誠向善。過了幾天，悟空滿意地說：「這郡侯聽了我的話，連日念佛誦經，誠心向善。我去天宮稟告玉帝，看他這次下不下雨。」說完，縱起筋斗雲，往天宮飛去。

護國天王見悟空又飛上天宮，急忙上前迎接，悟空說：「那郡侯已經歸善了，是時候下雨了。」護國天王聽完，高興地說：「這樣就好，你不用去見玉帝了，直接去找天尊❼求雨吧。我們幫你向玉帝說情。」悟空謝過護國天王，逕直往九天應元府趕去。

雷門使者、糾錄典者、廉訪典者施禮說：「大聖來此有何貴幹？」悟空說：「我有要事要見天尊。」三位使者隨即轉奏天尊。天尊整衣迎出來，問道：「大聖有什麼事？」悟空將鳳仙郡的事情說了一遍，天尊說：「我知道郡侯冒犯玉帝的事情，只是金鎖未斷，米山、麵山未消，我不敢擅自下雨。」悟空說：「天尊放心，那郡侯知錯從善，護國天王已經帶著文牒去找玉帝了，玉帝保準同意下雨之事。」聽悟空這麼說，天尊隨即命令鄧、辛、張、陶❽四將和閃電娘娘跟隨悟空去鳳仙郡布雷，準備下雨。

鳳仙郡的百姓見空中電閃雷鳴，激動地跪在香爐面前，不停地念道：「南無❾阿彌陀佛，南無阿彌陀佛。」一時間，誦經聲響成一片，直沖雲霄。玉帝聽到鳳仙郡的誦經聲，問道：「鳳仙郡

❼【天尊】特指九天應元雷神普化天尊，是雷部的最高天神，統管三十六名雷公。住在九天應元府。

❽【鄧、辛、張、陶】鄧伯溫、辛漢臣、張元伯、陶元信。佛教四大護法天王，增長天王身邊的四將。

❾【南無（ㄋㄚˊ ㄇㄛˊ）】梵語，佛教用語，敬禮、歸依、度我的意思。常被用在佛、菩薩或經典名之前，藉以表示尊敬或皈依。

的百姓誠心向善，快看看披香殿裡怎麼樣了？」剛說完，就有人報奏說：「陛下，披香殿裡的米山和麵山已經沒有了，金鎖也已經燒斷了。」玉帝說：「既然如此，鳳仙郡百姓的苦難就此結束吧。風部、雨部、雲部聽令，立即派人去鳳仙郡降雨三尺。」各部眾仙奉旨往鳳仙郡上空趕去。

龍王收到降雨的命令，立即帶上一幫小龍和海水，趕往鳳仙郡。不一會兒，鳳仙郡上空便烏雲密布、雷電交加、大雨傾盆，百姓紛紛跑到雨裡手舞足蹈慶賀救命雨的到來。大雨下了足足半天，正好積水三尺的時候，各路神仙就收了法器。悟空立在半空，對眾仙行禮說：「有勞各位辛苦，請各回本部，老孫今天算欠你們一個人情，取經回來一定想辦法報答。」眾仙隨即調轉雲頭，各自打道回府了。

悟空飛回衙門，對唐僧說：「師父，鳳仙郡的乾旱已經解決，你不用擔心了，我們繼續趕路吧。」郡侯急忙說：「四位聖僧，你們幫鳳仙郡求來甘霖，救活了千萬人的性命，功德無量，大恩大德無以為報，我這就命人給你們立生祠❿，刻碑記名，永世膜拜。你們就在這裡多留幾天吧。」唐僧推辭不過，只好點頭應允。

師徒四人在鳳仙郡住了幾天，隨即收拾行李，繼續往西趕去。他們出行的那一天，鳳仙郡百姓舉城相送。

---

❿【生祠】祠堂的一種，特指在一個人生前就爲其建蓋的祠堂。用以向對方表示崇高的欽佩和敬仰之情。

第四十四回　九頭獅子怪

唐僧師徒辛苦趕路，轉眼又到了深秋時節。一天，唐僧看到前面隱約有城牆的影子，隨即勒馬說：「悟空，前面好像又有一座城池，不知是否是個好去處。」悟空說：「走過去才知道。」

二人正說著，從路旁走出一個老者，悟空攔住問道：「老施主，前面那座城是什麼地方？」老者回答說：「前面是天竺國領地，名叫玉華縣。城裡的玉華王賢能愛民，尤其敬重僧人和道士，你們只管進城就是。」唐僧聽完非常高興，帶著三個徒弟往城中趕去。來到玉華王府，唐僧拿著關文找玉華王倒換關文。

玉華王客氣地接待了唐僧，並在關文上蓋上寶印。玉華王問唐僧趕了多少路，唐僧掐指一算，說：「想想已經趕了十四年的路了，當年觀音菩薩曾說從大唐到西天靈山有十萬八千里路，現在也不知走了多少里了。這一路妖魔鬼怪數不勝數，要不是有三個徒弟保護，我恐怕早已被妖怪吃掉了。」玉華王說：「您那三位徒弟現在何處？」

唐僧回答說：「他們在店外等候。因相貌醜陋，貧僧不敢讓他們進來。」玉華王說：「這是哪裡話，這麼神通廣大的徒弟，我們伺候還來不及呢，快快請進來。」於是，唐僧將三位徒弟叫進殿中。玉華王一看三人的長相著實嚇了一跳，但還是強作鎮定安排唐僧四人用齋。

玉華王回到後宮，三個小王子見父親一臉恐懼，問道：「父王，為何這般驚恐？」玉華王說：「剛才在殿裡接待了一個唐朝的高僧，他有三個徒弟，神通廣大，只是長得十分嚇人。」幾個小王子聽完來了興趣，邊擼袖子邊說：「難道是山裡來的妖怪？讓我們去會會他們。」說完，三人各自拿了武器，找悟空他們去了。

只見大王子拿了根齊眉棍，二王子握著個九齒耙，三王子提著根木頭棒，雄赳赳氣昂昂地找到悟空他們，嚷嚷著要和他們比試武功。八戒見狀，將九齒釘耙往三人身前一揮，頓時一道寒光閃過，嚇得三個王子不敢動彈。悟空笑著從耳朵裡掏出金箍棒，變成碗口粗細，往地面上一插，然後說：「你們誰能把我這金箍棒從地裡拔出來，我就把它送給誰。」三個王子輪番上陣，但任憑他們使出吃奶的勁，金箍棒也紋絲不動，三人不禁感歎說：「厲害厲害，我們甘拜下風。」

悟空笑笑說：「這算什麼，你還不知俺老孫的真本事呢。」說完，縱起筋斗雲，飛到半空，將金箍棒變成碗口一般粗，使了個撒花蓋頂。一時間，只見空中金光萬道，令人眼花撩亂、目不暇接。八戒和沙僧見狀，也各自取了武器飛到空中湊熱鬧。玉華城頓時被金光照了個嚴實，街道上的行人紛紛駐足往空中瞧看，僧人還以為是菩薩顯靈，慌忙跪在地上磕頭施禮。三人在空中耍夠了，才各自收了武器回到地面。

唐僧四人正要辭別玉華王繼續趕路，玉華王帶著三個王子趕到唐僧的寓所說：「長老，我有一事相求，不知您肯不肯答應。」唐僧說：「但說無妨。」玉華王說：「我的三個兒子打小就喜歡耍槍弄棒，不知你們能否收他們為徒，在這裡多留幾天，教他們一些武藝再走？」唐僧正不知如何回答，悟空在一旁笑著說：「我們這些出家人，巴不得多收幾個徒弟，既然你的三個兒子願意拜師學藝，那我們多留幾天便是。」於是，玉華王急忙命人在府裡準備了宴席、香案，叫三個王子拜悟空他們為師。

第二天早上，三個小王子迫不及待地找到悟空三人，嚷著要把玩三人的武器。於是，悟空掏出金箍棒，八戒取出九齒釘耙，沙僧拿來寶杖，放在三人面前。太子們撫摸半天，用力抬了抬，怎麼也抬不動三件寶貝。八戒笑著說：「別費勁了，我這釘耙重五千零四十八斤，你們怎麼能抬得動？」沙僧附和說：「我的寶杖也重五千零四十八斤。」悟空笑著說：「我的金箍棒更不必說了，重一萬三千五百斤，龍王老子都抬不動。」

三位王子隨即說：「師父，我們有心學習你們的武藝，只是你們的寶貝太重，我們根本搬不動。不如這樣，你們先借寶貝給我們一用，我們命府裡的工匠依照你們武器的樣子，造三件一模一樣的模型出來。到時候，你們要真的，我們拿假的，也不耽誤學習本領，怎麼

發現原來是三件金光閃閃的武器，妖怪喜不自禁，於是趁一旁工匠熟睡的空檔，吹起一陣狂風，將三件寶貝捲走了。

樣？」悟空也沒多想，就點點頭同意了。三個王子當即命令府裡的鐵匠就地準備鋼鐵，冶煉武器。

當天夜裡，一個妖怪從玉華縣上空飛過，見玉華府裡金光一片，隨即收了浮雲，落到地面上察看，發現原來是三件金光閃閃的武器，妖怪喜不自禁，於是趁一旁工匠熟睡的空檔，吹起一陣狂風，將三件寶貝捲走了。

第二天清晨，工匠見三件寶貝不見了，驚恐萬分，立即將此事報告給了太子。悟空知道後說：「我們這幾件武器成千上萬斤重，普通人想偷也抬不動，這附近可有什麼妖怪？」王子回答說：「在玉華縣城北，有一座豹頭山，山裡有個虎口洞。聽人說，那裡面住滿了虎豹豺狼。但我們誰也沒去過，因此也不清楚裡面到底有什麼。」悟空說：「不用想了，一定是那洞裡的妖怪發現了我們的武器，設法偷走了。八戒和沙僧，你們在這裡看好師父，我先去虎口洞探探情況。」說完，悟空踏上筋斗雲，往城北飛去。

悟空飛了三十多里地，不久就來到了豹頭山，正停在半空觀瞧，突然看到山上有兩個狼精說著話，朝西北方向走去。悟空搖身一變，化成一隻蝴蝶，落在一隻狼精的頭上。只聽一隻狼精對另一隻狼精說：「二哥，我們大王真是幸運，前陣子剛抓了一個美人兒，昨晚又得到了三件武器。那三件武器真是無價之寶，大王準備明天開個『釘耙會』慶祝慶祝。」另一隻狼精說：「我們也夠幸運的，大王給我們二十兩銀子，讓我們去買幾頭豬羊。我們先到集市上喝幾壺熱酒，再用剩下的錢買件棉衣過冬，不是很好嗎？」兩個小妖有說有笑地朝前趕去。

悟空探明了情況，使了個定身法，將兩個小妖定住，從他們身上搜出二十兩銀子，還有兩塊粉紅色的權杖，上面分別寫著「刁鑽古怪」和「古怪刁鑽」，看樣子是兩個小妖的名號。

悟空回去命人準備了幾隻豬羊，然後和八戒變成兩隻狼精，讓沙僧變成趕羊的村夫，一起往虎頭洞趕去。三人剛到豹頭山跟前，就見一個小妖怪夾著一封信從山角裡冒了出來。悟空上前問道：「兄弟這是要去哪兒？」小妖說：「去請老大王參加『釘耙會』。」說完就將書信遞給悟空看。悟空讀完信才知道，這虎頭洞裡住的原來是一隻黃獅精，信是寫給他的祖師九靈元聖的。悟空將書信還給小妖，小妖接過書信，繼續往東南方向趕去。

悟空三人來到虎口洞，黃獅精說：「小的們，取些銀子來，打發那賣羊的村夫回去。」沙僧接過銀子，問道：「大王，聽說你得了三件寶貝，不知能不能讓我這個凡夫開開眼？」黃獅精說：「看是可以，但不可走漏了風聲。」沙僧連忙點頭。

黃獅精帶著沙僧往洞深處走去，悟空和八戒默不作聲地跟在後面。不一會兒，黃獅精帶著三人來到了一間廳堂裡，只見三人的武器挨個擺在堂中央，光彩耀人。八戒看到九齒釘耙，立即變回原身，搶過釘耙就朝黃獅精掄去，悟空和沙僧隨即也變回原身取回武器上前助陣。四人一路從洞裡打到洞外，黃獅精鬥不過三人，乘風往東南方逃去。悟空返回虎頭洞，將一幫小妖精全部打死，又點了一把火，將虎頭洞燒了個乾淨。

黃獅精逃到竹節山的九曲盤桓洞，找到祖師九靈元聖說：「爺爺，昨晚我從玉華城偷了三件寶貝，正打算請您去參觀參觀。誰知今天洞裡來了三個和尚，一個毛臉雷公嘴，一個豬頭大耳朵，還有一個黑臉和尚，把我那三件寶貝全都搶走了。我打不過他們，希望祖師爺爺替我報仇。」九靈元聖聽完後說：「賢孫不知，那三個和尚是唐僧的徒弟，個個身懷絕技。尤其是那孫悟空，上天入地，變化萬千，不過既然他欺負到我頭上，今天我就替你收了他。」說完，九靈元聖叫上身邊的一群獅子精，往玉華縣城趕去。

一群獅子精騰雲駕霧，不一會兒就趕到了玉華縣城，嚇得城裡的百姓四散逃離，躲回家中，大氣都不敢喘。悟空三人趕到城頭，見半空中浮著一群獅子怪，中間為首的九靈元聖正是一隻九頭獅子精。八戒上前罵道：「你們這群偷寶貝的獅子狗，豬爺爺正要找你們算帳呢，現在你們倒自己送上門來了。」黃獅精說：「你這個豬頭和尚搶我寶貝，殺死我無數弟兄，還敢口出狂言，吃我一鏟。」說完，就朝八戒打了過來。

沒過多久，悟空三人已經和一群獅子精打成一團，玉華縣城上空頓時響聲一片，殺聲如雷。一幫人從中午打到傍晚，勝負難分。九頭獅子精見打不過悟空三人，隨即打道回府了。悟空拖著打死的兩隻獅子，回城慶賀。第二天清早，九頭獅子精命五頭獅子去找悟空三人算帳，自己則趁著眾人不備，將唐僧還有三個小太子全部抓去，臨走把八戒也叼走了。

悟空和沙僧追著九頭獅子來到竹節山盤桓洞，見洞門緊閉，叫道：「老妖怪，快點放人！」老妖怪聽到外面的叫喊聲，兵器都不取，逕直趕到洞口，變成一隻九頭獅子，一口一個，將悟空和沙僧叼進洞裡綁了起來。當天夜裡，悟空使了個縮身術，鬆脫繩子逃了出來，正要去救八戒和沙僧等人，卻不小心驚動了九頭獅。悟空怕又被獅子精抓住，便縱起筋斗雲朝洞外逃去。

悟空正要返回玉華縣找玉華王商議對策，不想半路蹦出個土地神，對悟空說：「大聖留步，小神替你出點子來了。」悟空問：「你有什麼點子？」土地說：「大聖，那九頭獅子怪名叫九靈元聖，本是太乙天尊的坐騎。只有天尊能降得住這妖怪，你去東極妙岩宮找他吧。」悟空向土地神問明了路，隨即縱起筋斗雲，直奔妙岩宮而去。

見到太乙天尊，悟空說明了來意。天尊本不相信，還帶著悟空來到獅子房。見九頭獅果然不在，看守獅子的童子則倒在地上睡覺，天尊慚愧地說：「童子疏忽大意，放走了獅子。大聖別急，我這就幫你去收了那孽畜。」

兩人趕到盤桓洞洞口，悟空將九頭獅子精引出洞來，天尊在半空口念咒語，大聲喝道：「元聖，還不現回原形？」獅子精見主人來了，慌忙就地一躺變成一隻九頭獅，回到了天尊身邊。悟空送走天尊，隨後救出師父等人，返回了玉華縣城。四人在玉華城逗留了一陣子，還教了三個王子一些功夫，才辭別了玉華王，繼續往西趕去。

第四十五回　悟空惡鬥犀牛精

離開玉華城，唐僧四人走了五六天的時間，來到一座山寺之前。唐僧下馬一看，見寺門上寫著三個大字：慈雲寺。這時從寺裡走出個和尚，對唐僧施禮說：「幾位長老從何而來？」唐僧回答說：「我們從東土大唐來，奉命前往西天取經，路過這裡，希望能夠在寺裡歇息歇息，化些齋飯吃。」和尚說：「原來是東土來的聖僧，快快有請。」說完，就帶著唐僧四人往寺裡走去。

見到慈雲寺方丈，唐僧問道：「施主，不知貴地是什麼地方？」方丈說：「我們這裡是天竺國的外郡，名叫金平府。」唐僧繼續問：「不知你們這裡離西天靈山還有多遠距離？」方丈答說：「這裡到天竺國倒是不遠了，但再往西去靈山有多遠，老衲就不清楚了。」

不一會兒，幾位僧人端來齋飯，方丈說：「幾位長老快快用齋。過兩天就是元宵節了，你們可以在這裡多住幾天，到時候我們一起去城裡看看燈會，熱鬧一番。」唐僧感歎道：「我們四人為了取經，不避寒暑，風餐露宿，還真不曾過過元宵佳節。既然趕上這麼一個機

會，那我們就在這裡住上幾天吧。」方丈笑著說：「聖僧說得是，今天是正月十三，晚上就會有人點燈了。城裡有座金燈橋，每逢元宵節都特別熱鬧，到時候我可以帶你們去瞧瞧。」

到了正月十五那天，唐僧說：「貧僧一直有個掃塔的心願，趁著今天是元宵佳節，就讓我去給佛塔掃掃灰吧。」方丈聽了欣然同意。唐僧拿著掃帚從塔底一層接一層地掃上去，掃完下來，已經到了傍晚時分。方丈說：「聖僧，今天是元宵節，城裡一定非常熱鬧，我們去金燈橋看看燈吧。」唐僧點點頭答應了。

唐僧四人隨著慈雲寺的一群和尚來到金燈橋，見橋上擺著三盞金燈，每個燈有一口缸那麼大，裡面盛滿燈油，點起來異香撲鼻。唐僧隨即詢問燈油飄香的原因，和尚回答說：「長老不知，這油不是普通的燈油，而是酥合香油，每缸都盛著五百斤，只能點三天。」悟空問道：「這麼多燈油，怎麼只能燒三天呢？」和尚說：「燒完今天這一晚，就會有佛爺現身，把這些燈油取走，這裡來年就會風調雨順；如果燈油還在，反而麻煩了。」

正說著，空中突然颳起一陣狂風，嚇得看燈的人四處逃竄。和尚們被風吹得站不穩腳跟，慌忙說：「幾位長老，想必是佛爺看燈收燈油來了，我們先躲一躲吧。」唐僧說：「既然是佛，那我們有什麼好怕的，正好留在這裡拜拜他們。」眾僧說服不了唐僧，各自找地方躲起來了。不久，風裡果然飛出三個「佛」，朝金燈橋趕來，唐僧慌忙下跪行禮。悟空見那幾個「佛」有些不對勁，急忙說：「師父，快快躲到一邊，這分明是三個妖怪。」唐僧正要躲閃，三個妖怪捲起一陣狂風，將唐僧還有燈油全部收走了。

悟空急忙縱起筋斗雲，說：「八戒和沙僧，你們回慈雲寺看好白龍馬和行李，我去把師父救回來。」說完，悟空就乘雲而去。悟空隨著妖風一路往東北方向趕，不久來到了一座大山跟前，妖風在這裡突然不見了。悟空圍著大山轉了一圈，看到山下有四個放羊的，悟空又用火眼金睛一瞧，認出是四值功曹變的，隨即飛到他們跟前說：「你們四個還有心給我變戲法，我師父剛剛被妖怪抓走了，這座山是不是他們的住處？」四值功曹答說：「正是，這座山名叫青龍山，山上有個玄英洞，裡面住著三個妖怪，修煉了有一千多年了，分別叫做辟寒大王、辟暑大王、辟塵大王。這三個妖怪最喜歡吃酥合香油，每年都會去金燈橋取，否則就作亂生非，擾得金平府的百姓不得安寧。今年三個妖怪恰巧碰上你師父，認出他是唐僧，因此就將他抓走了。你快想法救他去吧，那三個妖怪說不定正準備用燈油煎你師父來吃呢。」

悟空趕走四值功曹，轉過一座山，在一處山澗旁看到一座石崖，崖下有座石屋，屋前立著兩扇石門，半開半掩，門旁有塊石碑，上面寫著六個大字：青龍山玄英洞。悟空落到門口，大聲喊道：「妖怪，快放我師父出來！」三個妖怪正準備將唐僧洗洗煎肉吃，突然聽到外面叫喊，忙命人取來披掛，帶著一群牛頭鬼怪出洞迎戰。

三個妖怪罵道：「你是哪路妖怪，敢在這裡撒野？」悟空說：「三個牛鼻子，難道不認識你孫爺爺嗎？」妖怪罵道：「你就是當年大鬧天宮的孫悟空？我當是什麼英雄好漢，原來是一隻猴子！」悟空大怒道：「你們這幾個油嘴滑舌的臭妖怪，敢污蔑你們孫爺爺，今天就讓你們嘗嘗金箍棒的厲害！」說完悟空掄棒就打。三個妖怪見狀，慌忙舉起武器招架。

四個人鬥了一百五十多個回合，一直殺到日落時分也未分勝負。辟塵大王趁機一閃，將身後的旗子一搖，轉眼間，一群牛頭怪簇擁過來，將悟空團團圍住，一陣刀砍斧剁。悟空招架不住，翻了個筋斗，敗陣而逃。三個妖怪並沒有命人去追，各自收了武器，回去安排晚飯去了。

悟空飛回慈雲寺，將玄英洞的情況給沙僧和八戒說了一遍。八戒說：「難不成又是牛魔王幹的？」悟空說：「不是不是，這三個妖怪看起來像是犀牛精。我們先在慈雲寺歇息一晚，明天一早就去救師父。」沙僧說：「猴哥，這話就不對了。師父被妖精抓走，說不定今天晚上就被他們吃了，我們還是現在就去救師父吧，免得師父再遭不測。」八戒也跟著說：「沙師弟說得對，我們趁著月光打他們一個措手不及。」於是，悟空三人在慈雲寺簡單地吃了些東西，便駕著祥雲，往玄英洞趕去。

趕到玄英洞口，八戒舉起釘耙就要砸門，悟空制止說：「呆子別急，不要打草驚蛇，我先去裡面探探情況，到時候再砸門也不遲。」悟空說完，就變成一隻小飛蟲，順著石門縫鑽了進去。

悟空飛進洞裡，見洞口躺著幾隻牛頭怪，睡得正熟，鼾聲如雷。悟空繞過他們，穿過幾間廳房，突然聽到有人哭哭啼啼的聲音，循聲找過去，發現果然是師父。悟空變回原身，說：「師父，你從來都不辨好壞和真假，現在又被妖怪抓來了吧。趁妖怪們睡得熟，我救你出去。」說完，使了個解鎖術，將唐僧手上的鐵鎖解開了。

突然，妖王喊道：「小的們，把門窗都關緊了，夜裡就沒有個巡邏的嗎？敲梆搖鈴的都沒有？」喊聲將一群小妖驚醒，洞裡立時亂成一團。悟空正要帶師父找地方躲藏，不想被洞後的一個小妖發現。小妖喊道：「大王不好了，那毛臉和尚跑到洞裡來了！」三個犀牛精慌忙從床上爬起來，喊道：「快給我抓住他！」悟空見小妖人多勢眾，只好撇下師父，

悟空大怒道：『你們這幾個油嘴滑舌的臭妖怪，敢污蔑你們孫爺爺，今天就讓你們嘗嘗金箍棒的厲害！』說完悟空掄棒就打。三個妖怪見狀，慌忙舉起武器招架。

一路打出了玄英洞。

守在洞口的沙僧和八戒見悟空出來，忙問：「洞裡什麼情況？」悟空說：「師父就在洞裡，我剛想救他出來，不想被一群小妖發現了，我顧不得師父，自己逃出來了。」沙僧說：「他們也不出來追你，閉門不出，怕要傷師父性命，我們這就去洞中救他。」八戒取出釘耙，照著石門一通亂砸，不久就把石門砸了個粉碎，隨即罵道：「偷油賊，快把我師父送出來！」犀牛精聽到外面的喊聲，氣憤地說：「這幾個和尚，真不知天高地厚，小的們，把我們的披掛取出來。」

悟空三人和犀牛怪大戰多時，難分勝負。打得正酣之時，辟寒大王閃了個身子，叫道：「小的們，快來助陣！」轉眼間，一大群精壯的小妖們手持棍棒，將八戒按倒在地，拉到洞裡綁了起來；沙僧被一群小妖圍得使不開手腳，也被抓到洞裡去了；悟空見勢不妙，翻了一個筋斗，就往慈雲寺飛去。

見悟空回來，寺裡的僧人忙問：「唐長老得救了嗎？」悟空回答說：「沒有沒有，那幾個妖怪倒有些本領，不好對付。你們替我看好馬匹和行李，我去天宮走一趟。」悟空說完，打了個呼哨，轉眼就不見了。

悟空乘著筋斗雲，頃刻間就趕到了西天門外。太白金星和四大靈官正在門前說話，突然見到悟空飛過來，急忙問道：「大聖不保唐僧西天取經，跑到天宮裡尋什麼樂子？」悟空隨即把師父被抓的經過給幾位神仙說了一遍。金星說：「那三個犀牛精修行多年，頗有本領，要想捉他們，你只有求助四木禽星了。你去找玉帝問問吧。」

悟空趕到通明殿前，向玉帝說明了來意。玉帝隨即命令天師去斗牛宮找四木禽星。來到斗牛宮，天師叫出角木蛟❶、斗木獬❷、奎木狼、井木犴❸，說：「我奉玉帝的旨意，派你們助孫悟空下界降妖。」悟空笑著說：「原來是二十八星宿裡的四木，早知道我就不用麻煩玉帝了。」

四木禽星跟著悟空趕到玄英洞口，悟空說：「你們在這裡等著，我去引那三隻犀牛精出來。」說完，悟空跑到洞口大罵道：「偷油賊，還我師父！」三隻犀牛精聞聲趕出來，見四木禽星守在洞外，慌忙叫道：「不好不好，剋星來了，快逃！」說完，三個妖怪紛紛現出本相，變成三隻犀牛，往東北方向逃去。小妖精也各自變回了原身四處逃竄，一時間滿山全是山牛、水牛和黃牛。

悟空和角木蛟、井木犴緊追三個犀牛精不放，斗木獬和奎木狼則留在玄英洞，將一山的

---

❶【蛟（ㄐㄧㄠ）】傳說中會放水的龍。

❷【獬（ㄒㄧㄝˋ）】傳說中的神獸，能辨曲直，頭上有獨角。

❸【犴（ㄢˋ）】傳說中的一種走獸。

牛精收拾了個乾淨，隨後將唐僧三人救出了玄英洞。奎木狼說：「天蓬元帥，你和捲簾大將先護送唐僧回慈雲寺歇息，我和斗木獬去幫悟空抓犀牛精。」說完，二人乘雲而去。

奎木狼兩人一路騰雲駕霧，遠遠看到悟空守在西洋大海上空。悟空說：「你們來得正好，那三個犀牛精跑到海裡去了，這會兒估計和角木蛟他們打得正酣。你倆在海面上守著，我去海裡幫幫忙。」說完，悟空念了一句避水訣，縱身鑽進了大海。

三個犀牛精見悟空前來助陣，慌忙往水底的龍宮逃去。西海龍王得知消息，隨即命龍太子率領蝦兵蟹將上前阻攔。三個犀牛精見前堵後追，慌不擇路，蝦兵蟹將趁機將辟塵大王掀翻在地，用鐵鉤穿住牛鼻子，將他綁了起來；辟寒大王也被井木犴抓住，一口就被咬斷了脖子；辟暑大王無處可逃，跪在地上不停地喊著：「爺爺饒命！爺爺饒命！」

悟空辭別龍王父子，將辟寒大王的犀牛角割下來，押著辟塵大王和辟暑大王，隨同四木禽星，一起往金平府趕去。到了金平府，悟空將全城的男女老少叫出來說：「你們每年貢獻的金燈油，全被三隻裝扮成神佛的犀牛精取走了。現在妖怪已被我們抓住，從今以後，你們不必進貢燈油了。」城中百姓一陣歡呼雀躍。隨後，悟空當著百姓的面，將辟塵大王和辟暑大王處死，並將他們的犀牛角割了下來。

唐僧師徒送走四木禽星，在慈雲寺住了幾天，又繼續西行。

第四十六回　玉兔精下凡報私仇

唐僧四人一路向西，行了半個多月路程，來到一座大山腳下。唐僧見前方有一座寺院，隨即讓悟空上前察看。悟空快步來到寺門前，見門上寫著「布金禪寺」四個字。唐僧說：「這裡難道就是舍衛國❶了嗎，我聽說給孤獨長者❷為了從佛祖手中買『布金禪寺』，不惜在院子裡鋪滿黃金，來滿足佛祖的要求，不知這個故事是真是假。」八戒聽完，在一旁打趣說：「真要是師父說的那樣倒好了，我們去寺裡挖幾塊金磚，今後的盤纏就不用愁了。」

四人順著山門往裡走，見寺前有許多挑擔的、背包的，都聚在寺前休息，看樣子像是要在這裡過夜。四人趕到金剛殿前，一位僧人走出來，問道：「幾位長老從哪裡來？」唐僧說明了來意，僧人於是引著他們去找寺裡的方丈，方丈命人給唐僧師徒準備了齋飯。吃完飯，

❶【舍衛國】中印度古王國名，據傳佛陀曾在此講經。

❷【給孤獨長者】傳說爲佛陀同時代的長者，梵名「須達多」，爲舍衛國之豪商，性善好施。

唐僧問道：「剛才在山門前見到很多挑擔推車的商人，為何都睡在路邊而不趕路呢？」方丈說：「這座山名叫白腳山，路旁的石頭堆裡有很多蜈蚣，夜裡常常跑出來螫（ㄓㄜ）人，因此晚上人們都不敢趕路。只有到了清晨，山下雞打鳴之後，他們才敢繼續趕路。」唐僧說：「既然如此，那我們也等到天亮再走吧。」

夜裡唐僧見寺中月色不錯，隨即帶著悟空在寺裡散步，方丈也一起跟著。幾人漫步月色中，來到了後院。唐僧正走著，突然聽到一陣哭泣聲，隨即好奇地詢問原因。方丈命附近的幾個和尚走開，說：「長老有所不知，去年今日，我正在院裡賞月，突然聽到一陣風響，循聲望去見院子裡蹲著一個年輕的女子。她哭訴說自己是天竺國的公主，正在宮裡賞花時，突然就被一陣邪風吹到了這裡。我怕寺裡的和尚打她的主意，所以將她安排在一間小屋子裡，並謊稱裡面關著一個妖怪。那女子也聰明，生怕別人玷污，整日睡在屎尿堆裡。她白天裝瘋賣傻，晚上禁不住想宮裡的父母，因此總是偷偷哭泣。我曾派人去城裡打探，卻發現公主在城裡過得好好的，覺得這其中必有蹊蹺，但又不敢貿然行事。今天幸遇到幾位高僧，希望你們去城裡探明實情，也算對這個女子有個交代。」唐僧和悟空聽完，默默點頭。

第二天清早，唐僧四人簡單地吃過齋飯，往城中趕去。找到會同館驛，唐僧問道：「貧僧是東土大唐來的和尚，隨身帶有關文，不知現在能否進朝倒換？」驛丞說：「現在正是時候，我們的公主年方二十，現在正在城中彩樓上拋繡球撞天婚❸呢。你們現在去的話，說不定還能湊湊熱鬧。」聽說公主招婿，八戒興奮地說：「師父，我跟你進朝倒換關文吧。」沙僧說：「二師兄，你肥頭大耳的，怕要嚇壞國王，還是讓大師兄陪師父進城吧。」唐僧說：「悟淨說的是，你還是在館裡等著吧，我和悟空去朝裡倒換完關文，就立即上路。」

唐僧和悟空趕到城裡的一個十字街頭，果然看到有一座彩樓，樓上站著幾個宮女，簇擁著一位公主。這公主其實是個妖精，她前年趁公主在御花園賞花時將公主抓走，隨後變成公主的模樣哄騙國王。假公主早就注意到了唐僧，她知道唐僧是十世轉生的和尚，元氣未洩，因此故意將彩球拋到了唐僧懷裡。隨後，一群宮女將唐僧推到樓前，公主從樓上走下來，含情脈脈地牽著唐僧的手，往金鑾殿趕去。悟空則返回了館驛。

國王見到唐僧說：「僧人從哪裡來？」唐僧如實回答說：「貧僧是西天取經的和尚，中途路過此地，特來倒換關文，不想卻意外接住了公主的繡球。貧僧是個出家人，不敢和國王千金成婚。」國王隨即問公主說：「你願意和這位和尚成親嗎？」公主回答說：「父王，嫁雞隨雞，嫁狗隨狗，既然上天安排他接住了我的繡球，想必也是前世修來的緣分，女兒願意嫁給他。」唐僧忙說：「萬萬不可啊。」國王生氣地說：「你這個和尚真是不識抬舉，朕用

---

❸【撞天婚】古時候存在的一種擇偶成婚方式，通常由女方採取拋繡球的方式選擇夫君，誰接到繡球就嫁給誰，是一種迷信活動。

一國的財富和地位招你做駙馬爺，你還敢推辭，給我拖出去斬了！」唐僧慌忙說：「陛下息怒，既然如此，我留下來和公主成親就是。只是我的三個徒弟還在城中館驛裡等候，懇請國王把他們招進殿裡，我囑咐他們幾句話，讓他們幫我完成西天取經的夙願。」國王點點頭，命人去館驛請悟空三人入宮。

悟空正在館驛裡跟八戒說師父撞天婚的事，突然從門外走進一個官員，說：「皇上有旨，宣你們三位進殿。」悟空笑著說：「好說好說，沙僧、八戒，快快收拾行李，牽上白馬，我們這就去宮裡見師父。」

三人跟著宣詔官來到金鑾殿，見到了國王。國王見三人相貌醜陋，嚇了一跳，但還是故作鎮定地詢問三人的來歷。三人隨即將自己的來頭繪聲繪色地描述了一番。國王聽完，不禁感歎說：「沒想到三位竟如此神通廣大，朕的女兒能夠招你們師父為夫，真是三生有幸啊！」說完，國王就命人在後花園為唐僧師徒準備晚飯。這時，陰陽官❹報奏說：「陛下，微臣剛剛算了算，本月十二日是良辰吉日，可以成親。」國王聽後大喜。

四人在御花園裡用過齋飯，唐僧趁四下無人，衝著悟空罵道：「你這猴頭是想害我嗎？白天非要拉我去看公主拋彩球，結果撞了天婚，現在怎麼擺脫？」悟空笑著說：「師父不要急，我還沒見著公主，但我懷疑她是個妖怪，你先在這裡安心住幾天，讓我找機會瞧瞧那公主的長相。她若是個妖怪，俺老孫就替你拿下；若不是妖怪，這一城的百姓加起來，也攔不住俺老孫送你西天取經。」唐僧這才點頭稱是。

十二日一早，國王找到公主說：「女兒，今天是成婚的良辰吉日，我已經命人在駙馬府準備了宴席，我們這就過去吧。」公主回答說：「父王，我聽說唐僧有三個相貌醜陋的徒弟，女兒膽小，不想看見他們，你還是先把他們打發走，再給我辦婚事吧。」國王說：「你不說我還真忘了，女兒放心，我一會兒就趁早朝的時候打發他們幾個離開。」

天剛剛亮，唐僧叫醒悟空說：「今天已經是十二日了，你再不想辦法我就真要和那公主成親了。」悟空說：「師父你又心急了，老孫自有辦法。我估計那公主已經知道我們三個人的本事，如果她是妖怪的話，很可能會打發我們離開這裡。你別急，她要真使出這一計，那我就將計就計。」

早朝的時候，國王替悟空倒換了關文，打發他們繼續趕路。悟空給唐僧使了個眼色，然後和八戒、沙僧返回了館驛。回到館驛，悟空囑咐八戒和沙僧不要和自己說話，隨即使了個分身術，變成一隻蜜蜂，往金鑾殿飛去。

來到金鑾殿，悟空落到唐僧的頭頂，輕輕地喊道：「師父是我。」唐僧聽出是悟空的聲音，懸著的心這才稍稍平復下來。不一會兒，國王領著唐僧來到了後宮駙馬府。只見一

---

❹【陰陽官】古代負責觀天象、預測雨晴、擇選吉日等事務的官員。

群宮女擁簇著公主，朝他們走過來，唐僧慌忙行禮。悟空認出公主是假的，只是妖氣不是很重，隨即湊到唐僧的耳邊說：「師父，這個公主果然是個假的，等我變回原身抓了他。」唐僧說：「不可不可，只怕會嚇著國王。」悟空不顧唐僧的勸告，現出原身，揮起金箍棒就朝公主打去。

公主見狀，脫去身上礙手礙腳的宮衣，跑到御花園取來一根木頭短棍，和悟空打了起來。兩人在酣鬥之時，嚇得宮裡文武百官四處逃竄。唐僧安慰國王說：「陛下不要怕，我徒弟神通廣大，一定可以幫你除掉這個妖怪。」

悟空罵道：「你到底是什麼妖怪，手裡拿的是什麼武器，怎麼像是根擀麵杖？」
妖怪說：「這是廣寒宮裡的搗藥杵，只要打你一棒，保準送你上西天！」

妖怪和悟空鬥了半天，兩手酸麻，隨即化成一陣清風，往天上飛去。悟空縱起筋斗雲，追到西天門，對守門的天神喊道：「別放妖怪到天宮裡去。」四大天王於是手持武器，將西天門堵住。妖怪見狀急忙轉頭，和悟空再次纏鬥起來。

悟空罵道：「你到底是什麼妖怪，手裡拿的是什麼武器，怎麼像是根擀麵杖？」妖怪說：「這是廣寒宮❺裡的搗藥杵，只要打你一棒，保準送你上西天！」悟空說：「你這孽畜，原來住在廣寒宮裡，難道你就沒聽說過俺老孫的厲害？」妖怪說：「你不就是五百多年前大鬧天宮的弼馬溫嗎，有什麼好怕的？」悟空一聽「弼馬溫」三個字，頓時怒火中燒，舉棒就打，妖怪慌忙舉起搗藥杵招架。

兩人鬥了十幾個回合，女妖敵不過悟空，再次化成一陣清風，往南邊逃去。悟空窮追不捨。女妖逃到一座大山前，鑽進山洞消失不見了。悟空尋了半天，也不見妖怪的蹤跡，隨即口念咒語，將附近的土地神叫出來問道：「這座山叫什麼名字，附近可有什麼妖魔鬼怪？」土地神回答說：「大聖，這座山名叫毛穎山，山中有三個兔子洞，沒有什麼妖怪，算得上是一塊福地。」悟空說：「還騙我，剛才有個女妖跑到這裡來消失不見了，你沒注意嗎？」土地神說：「大聖別急，我帶你去三個兔子洞那裡瞧瞧，說不定妖怪就藏在那裡。」

❺【廣寒宮】傳說中月亮上的宮殿，嫦娥和玉兔便住在裡面。

土地帶著悟空來到三個兔子洞前，見洞前堵了兩塊石頭，旁邊堆著一些新鮮的泥土，說：「大聖，這裡的土剛被動過，看來妖怪應該就藏在裡面。」悟空用金箍棒撬開石頭，女妖果然從裡面逃了出來。悟空揮棒便打，女妖無處躲藏，眼看就要被悟空一棒打死。

就在這時，空中突然傳來一個聲音說道：「大聖棒下留人。」悟空抬頭一看，認出是月老❻和嫦娥❼仙子。月老說：「大聖，這妖怪本是廣寒宮裡搗藥的玉兔，趁我們不注意時偷開金鎖，跑到人間來了。」悟空說：「一隻搗藥的兔子，跑到人間來幹什麼？」月老說：「大聖有所不知，那天竺國國王的公主本是蟾宮裡的素娥，十八年前曾打過玉兔一掌，後來下凡投胎成了天竺國的公主。玉兔懷恨在心，趁機下凡將素娥拋在荒野裡，自己做了天竺國公主以報私仇。」

悟空說：「你這麼一說我算明白了，玉兔報私仇可以理解，但她用計娶我師父就未免過分了。那真公主現在住在布金禪寺裡，整日裝瘋賣傻，夜裡獨自悲泣，也挺可憐的。玉兔的事兒，我就不跟你們計較了，不過煩請月老跟我去天竺國一趟跟國王解釋清楚，好讓他們父女團聚。」月老點點頭，跟著悟空往天竺國趕去。

到了天竺國，悟空當著月老的面向國王說明了真相，國王隨即放聲痛哭，跪謝悟空除妖救女之恩。當天夜裡，國王親自趕到布金禪寺，將女兒迎回了宮中。

第二天清晨，悟空找到國王說：「我們急著趕路，就此告別吧。聽說白腳山蜈蚣成群，耽誤商旅趕路，你命人在那一帶放養一群大公雞，蜈蚣自然就沒有了。」國王感激萬分，連連點頭，隨後帶著公主和滿朝文武，送唐僧四人上路。

---

❻【月老】即月下老人，傳說中主管世間婚姻的神仙，見到有情男女，他就會用紅繩綁住男女的腳，以促成他們的姻緣。

❼【嫦娥】中國家喻户曉的神話人物，道教中被稱作月神，又名太陰星君。據說是后羿的妻子，因偷食丈夫從西王母那裡得到的不死藥，奔月成仙。

第四十七回　寇員外起死回生

離開天竺國，唐僧師徒繼續往西趕路，走了大半個月的光景，又來到一座城池外面。四人經過一座吊橋，見城牆邊坐著兩位老者。唐僧說：「徒弟們，你們在這裡等著，我過去問問路。」說完，唐僧翻身下馬，朝兩位老者走去。

唐僧問道：「兩位老施主，貧僧是東土大唐來的和尚，路過這裡。不知這裡是什麼地方，哪裡可以化齋？」一個老者回答說：「我們這裡叫做銅台府，府後有一個地靈縣。你們要想化齋，不必四處尋找，過了前面的牌坊[1]，有一座坐西向東的門樓，是寇員外[2]的家，他家的門前立著一塊『萬僧不阻』的石碑。像你們這種遠道而來的和尚，肯定會受到他的熱情款待，你們快去吧。」

唐僧謝過兩位老者，將老者的話對三位徒弟說了一遍，沙僧說：「西方不愧是佛家之地，竟然有如此好心的人家。師父，既然是個府縣，那我們也不用倒換官文了，直接去那寇員外家裡化些齋飯，吃完再上路吧。」唐僧連連點頭。

四人依照老者說的走了一陣，果然看到一個門樓。八戒正要闖進去，唐僧阻止說：「呆子別亂來，等有人出來詢問我們再進去，不要失了禮節。」

過了一會兒，府裡有個門童聽到外面有響聲，探頭一看，見到幾個模樣怪異的和尚，隨即找到寇員外，慌張地說：「主人，外面有四個模樣嚇人的和尚。」寇員外正在天井裡閉目念經，聽到門童的話，急忙出門迎接。見到唐僧四人，寇員外也不害怕，客氣地說：「四位高僧，快快裡面請。」

寇員外將唐僧四人引到一間房裡，說道：「這是我府上最好的房間了，專門招待遠道而來的出家人，佛堂、經堂、齋堂一應俱全，你們只管住下就是。」唐僧謝過寇員外的盛情款待，說：「我們不會在這裡久留，吃過齋飯就上路，不敢給你們添麻煩。」

寇員外笑著說：「聖僧不必多禮，我叫寇洪，字大寬，今年已經六十歲了。從我四十歲那年起，就立誓要招待一萬個過路的僧人。現在二十四年過去了，我算了算，已經招待了九千九百九十六個僧人，現在加上你們四個，正好可以湊齊一萬人。這麼一來，老夫的功德

---

❶【牌坊】又名牌樓。是封建社會人們爲表彰功勳、科第、德政以及忠孝節義所建造的紀念性建築物，具有觀賞性。

❷【員外】即員外郎。古時候指正員以外官員，或泛指某地的地主豪紳。

就算圓滿了。你們先在這裡住上個把月再說，到時候我命人抬著轎子送你們上路。這裡離西天靈山只有八百多里路，不遠了。」唐僧聽見說靈山不遠，心中大喜，又不好拒絕寇員外的盛情，便答應了下來。

寇員外的母親得知府裡來了四個和尚，趕過來瞧看；寇員外的兩個兒子寇梁和寇棟也趕過來招待客人。之後，寇員外命人安排了豐盛的齋飯，四人飽餐一頓後就要上路。寇員外慌忙阻止說：「長老，你們就在這裡住幾天吧，等我做完齋僧圓滿儀式，你們再上路也不遲。」

唐僧四人在寇員外家裡住了六七天，寇員外才請來二十四個僧人，辦齋僧圓滿儀式。前後忙活了三天，儀式圓滿結束，唐僧急著西天取經，再次向寇員外道別，準備上路。寇員外看出唐僧趕路心切，於是說：「既然聖僧急著趕路，我也不好阻攔。你們再在這裡住一晚上吧，明天一早，我安排府裡的老小送你們上路。」唐僧只好點頭。

寇員外出了經堂，命人寫了百十個請帖，邀請鄰里親朋明早替唐僧四人送行，又命人提前準備宴席，請來一班鼓樂藝人，南來寺請了一群和尚，東岳觀裡請來一群道士，準備替唐僧師徒餞行。

第二天清晨，唐僧四人吃過齋飯，收拾了行李，重新上路，送行的人比肩接踵，鑼鼓聲響徹雲天。臨行，唐僧握著寇員外的手，感激地說：「貧僧若到了靈山，見到佛祖一定會誇讚員外。取經回來，先到你們府上謝恩。」寇員外聽了激動得熱淚盈眶。

唐僧四人離開寇員外家，趕了五十多里路，天色漸漸暗了下來。唐僧問道：「徒弟們，天色已晚，我們去哪裡找住的地方？」八戒埋怨道：「師父你這不是自找苦吃嗎？放著寇員外家的屋子不住，非要急著趕路。現在倒好，天都快黑了，連個住的地方都找不到，一會兒要是再下起雨來，全都淋成落湯雞。」唐僧罵道：「你這個貪圖安逸的呆子，寇員外家雖好，終究不是常住之地，西天取經才是最要緊的事。」唐僧正說著，悟空見前面路旁有幾間破舊的廟宇，便說道：「師父，前面有歇腳的地方。」

唐僧翻身下馬，來到廟前，見廟門上立著一塊積滿灰塵的牌匾，上面寫著四個大字：光華行院。唐僧說：「光華菩薩是火焰五光佛的徒弟，這裡雖然破舊了一點，但怎麼說也是個菩薩廟，我們就在這裡將就一晚上吧。」於是，四人進到一間屋頂破陋、長滿雜草的寺廟裡，找了一個相對乾淨的地方安頓下來。不一會兒，天上下起雨來，四人蜷著身子，整個晚上都沒怎麼安睡。

在銅台府地靈縣縣城裡，有一夥無惡不作的強盜，他們以搶劫為生，燒殺搶掠，無惡不作。唐僧離開寇員外家的時候，他們正巧花光了手上的銀兩，於是算計著再搶一家富人的錢財。一個人對強盜頭兒說：「大哥不用費心，今天我見寇員外送一夥唐朝和尚上路，場面十分壯觀，想必這寇員外家有很多錢。今晚正好趕上下雨，街上行人稀少，估計他府裡巡邏的

寇員外見一夥強盜將府上的金銀財寶搶了個乾淨，一下撲在強盜頭兒身上，大喊道：「各位大王，給我們留點東西過日子吧！」強盜頭兒哪裡管寇員外的央求，一腳把他踹翻在地，寇員外竟一命嗚呼。

雜役也都躲在屋裡避雨。我們不如就趁著今夜搶了他家，狠狠地撈上一把。」聽完，一群強盜都十分興奮，拿著短刀、長棍等武器，朝寇員外家奔去。

一夥人殺進寇員外家，嚇得府上的老小四處躲藏，寇員外見一夥強盜將府上的金銀財寶搶了個乾淨，一下撲在強盜頭兒身上，大喊道：「各位大王，給我們留點東西過日子吧！」強盜頭兒哪裡管寇員外的央求，一腳把他踹翻在地，寇員外竟一命嗚呼。

府上的人等到強盜離開，出來一看，見寇員外滿頭鮮血，早斷了氣，頓時哭成一片。寇員外的母親因為之前唐僧不接受她的齋供，心生歹意，便忿忿地說：「孫子啊，我看你父親是被那四個和尚害死的。剛才我躲在床下，看到舉火把的是唐僧，拿刀的是豬八戒，搬金銀財寶的是沙僧，打死你父親的是那孫猴子！」聽完祖母的話，寇梁和寇棟說：「既然祖母看明白了，那就不用懷疑了。那四個和尚在我們家裡住了那麼久，我們府上有幾間房屋，有幾條走廊，他們全都一清二楚。這四個賊和尚一定是看上了我們家的財富，才趁著雨夜來搶劫的。我這就去衙門裡告他們，讓官府將他們繩之以法。」

銅台府刺史❸大人接到寇員外兒子的告狀，十分重視，立即派了一百五十多個衙內，往西追趕唐僧師徒。

---

❸【刺史】官職名稱，漢初設立。「刺」有檢查問事的意思。

唐僧四人在光華行院挨了一夜，天亮時分簡單地吃了點東西，又忙著往西趕路，走了二十多里路，正巧碰上搶劫寇員外一家的強盜。強盜們正在路旁分贓，突然看到唐僧四人走過來。一個強盜喊道：「大王，那不是寇員外昨天送行的四個和尚嗎？他們身上一定有不少好東西。」說完，強盜頭兒領著一幫手下就將唐僧四人圍了個嚴實。

強盜頭兒提著把大刀，惡狠狠地說：「和尚，留下你們的買路錢，大王我今天高興，放你們一條生路。」唐僧嚇得說不出話來，悟空則湊到強盜頭跟前，雙手叉腰說：「大王，我是這夥人裡管帳的，你把他們三個放了，我把身上的錢全給你。」強盜頭兒高興地說：「這個和尚還算識抬舉，你們三個走吧。」說完擺擺手，讓唐僧三人離開。

悟空等到師父三人走遠，口念咒語，使了個定身術，將一幫強盜全都定了起來。他本想把強盜們打死，又怕師父問起來不好交代，於是奔到前面，將師父三人叫了回來。悟空又用猴毛變了一捆繩子，讓八戒和沙僧將一群強盜捆起來，隨即吹了一口氣，解了定身法，厲聲問道：「你們是哪裡的強盜，路邊的財物是從哪兒搶來的？」強盜頭兒見悟空神通廣大，乖乖地將自己趁著下雨搶劫寇員外家的經過說了一遍。唐僧聽了十分驚訝地說：「寇員外對我們不薄，沒想到竟遭遇這種事情。這樣正好，我們把強盜搶來的東西都給他們送回去，也算對他們的回報吧。」悟空三人紛紛點頭。

當著師父的面，悟空不敢打死強盜，索性將一幫人放了，隨後去路邊收拾財物。就在這時，衙內帶著武器趕了過來，不由分說，將四人綁了起來。悟空也不反抗，笑嘻嘻地讓一幫衙內將自己綁起來，抬到了衙門。

見到唐僧四人，刺史大人說：「你們四個歹毒的和尚，寇員外對你們不薄，你們為何趁著雨夜殺掉寇員外，搶他們的錢財？」唐僧苦苦辯駁，但寇員外家裡的財物就在自己手中，怎麼解釋都解釋不清。刺史下令將唐僧四人關進大牢，擇日發落。

天色漸晚，熬到夜裡三四點鐘，悟空見四下裡寂靜，衙內以及師父他們全都睡著了，悟空就變成一隻小飛蟲，逕直往寇員外家裡飛去。到了寇員外家，落在寇員外的棺材上。清晨時分，寇員外的兒子和母親以及府裡的丫鬟、雜役，全都來到靈堂祭奠寇員外。悟空趁機模仿寇員外的嗓音咳嗽了一聲，寇梁慌忙喊道：「父親活了，父親活了。」悟空接著說：「我是冥王派來給你們帶話的，你們的父親不是唐僧害死的。冥王說了，讓你們速去衙門撤了訴狀，否則一個月內，將你們府裡所有人的性命，全都勾走。」聽完悟空的話，寇府一時亂成一團，寇梁慌忙跑去衙門撤訴。

悟空離開寇府，飛到刺史家裡，見刺史已經起床，正在房裡洗漱。悟空見屋裡中間掛了一幅畫，畫裡有個騎馬的仙官，便落在畫中央說：「刺史，你一向為官清廉，現在卻無故誣陷唐僧四人。冥王特地讓我來給你傳話，讓你重審唐僧的案子，你要敢耽誤此事，我就把你帶到冥王殿去。」刺史嚇得忙說：「小官這就重審此案，不敢冤枉唐僧四人。」悟空這才滿意地飛回了衙門大牢。

刺史趕到衙門，剛要派人將唐僧四人從牢裡放了重新審判，正趕上寇梁跑到衙門裡撤訴。聽完寇梁對寇員外顯靈的敘述，刺史更加堅信唐僧四人被冤枉了，慌忙命人釋放唐僧。悟空飛回大牢，見唐僧正在那裡唉聲歎氣，於是勸師父寬心。

過了一會兒，唐僧四人被帶到衙門裡。悟空將強盜搶劫的前後經過說了一遍，刺史和寇員外的兒子連連點頭。悟空說服刺史放了他們四人，隨即飛到冥王殿，跟冥王討要寇員外的魂魄。冥王無奈，只好給寇員外加了十二年的陽壽。

寇員外回到陽間，將自己遇害的真相跟家裡人說了一遍，寇梁和寇棟當即跪在地上，感謝悟空的救命之恩，寇員外的母親則羞愧得說不出話來。唐僧四人婉拒了寇員外的盛情挽留，繼續往西趕去。

第四十八回　雷音寺取得真經

唐僧四人離開地靈縣，又行了六七天的路程，突然看到前方樓閣聳立，氣沖霄漢，靈宮寶闕，熠熠生輝。唐僧感歎道：「前面真是個好地方啊！」悟空說：「師父，你到假靈山假聖地的時候，總是急著磕頭下跪，現在到了真正的西天極樂世界，怎麼不磕頭下拜了？」唐僧聽悟空一說，才知這就是靈山，慌忙下馬磕頭行禮。

四人來到樓閣門前，從裡面走出一個道童，問道：「你們就是東土來的取經人？」悟空抬頭一看，說：「師父，他是靈山腳下玉真觀的金頂大仙，這是接我們來了。」金頂大仙笑著說：「十年前觀音菩薩讓我守在這裡，說你們兩三年就能到，沒想到你們今天才到。」說完，金頂大仙就領著唐僧四人入觀。唐僧師徒在玉真觀吃過齋飯，各自沐浴更衣，見天色已晚，便在觀裡住了下來。

第二天清晨，唐僧換了衣服，披上錦襴袈裟，去跟金頂大仙道別。金頂大仙說：「去靈山的路就在後門，我送你們一程吧。」說完帶著四人來到觀後，指著不遠處的一座高山說：

「聖僧，前面那座祥光萬丈的山就是靈鷲峰，佛祖就在那裡。」

唐僧師徒辭別大仙，趕了五六里路，來到了一條湍急的河流面前。唐僧正苦於無法過河，突然看到一個人撐著一條船划了過來，慌忙叫道：「施主，幫我們渡河吧！」船夫將船划到了唐僧跟前，唐僧一看，竟是一隻無底船。悟空說：「師父，他的船雖然沒有底，不過倒也平穩，我們快快上船吧。」唐僧猶豫了片刻，最終還是上了船。

過了河，四人辭別船夫，逕直往靈山雷音寺趕去。趕到雷音寺跟前，早有八大金剛在門前迎候。金剛說：「聖僧在這裡稍等片刻，我們這就去稟告佛祖。」聽說唐僧師徒已經抵達雷音寺，如來十分高興，將八菩薩、八大金剛、五百羅漢、三千揭諦等全部召來，分兩列站在雷音寺裡，然後才宣唐僧師徒進寺。

唐僧四人來到大雄寶殿，跪身下拜，將通關文牒交給如來。唐僧說：「弟子玄奘奉大唐皇帝旨意，來此取經，以求超度眾生。希望佛祖賜予貧僧真經，讓弟子早日回國。」如來隨即叫過阿儺、迦葉，說：「你們兩人帶著唐僧四人去經閣，從我三十五部三藏經裡各挑幾卷給他們，叫他們帶回東土吧。」

兩位尊者奉命將唐僧四人帶到經閣，取好經卷，笑著說：「聖僧從東土趕來，可有什麼稀罕的好東西給我們嗎？」唐僧說：「實在抱歉，貧僧忙於趕路，不曾給兩位準備什麼禮物。」尊者隨即說：「空著手就想取真經回去，你是想讓我們餓死吧。」悟空聽完，說：

「師父，別跟他們計較，既然他們不肯將經書交給我們，那我就讓如來親自給我們取吧。」

聽完悟空的話，兩位尊者才說：「好好好，算你們有能耐，經書給你們就是了。」說完，二人將取好的經書交給唐僧四人，唐僧大喜過望，命徒弟將經書收好。四人辭別如來、菩薩等人，帶著經書，往東土趕去。

藏經閣裡的燃燈古佛[1]知道兩位尊者賜給唐僧的是無字經書，悄悄地對旁邊的白雄尊者說：「你去把唐僧的無字經奪回來，讓他們重新找如來討要有字的真經吧。」白雄尊者於是追上唐僧四人，在半空吹了一陣狂風，將唐僧的真經吹得滿地都是。唐僧慌忙說：「沒想到西方極樂世界也有妖風作怪，徒弟們，快點把經書收拾起來，千萬不要少了。」沙僧抱起幾本經書，打開一看，發現書上竟一個字都沒有，驚呼道：「師父，我們被騙了，這經書上根本沒有字！」唐僧慌忙找來另外幾本經書一瞧，果然沒有字。悟空說：「師父，想必是我們沒給阿儺、迦葉兩位尊者好處，他們故意拿無字經書報復我們。」

唐僧師徒重新返回雷音寺，向如來討要經書，如來笑著說：「阿儺、迦葉，快給唐僧取一些帶字的真經去。」兩位尊者再次領著唐僧師徒來到藏經閣，取了一些有字真經交給

---

❶【燃燈古佛】燃燈佛。佛教有三世佛的說法，即過去、現在、未來三世佛。過去佛就是燃燈佛，現在佛是如來佛，未來佛是彌勒佛。

他們。取完真經，兩位尊者帶著四人找到如來，說道：「佛祖，我們奉命賜予唐僧五千零四十八卷經書，現在已經全部綁在白龍馬上了。」

唐僧師徒帶好真經，謝過佛祖，重新往東土趕去。唐僧走後，觀音菩薩對如來說：「佛祖，弟子當年奉命去大唐尋找取經人，到現在已經過去了十四年，共計五千零四十天，還剩八天即可圓滿。唐僧需要先將經書帶回大唐，再返回西天參見您。以唐僧的能力，無法在八天內返回，希望佛祖派人助他一臂之力。」如來聽完，下令八大金剛送唐僧一程。八大金剛領旨，追上唐僧一行，帶上唐僧，乘著祥雲，往東土大唐飛去。

八大金剛走後，五方揭諦、四值功曹等眾仙找到觀音菩薩，將唐僧西天取經的災難簿交給了菩薩。菩薩看完說：「佛門中講究九九歸真，唐僧他們如今只經受了八十難，還少一難，功德不算圓滿。揭諦，你快去追上八大金剛，讓他們再給唐僧師徒製造一難。」揭諦奉命追上八大金剛，低聲將菩薩的安排對八大金剛說了一遍。八大金剛隨即捲起一陣狂風，將唐僧四人甩到了地上。

唐僧從地上坐起來，聽到前面水響，便問道：「悟空，前面是什麼地方？」悟空上前一瞧，笑著說：「師父，前面是通天河，你忘了嗎？河東岸有個陳家莊，我們還曾經救過莊裡的一對小孩兒呢。」八戒抱怨說：「八大金剛真是靠不住，突然就把我們從天上扔下來了。通天河這麼寬，讓我們怎麼過河？」正說著，河邊突然冒出一個巨龜來，說道：「四位長老，還記得老龜嗎，我等了你們幾年了，就等著送你們過河呢。」唐僧聽完，高興地領著徒弟坐上了老龜的背。

老龜馱著唐僧師徒劈波斬浪，行了半天工夫，已經可以瞧見河東岸了。老龜突然問道：「聖僧，我曾經請求您跟如來打聽我還有多少壽命，可問了沒有？」唐僧聽了一驚，如實回答說：「實在抱歉，貧僧忘記了。」一聽完唐僧的話，老龜氣上心頭，將身子猛地一扭，呼啦一聲鑽進了水裡，唐僧四人瞬間落入水中。八戒和沙僧好不容易把唐僧拖到岸邊，四人的衣服還有真經全都被水浸透了。

唐僧急忙讓徒弟們將真經攤在河邊的一塊大石頭上晾曬。過了一會兒，幾個漁夫來到河邊，見到唐僧說：「你們不是前年路過此地的取經人嗎？」八戒回話說：「正是正是。」漁夫說：「陳家莊離這裡也就二十里地，你們不妨去村裡晾曬經書，順便洗洗衣服，吃些齋飯，不是很好嗎？」唐僧婉拒說：「不必了，我們急著回東土大唐，謝謝你們的好意。」

幾個漁夫返回陳家莊，將遇見唐僧的事告訴了陳老漢，陳老漢立即帶著幾個人去通天河找唐僧。見到唐僧，陳老漢盛情邀請他們去莊裡坐一坐，唐僧推辭不過，只好跟著他們趕往陳家莊。聽說唐僧到來，莊裡的男女老少全都跑到陳老漢家裡探望。

夜裡，唐僧師徒趁村人熟睡，悄悄收拾好行李和經書，繼續往東趕去。剛剛走出陳家莊，八大金剛就從空中飛來，喊道：「聖僧，讓幾位小仙送你們回大唐吧。之前的事情都是受菩薩的安排，還望原諒。」

唐僧再次踏上八大金剛的祥雲，眾人駕風東去，一天工夫就到達了長安城。唐太宗正站在城樓上，突然看到西邊香風陣陣，轉眼間，一道祥雲已經飛到了頭頂。八大金剛說：「聖僧，長安城到了，太宗皇帝正在城樓上等你們呢。我們幾位就不現身了，你的三位徒弟也不必下去了，你自己去把真經交給唐王，我們在這裡等著你回西天找佛祖交旨。」

唐僧一人落到地面上，拜見了太宗，將西天取經一路的艱辛經歷，詳細地訴說了一遍，隨即將通關文牒呈給太宗。太宗見文牒的出發日期寫著貞觀十三年，感慨道：「現在已經是貞觀二十七年了，這麼多年，賢弟受苦了。」說完，太宗將唐僧帶到皇宮裡，設盛宴款待唐僧。

第二天清晨，唐太宗找到唐僧說：「既然你已經取來真經，就在這裡給朕和滿朝文武百官念上幾卷經書如何？」唐僧說：「真經不是普通的經文，需要找一個潔淨佛地，才能念誦。」一旁的大學士蕭瑀站出來說：「陛下，長安城中的雁塔寺是一個潔淨的去處，不如讓聖僧去那裡誦經吧。」唐太宗聽完，高興地答應下來。

唐僧帶上真經，來到雁塔寺，給唐王等人誦讀真經。正念著，八大金剛在空中現出真身，說道：「唐三藏，放下經卷，跟我們去西天靈山走一趟吧。」唐僧連忙放下手中的經卷，跟著八大金剛，隨同悟空三人，一起往西天趕去。

到了靈山，八大金剛將唐僧四人引到如來面前說：「弟子奉旨護送唐僧回大唐，讓他將

唐僧帶上真經，來到雁塔寺，給唐王等人誦讀真經。正念著，八大金剛在空中現出真身，說道：「唐三藏，放下經卷，跟我們去西天靈山走一趟吧。」

真經交給唐王。現在正好是第八天，我們將他們帶回來了，聽候佛祖安排。」如來點點頭，隨即命唐僧四人上前聽封。如來對唐僧說：「聖僧，你前世是我的二徒弟，名叫金蟬子，因為不聽教導，輕慢佛法，因此將你貶到東土當了和尚。現在你誠心向佛，取得真經，功德圓滿，我封你為旃檀❷功德佛。」唐僧恭敬地施禮謝恩。

如來又對悟空說：「悟空，你當初因為大鬧天宮，被我壓在五行山下五百年，隨後你做了唐僧的徒弟，一心保護他西天取經，降妖除魔，善始善終，因此我封你為鬥戰勝佛。豬悟能，你本是天蓬元帥，因為蟠桃會上醉酒戲弄嫦娥，被貶入凡間，後保唐僧西天取經，雖有頑心，凡情未泯，但也護唐僧有功，我封你為淨壇使者。」八戒聽了說：「佛祖，師父、師兄都成佛了，我怎麼只做了一個使者呢？」如來說：「你身寬體胖，食量又大，封你為淨壇使者，專門享用四大部洲的祭佛貢品，有何不好？」八戒聽了，高興地點頭稱是。如來繼續說：「沙僧，你本是天宮裡的捲簾大將，因為在蟠桃會上打碎玻璃盞被貶下界，流落流沙河，後有幸獲菩薩指點，做了唐僧的徒弟，保佑唐僧西天取經，挑擔牽馬，不辭辛勞，我封你為金身羅漢。白龍馬，你本是西海廣晉龍王的兒子，因為違逆父親的旨意，犯了不孝之罪，理應從重處罰，好在皈依佛門，一路馱著唐僧西天取經，功勞同樣不小，我封你為八部天龍❸。」唐僧師徒連忙叩首謝恩。

隨後，五方揭諦將白龍馬牽進化龍池，轉眼間白龍馬蛻去毛皮，化成一隻四爪金龍。唐僧四人讚歎不已。悟空對唐僧說：「師父，現在真經也取到了，我頭上的金箍就給我拿下來吧。」菩薩在一旁說：「當初給你戴這個金箍，是為了讓你一心護送唐僧西天取經，現在真經已經取到，金箍自然也就沒了，不信你自己摸摸看。」悟空摸了摸頭頂，發現金箍果然沒了，高興地向菩薩叩首謝恩。

旃檀功德佛、鬥戰勝佛、淨壇使者、金身羅漢，至此，唐僧師徒四人全都修成正果，白龍馬也修成八部天龍，唐僧西天取經也圓滿結束。

---

❷【旃檀（ㄓㄢ ㄊㄢˊ）】旃檀樹，是一種香木，常被用來雕刻佛像。

❸【八部天龍】或稱天龍八部、龍神八部，是佛教傳說裡的八個護法神、分別是天眾、龍眾、夜叉、乾闥婆、阿修羅、迦樓羅、緊那羅、摩睺羅迦。

大地叢書介紹

作者：(西漢)司馬遷 原著、高欣 改寫
定價：280 元

《史記》，亦稱《太史公書》，開中國紀傳體通史之先河，與《資治通鑒》並稱為「史學雙璧」。《史記》不僅具有珍貴的史料價值，記載了從上古黃帝到西漢武帝三千年的歷史，既忠於史實，又靈活、有趣，而且是一部優秀的文學作品——司馬遷像詩人、畫家、文學家一樣，用生動的語言、傳神的筆力、充沛的情感，描繪了眾多形象立體、個性鮮明、富有傳奇色彩的歷史人物。

本書精選《史記》中廣為流傳的六十五則經典故事，語言通俗，敘述精彩，並為生僻字逐一注音，不僅可以幫助學生實現無障礙閱讀，還有助於培養學生的進取心和自強精神。

【作者簡介】

司馬遷，字子長，夏陽（今陝西韓城）人，西漢史學家、文學家，著有《史記》、《報任安書》等。他家學淵源，文學修養深厚，幼年通讀古文，二十歲遍遊天下，這為他創造性地把文、史熔於一爐，撰寫出既有歷史價值又有極高文學價值的史書典範《史記》，打下了深厚的文學基礎和堅實的素材基礎。《史記》被魯迅譽為「史家之絕唱，無韻之離騷」。

大地叢書介紹

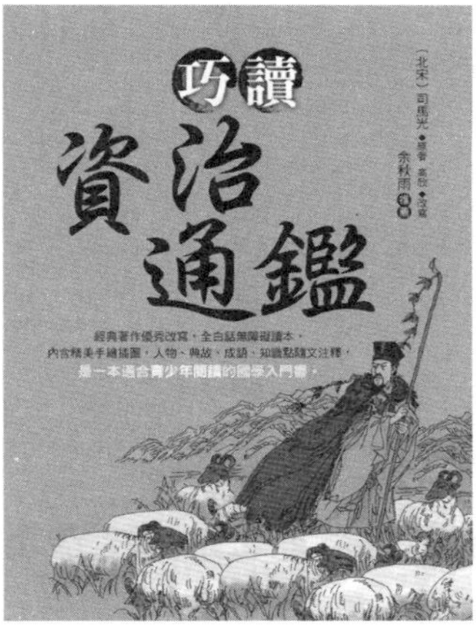

作者：(北宋)司馬光 原著、高欣 改寫
定價：280 元

《資治通鑑》是北宋司馬光主編的多卷本編年體史書，共兩百九十四卷，歷時十九年告成。它以時間為綱，事件為目，從周威烈王二十三年（前四〇三年）寫起，到五代的後周世宗顯德六年（九五九年）征淮南停筆，涵蓋十六朝、一千三百六十二年的歷史。《資治通鑑》是一部文學價值與史學價值並重的巨著，它是中國首部編年體通史，與《史記》並稱為中國史學上的兩顆「明珠」。本書為《資治通鑑》白話版，可幫助青少年更好地了解這部古典史學著作。

【作者簡介】

司馬光，字君實，號迂叟，世稱「涑水先生」，陝州夏縣（今屬山西）涑水鄉人。北宋時期著名政治家、史學家、散文家。身後追贈太師、溫國公，諡文正。司馬光學識淵博，生平著作甚多，主要有史學巨著《資治通鑑》以及《溫國文正司馬公文集》、《稽古錄》、《涑水記聞》、《潛虛》、《書儀》、《家範》等。

大地叢書介紹

作者：(春秋)孫武 原著、高欣 改寫
定價：280 元

《孫子兵法》是中國現存最早的兵書，也是世界上最早的軍事著作，作者孫武，其創作時間是春秋時期。《孫子兵法》其內容博大精深，邏輯縝密嚴謹，是古代軍事思想的精華。

「三十六計」又稱「三十六策」，最早出現於南北朝。《南齊書・王敬則傳》有「三十六策，走是上計」的句子，到了北宋，「三十六策」固定為「三十六計」。及至明末清初，有人廣泛搜集相關資料，編撰成《三十六計》一書，但此書編撰者是誰已經無法考證。《三十六計》提出的計策，都是簡單、具體、明確的。

《孫子兵法》和《三十六計》是中國古代兵書中最傑出的兩部，是中國古代軍事理論精華。本書將兩本巨著合而為一，不僅注釋和講解原文，還加上古代戰爭及權謀故事等事例，增強了趣味性，更加通俗易懂。

【作者簡介】

孫武，字長卿，生於春秋末年，著名軍事家，齊國樂安（今山東省境內）人。後來到吳國，經伍子胥推薦，獲吳王賞識，擔任軍事將領並屢獲奇功。曾率領吳國軍隊大破楚國軍隊，佔領了楚的國都郢城，幾乎滅楚。著有《孫子兵法》十三篇，為後世兵法家所推崇，被譽為「兵學聖典」，已譯為多種語言，成為國際間最著名的兵學典範。

大地叢書介紹

作者：(明)羅貫中 原著、高欣 改寫
定價：280 元

《三國演義》全稱《三國志通俗演義》，是一部長篇章回體歷史小說，它描寫了從東漢末年到西晉初年之間近百年的歷史風雲，以戰爭為主，反映了魏、蜀、吳三國之間的政治和軍事鬥爭，大致分為黃巾之亂、董卓之亂、群雄逐鹿、三國鼎立、三國歸晉五大部分。在廣闊的背景下，上演了一幕幕波瀾起伏、氣勢磅礡的戰爭場面，成功刻畫了近五百個人物形象，其中曹操、劉備、孫權、諸葛亮、周瑜、關羽、張飛等人物形象膾炙人口，不以敵我敘述方式對待各方的歷史描述，對後世產生了極其深遠的影響。

【作者簡介】

羅貫中（約一三三〇～約一四〇〇），名本，字貫中，號湖海散人，元末明初小說家、戲曲家，山西人。主要作品有小說《三國演義》、《三遂平妖傳》，其中《三國演義》為其代表作，對後世文學創作影響深遠。

巧讀西遊記 /（明）吳承恩原著；高欣改寫. -- 一版.-- 臺北市：大地, 2019.05
面：　公分. --（巧讀經典：6）

ISBN 978-986-402-319-6（平裝）

1. 西遊記　2. 通俗作品

857.47　　108004515

巧讀西遊記

巧讀經典 006

作　　者	（明）吳承恩原著、高欣改寫
發 行 人	吳錫清
主　　編	陳玟玟
出 版 者	大地出版社
社　　址	114台北市內湖區瑞光路358巷38弄36號4樓之2
劃撥帳號	50031946（戶名：大地出版社有限公司）
電　　話	02-26277749
傳　　眞	02-26270895
E - mail	support@vastplain.com.tw
網　　址	www.vastplain.com.tw
美術設計	成樺廣告印刷有限公司
印 刷 者	博客斯彩藝有限公司
一版一刷	2019年05月

大地

定　　價：280元